프랑스 작가, 그리고 그들의 편지

이 도서의 국립중앙도서관 출판시도서목록(CIP)은 서지정보유통지원시스템 홈페이지(http://seoji.nl.go.kr)와 국가자료공동목록시스템(http://www.nl.go.kr/kolisnet)에서 이용하실 수 있습니다. (CIP제어번호 : CIP2014014869)

프랑스 작가, 그리고 그들의 편지

김순경 외 지음

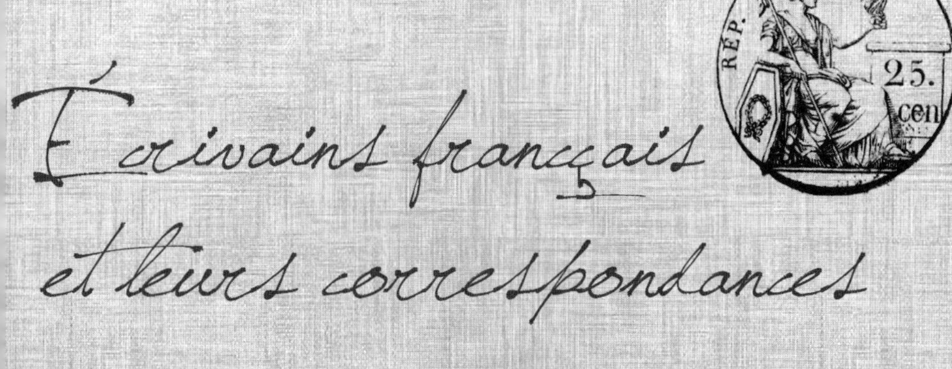

한울
아카데미

차례

제3부 문학과 자아를 꿈꾸다

서문

편지는 인류가 발명한 가장 아름다운 발명품 중 하나일 것이다. 각종 디지털 매체로 현대화된 오늘날 그런 편지가 사라지고 있다는 사실에 아쉬움이 커진다. 이 책은 프랑스 작가들의 편지를 소개함으로써 독자로 하여금 발신인과 수신인이 나눈 내밀한 이야기를 듣는 즐거움을 느낄 수 있게 할 것이다. 또한 이 책을 통해 작가의 연인, 친구, 친지와의 관계를 살펴볼 수 있고, 작품이 어떤 시기에 어떤 의도로 구상되고 어떤 과정을 거쳐 완성되었는지, 작가의 성품이나 기질은 어떠했는지, 그들이 어떤 글쓰기 연습을 했는지도 알 수 있다.

사실 편지에 쓰인 경험을 하는 '나'와 편지를 쓰고 있는 '나' 사이에는 어느 정도의 간극이 있다. 글을 쓰는 이의 자존심, 자긍심에 문제가 있을 때에는 의식적으로 또는 무의식적으로 그 사건을 정리하고, 숨기고, 과장하고, 지어낸다. 어느 작가든 자신의 경험을 있는 그대로 직접적으로 편지에 쓰지는 않는다. 실제로 일어났던 일을 고백하고 기술하는 데 그치는 것이 아니라 무의식 깊은 곳에 갇혀 있는 것, 혹은 의식적으로 가두어 놓은 것들을 조금씩 바꾸고 이상화하면서 자기 자신의 정체성을 드러낸다. 이를 통해 독자는 한 인간의 내적 갈등의 세세한 주름과 골을 읽어낼 수 있는 것이다. 따라서 이 책은 프랑스 문학을 전공하는 학생들을 비롯해서 일반 독자 및 문학을 사랑하는 모든 이에게 작가의 사적이며 내적인 목소리를 들을 수 있는 은밀한 즐거움을 줄 수 있을 것이라 생각된다.

이 책은 총 15개의 장으로 구성되어 있고, 주제별로는 3부로 나뉜다. 각 장에서는 편지를 쓴 작가의 생애 및 작품세계, 발신인과의 관계에 이어서 작가가 주고받은 편지를 소개한다. 1부에서는 사적인 편지 중 가장 높은 감성적 밀도를 보여준다고 할 수 있는 사랑의 편지들을 소개한다. 사랑의 편지는 사랑하는 사람을 향한 아름다운 영혼의 그리움, 안타까움이다. 은밀한 감정이 노출된다는 두려움이 있긴 하지만 아름다운 사랑의 순간순간을, 고통과 환희의 매순간을 자신 안에 가두지 않고 당당하게 그리고 절절하게 드러냄으로써 연애편지는 아름다운 문학텍스트로 거듭나는 것이다.

2부에서는 작가가 사회에서 자신의 문학적·정치적·사회적 정체성을 인식하고 받아들이고 표현하는 내용의 편지들을 소개한다. 문학적 상아탑에 갇힌 한 개인으로서의 '나'가 아닌 공동체 안에서의 '나', 그래서 자신이 속한 사회의 동시대적 문제에 반응하고 분개하고 참여하는 작가의 사색적이며 투쟁적인 목소리를 들을 수 있다.

3부에서는 작가의 존재의 이유인 글쓰기가 어떤 과정을 통해 이루어지는지, 일종의 '비하인드 스토리'를 엿볼 수 있는 기회가 된다. 작가가 출판인 및 편집자와 편지로 나눈 깊은 철학적 고뇌, 혹은 지나치게 실질적인 문제에 대한 토론 등은 완성된 형태의 책을 통해 적잖이 신화화된 작가와 작품, 그 이면에 가려진 속내를 드러낸다. 또한 여행에서 창작의 영감을 발견하는 과정도 소개된다.

이 책은 프랑스 문학 전공자들로 이루어진 '프랑스문학연구회'가 『프랑스 문학에서 만난 여성들』(2010)에 이어 두 번째로 발간하는 작품이다. 중앙대학교 불어불문학과 김순경 교수님의 제안으로 첫 모임을 시작한 지 어느덧 5년이 지났다. 처음에는 그저 같은 길을 가는 전공자들끼리 살아가는 이야기나 나누어보자는 취지로 모였지만 밤이 깊도록 포도주 잔을 기울이며 나눈 잡담과 웃음 속에서 인문학의 향기를 일반 대중에게 전하고 싶은 마음들이 모여 이렇게 조금씩 결실을 맺어가고 있다.

필자 모두에게 이 책을 만들어가는 일은 그 자체로 하나의 커다란 즐거움이었다. 각기 다른 작가와 다른 장르를 연구하지만 프랑스 작가라는, 그리고 편지라는 공통된 주제를 기둥 삼아 각자의 공간에서 글을 쓰고, 공동의 대화방에서 나눈 이야기들은 잊지 못할 소중한 추억이 되었다. 아울러 한울의 관계자분들께 깊은 감사를 드린다.

2014년 5월

저자 일동

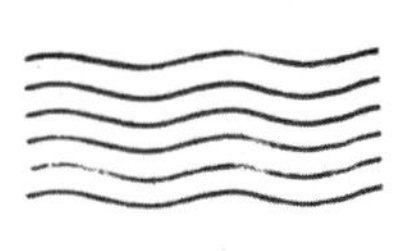

제1부

사랑과 예술을 품다

제1장

연인이자 문학적 동반자였던 플로베르와 루이즈 콜레

진인혜 | 목원대학교 국제문화학과 조교수

귀스타브 플로베르Gustave Flaubert(1821~1880)와 루이즈 콜레Louise Colet(1810~1876)가 처음 만난 것은 1846년 7월 조각가 장 자크 프라디에Jean Jacques Pradier의 작업실에서였다. 당시 플로베르는 25세, 콜레는 36세였다. 프라디에는 콜레에게 플로베르를 소개하면서 "글을 쓰고 싶어 하는 청년이니 당신이 조언을 좀 해주세요"라고 말했다. 일찍이 문학에 깊은 관심과 재능이 있었지만 아버지의 권고로 파리에서 적성에 맞지 않는 법학을 공부하던 플로베르는 1844년 신경성 발작을 일으킨 것을 계기로 학업을 중단하고 루앙Rouen 근처의 크루아세Croisset에 칩거하면서 본격적인 창작 활동에 전념했다. 1845년 1월 플로베르는 『감정교육L'Education Sentimentale』 제1고(이 작품은 1869년에 발표된 결정고와 구성만 유사할 뿐 전혀 다른 작품으로, 플로베르가 죽은 지 30년이 지나서야 발표되었다)를 탈고했지만

▸ 귀스타브 플로베르

청소년기에 루앙의 문예신문에 발표했던 몇몇 소품을 제외하고는 아직 작품을 출판한 적이 없는 작가 지망생에 불과했다. 반면 콜레는 많은 작품을 쓴 열성적인 여류 작가였고, 대단한 미모를 지닌 여인이었다. 엑상프로방스Aix-en-Provence에서 태어난 그녀는 사춘기에 들어서면서부터 시를 쓰기 시작했는데, 24세에 결혼할 때까지 남프랑스에서 살았다. 이후 남편을 따라 파리로 온 뒤에는 마치 인생이 달려 있기라도 하듯 출판에 매달리기 시작했다(남편과 헤어지고 나서는 실제로 출판이 그녀의 생계수단이 되었다).

두 사람이 처음 만난 날, 콜레는 자신의 흉상을 만들기 위해 프라디에의 작업실에서 모델을 서고 있었고, 플로베르는 파리에 다니러왔다가 프라디에의 작업실에 들른 터였다. 플로베르가 포즈를 취한 콜레를 바라보자 그녀도 뚫어져라 그를 응시했다. 첫눈에 반한 것이었을까? 어쨌든 플로베르는 바로 다음날 불쑥 콜레의 집으로 찾아갔고, 4일 뒤 두 사람은 함께 밤을 보낸다. 그리고 크루아세로 돌아간 플로베르는 콜레에게 "어제 이 시간에는 당신이 내 팔에 안겨 있었지요"라고 첫 편지를 쓴다. 이렇게 해서 문학사상 가장 세밀하게 수집된 연애편지가 시작되었고, 8년여에 걸친 두 사람의 연애도 시작되었다.

평생 독신으로 살았던 플로베르에게 여자가 콜레 한 명만 있었던 것은 아니었지만, 연애기간의 길이나 감정의 깊이에 있어서 단연 우위를 차지한 여자는 콜레였다. 하지만 그들의 연애기간이 항상 사랑의 기쁨과 환희로만 가득했던 것은 아니었다. 첫 만남 이후 플로베르가 보낸 길고 긴 편지들은 번뇌로 가득 차 있었다. 콜레가 기혼녀였기 때문에 나중에라도 혹시 불미스러운 일이 생기지 않을까 걱정했던 것이다. 하지만 콜레는 기혼녀라는 사실을 별로 신경 쓰지 않았다. 정작 그녀를 불안하게 하고 괴롭힌 것은 플로베르의 태도였고, 사랑이라는 감정에 대한 생각의 차이였다. 플로베르는 첫 편지에서 콜레에게 기쁨만 안겨주고 싶다고 말했지만 그것은 쉬운 일이 아니었다. 사랑에 소극적이었던 그의 편지들은 늘 그녀에게 불안과 의심을 품게 했기 때문이다. 예를 들어 1846년 9월 4일의 편지에서 플로베르가 "한 여인을 사랑하면서도 매일 밤 남색가의 집에 가서 자거나 정부를 가질 수도 있다"라고 말하자 콜레는 플로베르에게 정부가 있다고 의심했다. 그리하여 플로베르가 파리에 와 있을 때 그를 감시하거나 미행하기도 하고, 심지어 플로베르와 친구들이 함께 있는 방으로 들이닥치는 해프닝을 벌이기도 했다. 콜레는 늘 플로베르의 사랑을 확인하고 싶어 했고, 자신이 바라는 만큼 플로베르가 자신을 사랑하지 않는다는 생각에 초조해 했다. 이것은 그들의 연애기간 내내 반복되는 주제였다. 자신을 사랑하는지 묻는 콜레의 편지에 대한 대답으로 플로베르는 다음과 같이 말했다.

▸ 루이즈 콜레

> 당신이 생각하는 사랑이 오직 사랑하는 사람에게만 몰두하고, 그 사람에 의해서만 살고, 이 세상에서 오직 그 사람만 바라보고, 그 사람 생각으로 가득 차 있고…… 마치 자기 영혼의 특별한 일부가 된 것처럼 느끼는 것이라면 나는 당신을 사랑하지 않습니다!
> 하지만…… 애정과 기쁨으로 서로 결합하고, 매력적으로 서로를 바라보고, 절망 없이 서로 헤어지고, 상대방 없이도 살 수 있는 것…… 을 뜻한다면 나는 당신을 사랑합니다!(1847년 4월 30일).

플로베르는 사랑한다면 10년 동안 만나지 않고도 고통 없이 살 수 있다고 했지만 콜레가 생각하는 사랑은 그런 것이 아니었다. 결국 1848년 3월 플로베르는 콜레에게 결별의 편지를 보낸다. 하지만 1851년 여름, 그들의 관계는 다시 시작되었고, 격렬한 사랑의 갈등도 계속되었다. 그리고 1854년 10월, 마침내 두 사람의 사랑은 완전히 종지부를 찍었다.

플로베르는 콜레와 관계를 맺는 동안 그녀에게 수백 통의 편지를 보냈는데, 그 편지 속에는 그들의 연애 이야기 외에도 플로베르의 문학관, 걸작에 대한 개념과 구조, 집필 중인 작품의 진행 과정에 관한 매우 상세한 이야기가 서술되어 있다. 특히 『보바리 부인Madame Bovary』을 집필하던 시기에 콜레에게 보낸 편지에는 작품의 착상에서부터 구조, 주제, 줄거리 등은 물론 한 문장 한 문장에 대한 작가로서의 고뇌가 고스란히 담겨 있다. 또한 작품을 집필한 후 목이 쉴 만큼 큰 소리로 낭독하면서 유사음이나 반복적인 표현이 있는지 검토하고 문장을 가다듬는 플로베르의 버릇도 콜레에게 보낸 편지들을 통해 엿볼 수 있다. 하지만 그녀와 헤어진 후 플로베르는 집필 중인 작품에 관해 다시는 그렇게 자세히 설명하지 않는다. 그런 점에서 두 사람의 결별은 콜레뿐 아니라 우리에게도 많은 아쉬움을 남긴다.

플로베르가 남긴 방대한 편지들 중 가장 많이 인용되고 회자되는 편지 한 통을 소개하고자 한다. 그들은 무엇보다 서로의 작품을 읽으면서 의견을 교환하던 작가들이었기에 연애편지에 늘 문학에 대한 견해가 담겨 있었다. 하지만 그중에서도 문학사적으로 가장 중요한 편지를 꼽으라면 주저 없이 지목할 수 있는 것이 바로 여기에 소개하는 편지이다. 그것은 플로베르가 자신의 문학적 이상을 집약적으로 표현한 '그 무엇에 대해서도 이야기하지 않는 책un livre sur rien'에 관해 피력하는 편지이기 때문이다.

일체의 감정을 배제하고 마치 과학자와 같은 태도로 쓰였다는 평과 함께 일약 베스트셀러가 된 『보바리 부인』으로 인해 플로베르는 사실주의의 대가로 알려졌다. 그러나 그는 사실주의자로 불리기를 끊임없이 거부하며 오히려 사실주의자들을 괴롭히기 위해 『보바리 부인』을 썼다고 고백한다. 세상을 있는 그대로 묘사하고, 보잘것없는 평범한 이야기를 하면서도 위대한 문장가일 수 있다는 것을 증명해보이고 싶었다는 것이다. 물론 그가 작품을 집필하는 방식은 사실주의자의 태도와 다르지 않다. 그는 문학에서도 마치 진리를 탐구하는 과학자와 같은 태도를 중시해 객관적이고 공정한 관찰, 철저한 자료 수집과 조사, 세부적이고 객관적인 묘사를 작품 집필에 활용했기 때문이다. 특히 예술가란 자기 자신을 작품 속에 드러내서는 안 되며 자신의 판단이나 감정을 독자에게 강요할 수 없다는 그의 견해는 많은 비평가에 의해 '비개인성impersonnalité의 원칙'으로 명명되었으며 사실주의자의 면모를 가장 잘 보여주는 요소로 분석된다. 하지만 이와 같은 집필 태도와 방식은 플로베르에게는 그 자체가 목적이 아니라 수단이었다. 즉, 작품에 현실적인 효과를 부여하고 예술적 미를 구현하기 위한 방법이었던 것이다. 그가 가장 중요시하고 목표로 삼은 것은 미美를 추구하는 것이었다. 그리고 그는 언어를 가장 중요한 미의 대상으로 삼았다. 언어를 단순한 의미 전달의 도구가 아니라 그 자체로 아름다움을 창조할 수 있는 실체로 여긴 것이다. 그리하여 아무리 짧은 문장이라도 지칠 줄 모르고 지우고 고치기를 반복하고 단 하나의 문장을 위해 며칠씩 고심하면서 완벽한 문체를 완성하기 위해 전념했다. 견고하고 명료하며 충만한 문체를 위해 끊임없이 고뇌하는 자신의 모습을 "배에 상처를 입히는 거친 속옷을 사랑하는 고행자"(1852년 4월 24일의 편지)에 비유한 것을 보면 오늘날 그가 문체의 거장이라는 평판을 받는 것은 당연한 결과이다. 평생 그를 사로잡았던 문체에 대한 집념은 다음에 소개하는 편지에 '그 무엇에 대해서도 이야기하지 않는 책'을 쓰고 싶다는 바람으로 나타나 있다.

플로베르가 말하는 '그 무엇에 대해서도 이야기하지 않는 책'이란 작품의 주제가 아니라 오직 문체의 아름다움으로 독자에게 감동을 자아낼 수 있는 책을 뜻한다. 그것은 주제도 없고 인물이나 사건의 줄거리와 같은 모든 수사학적 방법에서 벗어나 순수한 언어 예술로 다가가고자 하는 것이다. 전통적으로 소설이 인물 사이의 갈등이나 복잡한 사건의 얽힘에 의존하던 19세기에 "순수한 예술의 관점에서 볼 때 주제란 없으며 오직 문체만이 사물을 보는 절대적인 방법"이라고 주장한 플로베르의 시각은 그야말로 파격적인 것이 아닐 수 없었다. 그런 까닭에 누보로망nouveau roman 작가 알랭 로브그리예Alain Robbe-Grillet는 "무에서 출발해 무언가를 이루어내는 것, 작품에 대해 외적인 어떤 것에도 의존하지 않고 홀로 서는 것은 오늘날의 모든 소설이 추구하는 것"이라고 하면서 플로베르의 현대적인 특성을 논하고 그를 누보로망의 선구자로 칭송한다. 우리가 플로베르를 단순히 19세기의 사실주의 작가로만 평가할 수 없는 것은 바로 이와 같은 그의 현대적인 소설미학 때문이다.

콜레는 시대를 초월하는 플로베르의 천재성을 일찌감치 간파했다는 점에서 뛰어난 문학적 식견이 있었다고 인정받을 만하다. 아쉽게도 콜레가 플로베르에게 보낸 편지들은 오늘날 거의 남아 있지 않다. 플로베르 사후 조카딸 카롤린Caroline이 콜레의 편지들을 폐기했다는 이야기도 있고, 또 콜레가 사귀던 남자들과 결별할 때 늘 자신이 보낸 편지들을 없애달라는 당부를 했다(자신은 남자들의 편지를 간직했는데도)는 이야기도 있다. 무엇이 사실인지는 확인할 수 없으나 플로베르에게 보낸 편지뿐 아니라 콜레와 연애를 했던 다른 남자들에게 보낸 편지들도 별로 남아 있지 않은 것을 보면 아무래도 후자의 이야기가 좀 더 설득력 있어 보인다. 어쨌든 여기서 소개하는 플로베르의 편지가 콜레의 편지에 대한 답장이었음에도 그녀가 보낸 편지를 함께 소개하지 못하고 그녀가 그날 쓴 비망록을 소개하는 것으로 대신할 수밖에 없는 것은 바로 그러한 이유 때문이다. 이 비망록에도 플로베르가 위대한 예술가라고 감탄하는 콜레의 모습이 드러나 있다. 물론 19세기 프랑스 문학사에 굵직한 족적을 남긴 위대한 작가들과 사랑을 나눈 낭만적인 여인들이 자신이 선택한 남자를 지극히 예찬한 경우는 적잖이 찾아볼 수 있다. 시인 알퐁스 드 라마르틴Alphonse de Lamartine의 여인 엘비르Elvire, 오노레 드 발자크Honoré de Balzac의 여인 로르 드 베르니Laure de Berny, 빅토르 위고Victor Hugo의 여인 쥘리에트 드루에Juliette Drouet도 그러했다. 하지만 이들의 남자는 모두 이미 작가로서의 명성과 후광을 지니고 있을 때였다. 콜레의 경우는 달랐다. 콜레는 아무것도 출판하지 않은 플로베르의 무명시절에 미발표된 원고들을 읽고 그의 문학적 천재성을 알아본 것이다. 이 편지에서 플로베르는 『감정교육』(제1고)이 첫 번째 시도였고, 『성 앙투안의 유혹La Tentation de Saint Antoine』이 두 번째 시도였으며, 이제 세 번째 시도를 하려 한다고 말한다. 세 번째 시도는 바로 『보바리 부인』의 집필을 가리키는 것이다. 따라서 콜레에게 보낸 그 후의 편지들에는 플로베르가 『보바리 부인』을 집필하면서 겪은 무수한 고뇌와 창작의 고통이 작품의 생성 및 변화 과정과 함께 생생하게 나타나 있다. 하지만 『보바리 부인』이 탈고되어 발표된 것은 1856년, 즉 플로베르와 콜레가 완전히 헤어진 지 2년 후의 일이었고, 그것이 그의 첫 발표작이자 출세작이 되었다. 그러므로 그들이 관계를 맺는 동안 플로베르는 대중에게 전혀 알려지지 않은 존재였다.

그러나 결국 크루아세의 은둔자 플로베르는 동시대 문학인들보다 더 훌륭하게 살아남았고, 19세기를 지나 오늘날에 이르기까지 그 명성이 이어오고 있다. 문학을 일종의 성직(플로베르는 종종 예술가라는 자신의 직업을 '나의 성직'이라고 불렀다)으로 받아들였던 그는 훌륭한 글쓰기를 곧 희생으로 받아들이는 사람들의 숭배의 대상이 되었고, 20세기 중반의 프랑스 전위 예술가들도 플로베르 숭배자의 대열에 합류했으며 많은 현대 작가 또한 그 뒤를 따랐다. 콜레는 숭배자 대열이 이렇게 이어지리라는 것도 예상했을까? 어쨌든 플로베르에게 그녀는 때때로 폭풍처럼 거칠고 격렬한 연인이었지만 그의 문학에 관해서는 조용한 찬미자요, 최초의 숭배자였다.

***

크루아세, 1852년 1월 16일 금요일 저녁

루이즈 콜레에게

12월 사건[1] 때 내가 미스 해리에트Harriet에게 쓴 편지는 아마도 그녀에게 도착하지 않은 것 같습니다. 답장을 받지 못했으니까요. 그녀가 유리한 조건으로 앨범을 처분하지 못했거나 혹은 앨범[2] 중 일부를 처분하지 못했다면 돌려달라고 말해야 할까요?
다음 주에 나는 루앙에 가야 합니다. 『성 앙투안의 유혹』과 내가 오랫동안 사용했던 문진文鎭을 열차에 실어 보낼 거예요. 반지는 내가 도장으로 사용하고 있기 때문에 아직 당신에게 주지 못했어요. 반지 대신 사용할 신성갑충 형상의 조각석을 마련할 생각이니, 곧 반지를 보내겠습니다.[3]
『감정교육』의 몇몇 부분에 관해 당신이 보여준 대단한 열정에 적잖이 놀랐습니다. 나도 그 부분들이 좋다고 생각하지만 당신이 말한 것만큼 다른 부분과 그렇게 큰 차이가 있는 것은 아닙니다. 어쨌든 전체적인 조화를 위해 쥘Jules에 관한 모든 부분을 작품에서 삭제하라는 당신 생각에는 동의하지 않아요. 처음 작품을 구상했던 방식을 그대로 유지해야 합니다. 쥘의 성격은 앙리Henry와 대조를 이룰 때만 빛을 발하거든요. 두 인물 중 한 인물을 떼어내면 보잘 것 없는 인물이 될 거예요. 처음에 나는 앙리라는 인물만 생각했습니다. 그러다가 돋보이게 하는 역할에 대한 필요성 때문에 쥘이라는 인물을 구상한 것이지요.
당신에게 충격을 준 부분(예술에 대한 부분 등)은 집필하기 어렵지 않습니다. 나는 내용을 수정하지는 않을 것이지만 더 잘 쓸 수는 있을 거라고 생각해요. 그것은 열정을 다해 쓴 글이지만 좀 더 일관성 있게 종합해볼 수 있을지도 모르지요. 그 후로 내 미학적 지식이 향상되었고, 적어도 일찍부터 내가 가지고 있던 지식의 근거가 확고해졌거든요. 나는 어떻게 써야 하는지 잘 알고 있습니다. 오 이런! 내가 생각하는 문체 그대로 글을 쓸 수 있다면 나는 정말 굉장한 작가가 되었을 텐데! 내 소설에서 내가 훌륭하다고 생각하는 장章이 하나 있는데, 당신은 그에 관해 아무 말도 없더군요. 두 주인공의 아메리카 여행과 차츰 이어지는 그들 자신에 대한 권태의 장입니다. 이탈리아 여행에 대해서는 당신도 나와 똑같은 생각을 했었는데요.[4] 솔직히 고백하자면 그것은 나를 우쭐하게 했던 허영심의 승리에 비싼 대가를 치른 것이지요. 나는 예견하고 있었어요. 더는 말할 필요도 없지요. 이제 나는 사람들이 생각하는 것만큼 그렇게 몽상가가 아니라서 현실을 제대로 볼 수 있어요. 마치 근시가 있는 사람들이 코를 박고 들여다보기 때문에 아주 세세한 부분까지 볼 수 있는 것처럼 말이에요. 문학적인 관점에서 말한다면 내 안에는 서로 다른 두 인물이 공존하고 있습니다. 한 인물은 고함, 서정성, 높이 날아오르는 독수리의 비상, 문장의 모든 울림, 사고의 절정에 몰두하지요. 그리고 다른 한 인물은 최대한 진실을 탐구해 파헤치고, 작은 일도 큰일처럼 강하게 비난하기를 좋아하며, 자신이 재현하는 것들을 독자가 거의 실제처럼 느끼도록 만들고 싶어 합니다. 전자의 인물은 웃는 것을 좋아하고, 인간의 동물적 속성에 만족하는데 말입니다. 나도 모르는 사이에 나는 『감정교육』에서 이러한 두 가지 성향을 통합시키려고 노력했습니다(인간사를 가지고 한 권의 책을 만들고, 서정성으로는 다른 한 권의 책을 만들었다면 훨씬 더 쉬웠을 텐데). 나는 실패했습니다. 이 작품에 아무리 수정을 가한다 해도(아마 나는 수정하겠지만), 여전히 불완전한 작품이 될 거예요. 이 작품에는 너무 많은 것이 부족한데, 늘 그런 결핍 때문에 신통치 못한 책이 되거든요. 하나의 특성은 결코 결점이 될 수 없습니다. 지나친 것은 없는 법이지요. 하지만 그 특성이 다른 특성을 갉아먹는다면 그래도 여전히 그것을 특성이라고 할 수 있을까요? 결국 『감정교육』을 다시 쓰든지 아니면 적어도 전체적으로 조정을 하고 두세 장을 다시 만들든지 해야 할 것입니다. 무엇보다 가장 어려워 보이는 것은 부족한 장 하나를 쓰는 것입니다. 똑같은 줄기가 어떻게 필연적으로 두 갈래로 갈라지는지, 다시 말해 어떤 행동이 왜 그 인물에게 그런 결과를 초래했는지, 왜 다른 행동이 아니라 바로 그 행동이어야 하는지를 보여줄 장말입니다. 원인도 드러나 있고, 결과도 드러나 있어요. 그러나 원인과 결과를 이어주는 맥락이 드러나 있지 않습니다. 그것이 바로 이 책의 결함이고, 그 때문에 책 제목에도 부합하지 못하고 있지요.

당신에게 말했다시피 『감정교육』은 하나의 시도였어요. 『성 앙투안의 유혹』은 또 다른 시도이지요. 서정성, 생동감, 혼란과 같이 내가 전혀 구속받지 않는 주제를 택했을 때 그것은 타고난 나의 성품과 아주 잘 맞았습니다. 그대로 진행하기만 하면 되었지요. 두 번 다시 지난 18개월 동안 그랬던 것처럼 문체에 미치지는 못할 거예요. 진주목걸이의 진주를 세밀하게 깎듯이 얼마나 문체에 정성을 기울였던지! 그러면서 나는 딱 한 가지를 잊고 있었어요. 바로 진주를 꿸 실말입니다. 두 번째 시도는 첫 번째 시도보다 더 나빴지요. 이제 나는 세 번째 시도를 하려 합니다. 이제는 성공하거나 실패하고 창밖으로 뛰어내리거나 둘 중 하나입니다.

내가 아름답다고 생각하고 또 만들고 싶은 것은 '그 무엇에 대해서도 이야기하지 않는 책', 외부와 전혀 결부되어 있지 않으며 마치 지탱하는 것 없이 대기 중에 떠 있는 지구처럼 문체의 내적인 힘에 의해 스스로 유지될 수 있는 책, 주제가 거의 없거나 적어도 거의 눈에 보이지 않는 책입니다. 그러한 것이 가능하다면 말이지요. 가장 아름다운 작품은 소재가 가장 적은 작품입니다. 표현이 사고에 밀착되면 될수록, 단어가 그에 합치되어 사라질수록 더 아름다워지지요. 나는 예술의 미래가 그러한 길을 가고 있다고 생각합니다. 이집트 사원의 탑문에서부터 고딕식 홍예문에 이르기까지 2,000행으로 이루어진 인도인의 시로부터 단숨에 쓰인 바이런George Gordon Byron의 시에 이르기까지 예술은 성장함에 따라 최대한 가벼워지는 것이 보이거든요. 형태는 교묘해지면서 동시에 약해집니다. 모든 의례와 규칙과 수단을 벗어나는 거지요. 서사시를 버리고 소설로, 운문을 버리고 산문으로 나아가는 거예요. 정통성을 내세우지 않고 예술을 창작하는 각자의 의지에 따를 뿐 무엇에도 구애받지 않습니다. 이와 같은 물질성으로부터의 해방은 모든 것에서 찾아볼 수 있습니다. 정부도 그런 과정을 겪었어요. 동양의 전제 군주제로부터 미래의 사회주의에 이르기까지 말입니다.

바로 그 때문에 주제에는 아름다운 것도 저속한 것도 없습니다. 하나의 명제로 확립해도 좋습니다. 순수한 예술의 관점에서 볼 때 주제란 없으며 오직 문체만이 사물을 보는 절대적인 방법이라는 것을 말이에요.

내가 말하고 싶은 것을 설명하려면 책 한 권이 필요할 겁니다. 나중에 늙어서 더는 끄적거릴 글거리가 없을 때 그 모든 것에 관해 쓰려고 합니다. 우선은 내 소설에 전력을 기울여야지요. 『성 앙투안의 유혹』을 쓰던 그 좋은 시절이 다시 올까요? 아, 제발 결과는 그때와 다르기를! 나는 천천히 진행하고 있습니다. 나흘 동안 다섯 페이지를 썼는데, 지금까지는 빈둥거리고 있어요. 나는 여기서 평온을 다시 찾았어요. 날씨가 아주 고약해서 강물이 마치 대양大洋 같군요. 창문 밑으로는 고양이 한 마리도 지나다니지 않네요. 나는 불을 잔뜩 지피고 있습니다.

부이예Louis Bouilhet의 어머니와 카니Cany 시[5] 전체가 비도덕적인 책을 썼다고 부이예에게 분개했습니다. 추문을 낳은 것이죠. 사람들은 그를 재능 있는 사람이긴 하지만 타락했다고 여깁니다. 천한 사람이라는 겁니다. 만약 내가 부이예라는 사람과 작품의 가치에 대해 그동안 다소라도 의구심이 있었다면, 이제는 모두 사라졌을 겁니다. 자기 가족과 고향으로부터 거부되다니(나는 아주 진지하게 말하고 있는 겁니다)! 사실 그에게는 그동안 그런 축복이 부족했어요. 그보다 더 강한 축복은 받을 수 없을 겁니다. 모든 승리를 대신해주는 모욕이 있고, 박수갈채보다 더 달콤하게 자부심을 채워주는 야유가 있는 법이죠. 그러니까 이제 그는 앞으로 쓰일 전기에서 모든 역사적 관례가 그랬듯이 위대한 사람의 반열에 오르게 된 거예요.

당신은 편지에서 내가 당신에게 한없는 애정을 약속했다는 점을 상기시키고 있더군요. 당신에게 진실을 말해드리지요, 아니 당신이 좋다면 당신에 대한 내 감정을 말끔히 결산해보겠어요. 파산 때문에 결산하는 것이 아니고요(아! 그것 참 멋진 말이네). 사랑이라는 단어를 아주 고상한 의미로 받아들인다면, 그 불가능한 행운을 향해 마음을 열게 만드는 더할 나위 없이 경이로운 의미로 생각한다면, 그것은 사랑이 아닙니다. 나는 젊은 시절에 그에 관해 너무도 많은 고민을 했던 터라 이제 앞으로는 더 생각하지 않을 것입니다. 나는 당신에게 우정, 매력, 존경, 연민, 감각적인 이끌림이 혼합된 감정을 느끼고 있어요. 그것은 복합적인 전체를 이루는데, 뭐라 이름 붙일 수는 없지만 내게는 확고한 것입니다. 내 마음속에는 당신을 위한 성수가 뿌려져 있어요. 당신은 내 마음속 한구석, 작고 감미로운 장소에 자리 잡고 있습니다. 오직 당신 혼자만의 자리이지요. 내가 다른 사람을 사랑한다 해도 당신은 여전히 그곳에 있을 거예요(그렇게 생각합니다). 당신은 아내와 같은 사람이고, 내가 가장 좋아하는 사람이며, 결국 내가 다시 돌아가게 되는 그런 사람일 겁니다. 그렇지 않다면, 그건 말도 안 되는 소리 아니겠어요? 당신 자신을 잘 살펴봐요. 당신이 가졌던 감정 중 사라진 감정이 있나요? 아뇨, 모두 남아 있어요. 그렇지 않나요? 모두 다. 우리가 마음속에 간직하고 있는 미라 같은 존재는 결코 먼지처럼 사라지지 않는 법입니다. 머리를 환기창으로 기울일 때면 저 아래에서 크게 뜬 눈을 고정시킨 채 우리를 바라보는 그들을 보게 되지요.

감각은 언젠가는 우리를 다른 곳으로 이끌기 마련입니다. 변덕스런 우리의 기분은 늘 새로운 광채를 찾아 빠져드니까요. 그게 무슨 소용이 있나요? 내가 예전에 당신이 원했던 만큼 당신을 사랑했다 해도, 이제는 그만큼 사랑하지 않을 수 있어요. 우리 마음속에서 한 방울 한 방울 새어나오는 애정은 결국 마음속에 종유석을 만들게 됩니다. 그것이 마음을 휩쓸어가는 급류보다 더 낫지 않나요? 이것이 바로 진실이고, 나는 그렇게 믿습니다.

그래요, 난 당신을 사랑합니다. 가엾은 루이즈, 어쨌든 나는 당신의 삶이 즐겁기를, 꽃과 기쁨으로 둘러싸이기를 바랍니다. 나는 당신의 아름답고 선량하고 솔직한 얼굴, 당신 손의 압력, 내 입술 밑에 느껴지는 당신 피부의 감촉을 사랑해요. 내가 당신에게 냉담하게 대한다면 그건 나를 괴롭히고 헤어나지 못하게 하는 슬픔, 날카로운 신경과민, 침울한 우울증의 반작용 때문이라고 생각하세요. 나는 마음속 깊은 곳에서 내 나라 중세에 만연했던 우울함의 뒷맛을 항상 느끼고 있습니다. 동양으로부터 전파되었던 흑사병 냄새와 안개 냄새가 나는 것 같아요. 옆으로는 루앙의 낡은 나무 집들처럼 조각물, 채색유리, 납으로 된 차양도 함께 무너져 내립니다. 바로 그런 곳에서 살고 있는 거예요. 빈대도 많으니, 긁어야 해요.
당신의 장밋빛 입술에 다시 한 번 키스를 보내며.

당신의 귀스타브

***

루이즈 콜레의 비망록

1852년 1월 15일

내 추억을 위한 지표를 기록하지 않은지도 오래되었다. 귀스타브가 여기 머무는 동안에는 그런 것이 다 무슨 소용이랴? 나는 그를 기다리고, 그를 사랑하고, 그와 함께 예술에 전념하고, 신체적으로는 끔찍한 종기 때문에 고통 받고, 정신적으로는 그를 위해 내 삶을 바치는 나에게 그가 헌신하지 않는 것 때문에 고통 받으며 내 삶을 보내왔다. 지난 금요일, 그가 떠나기 전날, 그는 내 집에서 아르팡티니 Arpentigny 대위와 함께 저녁식사를 했다. 나는 고통스러웠지만 단장을 했고, 궁핍했지만 세련된 저녁식사를 준비했다. 저녁에는 그 전날 내가 속마음을 털어놓았던 오귀스트Auguste가 왔다. 내가 더 이상 사랑하지 않는 지금의 그는 기이하게 마음이 평온한 사람이고, 사랑하던 때의 그는 열정적이진 않았지만 까다롭지 않은 사람이었는데, 남자들이 무엇을 말하고 느끼는지 알게 해준 사람이다. 육체의 결합은 아무것도 아니다. 마음을 바쳤거나 마음이 고통을 겪었을 때는 고통을 준 사람에게 마음 한 조각이 여전히 매달려 있게 된다. 오귀스트 외에도 젊은 시몽Simon, 로제 부인Madame Roger, 앙토니 데샹Antony Deschamps이 저녁에 모였다. 귀스타브는 그들을 배웅하러 내려갔다가 다시 올라왔다. 그의 육체적인 열정. 말을 많이 하지는 않았지만 감동스러운 몇 마디 말. 지난 6주간 친밀한 관계를 맺는 동안 그가 나에게 느낀 감정을 편지로 말해주겠노라는 약속. 그런데 아직 아무것도 받지 못했다. 『감정교육』을 다 읽은 후 결국 내가 그에게 편지를 썼다. 예술에 대한 부분은 정말 감탄스럽다. 그는 위대한 예술가다. 나는 오늘 저녁 그에게 편지를 썼고, 그가 내게 주지 않고 그냥 가져가버린 이집트 반지에 대해서 이야기했다. 그저 부주의해서 그런 것일까? 이상한 일이다. 나는 그를 무척이나 사랑한다. 내 시에 대해 너무도 무례하게 군 뒤 캉[6]에 대한 불만을 말했다가 그를 잃게 될까봐 정말이지 두렵다. 하지만 나는 그가 조카딸을 데려오지 않은 것에 관해서만 나무랐을 뿐 다른 것은 감히 비난하지 못했다! …… 아! 세상에! 그의 사랑은 내게 아무런 보탬이 되지 않는구나!

제2장

낭만적 사랑의 정열과 광기, 뮈세와 상드의 편지

김미성 | 연세대학교 인문학연구원 HK연구교수

프랑스 낭만주의를 대표하는 두 문인 알프레드 드 뮈세 Alfred de Musset (1810~1857)와 조르주 상드 George Sand(1804~1876)의 사랑 이야기는 낭만주의가 꿈꾸었던 격정적 사랑을 온몸으로 보여준 일대 사건이었다. 19세기를 통틀어 이들만큼 대중의 입에 회자되고, 문단의 관심과 논란을 불러일으킨 사랑담은 전무후무하다. 1833년 6월 17일 혈기왕성한 문단의 총아, 23살의 청년 뮈세는 ≪양세계 평론Revue des Deux Mondes≫지의 편집장인 프랑수아 뷜로즈François Buloz가 베푼 만찬에서 7살 연상의 상드를 처음 만난다. 모임의 '아도니스'였던 뮈세는 유일한 여성 참석자인 상드의 옆자리에 앉게 되고, 그들은 문학과 당시 진행 중이던 작품에 관한 이야기를 나눈다. 파리지앵parisien이며 귀족인 뮈세와 시골 출신 부르주아인 상드는 여러 가지 상이한 점이 많았지만 서로 호감을 느끼게 된다. 당시 상드는 두

▸ 뮈세가 그린 상드(1835)

아이의 엄마이자 이혼녀였으나 그들은 만난 지 채 한 달도 지나지 않아 열렬한 사랑에 빠지고, 그해 12월 많은 사람이 반대했음에도 베네치아Venezia로 여행을 떠난다. 요한 볼프강 폰 괴테Johann Wolfgang von Goethe와 조지 고든 바이런George Gordon Byron이 노래했던 베네치아는 두 연인에게는 그들이 꿈꾸었던 사랑을 실현해줄 이상적인 장소였다. 뮈세의 지인과 친구들, 특히 사랑하는 막내아들을 외국에 보내고 몇 달간이나 떨어져 지내게 된 뮈세 어머니의 격렬한 반대에도 두 연인은 베네치아로 떠난다. 1834년 1월 베네치아에 도착했을 때 그들은 긴 여정으로 지쳐 있었다. 그러나 훗날 뮈세는 다음의 시에서 노래한 것처럼 베네치아에 매혹된다.

> 내가 알던 그대로의, 내가 원했던 그대로의,
> 내가 시에서 베네치아를 노래할 때 보았던 그대로의 베네치아가 있었다.

그러나 불행히도 두 연인은 베네치아를 같이 즐길 수 없었다. 상드는 긴 여행에 지쳐 열이 났고, 몸져누웠다. 병석에 누운 연상의 연인을 간호하기 위해 카니발 시즌의 베네치아를 즐기기를 포기한다는 것은 피 끓는 청년 뮈세에게는 불가능한 일이었다. 상드가 베네치아의 젊은 의사 피에트로 파젤로Pietro Pagello의 간호를 받는 동안 뮈세는 연인을 병석에 홀로 남겨둔 채 베네치아의 낭만을 만끽한다. 그러나 뮈세에게도 긴 여행 후의 휴식은 필요했다. 1월 말에는 뮈세가 병이 나고, 상드를 치료했던 의사 파젤로가 뮈세를 돌보게 된다. 이때 고열에 시달리던 뮈세는 맑은 정신상태를 유지하지 못한 듯하다. 뮈세가 위독한 상태에서 벗어난 것은 2월 중순이 되어서이다. 뮈세가 여전히 병석에 누워 있던 2월 말, 상드는 파젤로의 연인이 된다. 그럼에도 상드는 '어머니처럼' 뮈세를 극진히 간호한다. 뮈세는 『세기아의 고백La Confession d'un enfant du siècle』에서 그가 베네치아에서 고열에 시달리며 보고 겪은, 이른바 '한 개의 찻잔'에 관한 에피소드를 다음과 같이 회상한다.

▸ "내 죽거든 무덤가에 버드나무 한 그루 심어주오"라는 뮈세의 시구가 새겨진 그의 무덤과 무덤가의 버드나무

> 어느 날 저녁 스미스Smith는 우리와 저녁을 같이했고, 내가 일찍 자리를 뜬 까닭에 스미스와 브리지트Brigitte는 같이 있게 되었다. 방문을 닫을 때 브리지트가 차를 주문하는 소리가 들렸다. 다음 날, 그녀의 방에 들어갈 때 나는 우연히 테이블에 다가갔는데, 찻주전자 옆에 찻잔이 하나밖에 보이지 않았다. 나보다 전에 들어온 사람은 아무도 없었다. 전날 사용한 것 중 하인이 가져간 것은 아무것도 없다는 말이었다. 나는 다른 하나의 찻잔이 보이지 않을까 주변 가구 위를 찾아보았다. 그리고 다른 찻잔은 없다고 확신했다.

"스미스가 늦게까지 있었나요?" 브리지트에게 물었다. "자정까지 요." "당신 혼자 잠자리에 들었어요? 아니면 잠자리를 봐줄 누군가를 불렀나요?" "혼자 잠자리에 들었어요. 집 안에 있는 사람들은 모두 잠들어 있었어요."

나는 계속 찾고 있었고, 양손은 떨리고 있었다. 찻잔 하나까지 조사할 만큼 터무니없는 질투를 하는 장면이 나오는, 우스꽝스러운 코미디가 어디 있을까? 무슨 까닭으로 스미스와 피에르손Pierson 부인이 같은 찻잔을 사용했겠는가? 이런 역겨운 생각이 떠올랐다!

그렇지만 나는 찻잔을 들고 방안을 왔다 갔다 했다. 웃음이 터져 나오는 것을 참을 수 없었다. 나는 찻잔을 바닥에 던졌다. 찻잔은 산산 조각으로 부서졌고, 나는 구두 뒤축으로 찻잔 조각을 으스러뜨렸다.

뮈세와 상드의 사랑담에서 가장 많은 논란의 대상이 된 것은 상드와 파젤로가 어느 시점에 연인이 되었는가이다. 상드는 뮈세의 이런 증언을 고열로 인한 몽상이라고 치부한다. 연인이 병석에 누워 있는 동안 옆방에서 다른 남자의 품에 안겼다는 것은 용납되기 어려웠기 때문이다. 연인의 철없는 행동에도 그녀는 헌신적인 간호를 베풀었으나, 그것은 19세기 전반 남자들의 세계에서 여성이 감내해야 하는 엄격한 잣대였을 것이다. 상드는 이 사실을 감추기 위해 평생 필사적인 노력을 기울인다. 상반된 여러 증언이 있었지만 어찌되었건 완벽히 증명될 수는 없는 일이었다.

1834년 4월 뮈세는 연인을 베네치아에, 파젤로에게 남겨둔 채 홀로 파리로 돌아온다. 그러나 이것이 그들의 격정적 사랑의 끝은 아니었다. 같은 해 8월 상드는 파젤로와 함께 파리로 온다. 그러나 섬세하고 명석하며 세련된 매너까지 몸에 배인 파리 문인들 틈에서 파젤로는 베네치아에서

만큼 매력적으로 보이지 않았던 듯하다. 상드는 파리로 돌아온 후 뮈세와 다시 만나기 시작했고 파젤로는 파리에서 여름 내내 홀로 남겨졌다. 10월 베네치아로 돌아가기 직전 파젤로는 뮈세의 절친한 친구인 타테Tattet에게 자신의 처지를 눈물로 한탄하고, 상드와의 관계가 뮈세가 베네치아를 떠난 이후가 아니라 그가 병석에 누워 있을 때부터 시작되었다는 고백을 한다. 상드는 다시 그를 만나고 싶어 하지 않았고, 파젤로는 쓸쓸히 베네치아로 떠난다.

뮈세와 상드의 사랑 이야기에서 정열과 광기, 사랑과 절망이 정점에 달하는 것이 바로 이 시기이다. 타테는 뮈세에게 즉각 파젤로의 고백을 전하고 그들의 관계가 다시 시작되는 것을 심하게 반대하지만 그들의 열정을 막을 수는 없었다. 마침내 10월 상드는 타테에게 "알프레드는 다시 나의 연인이 되었어요!"라는 의기양양한 내용의 편지를 보내고, 이후 몇 번의 만남과 이별이 이어진다. 1835년 2월 22일 두 연인 사이에 격렬한 장면이 연출되는데, 상드의 두 아이인 모리스Maurice와 솔랑주Solange가 보는 앞에서 뮈세가 손에 칼을 든 채 상드를 위협하는 극한 상황에까지 이르렀다. 결국 상드에게서 마지막 승리를 거두는 것은 연인이 아니라 '어머니'였을까? 3월 6일 저녁 상드는 고향인 노앙Nohant으로 떠나고 둘의 관계는 다시는 돌이킬 수 없게 된다.

1836년 1월 상드와의 사랑 이야기를 담은 자전적 소설인 뮈세의 『세기아의 고백』이 출간된다. 상드는 헤어진 연인이 자신을 어떻게 묘사했을까 걱정하지만 뮈세는 이 소설에서 '한 개의 찻잔'에 관한 에피소드처럼 모든 잘못을 자신에게로 돌리고 연인을 이상화한다. 1844년경부터 뮈세는 건강에 이상을 보이기 시작하고, 음주와 불규칙한 생활로 인해 그의 건강은 더욱 악화된다. 1857년 2월 파리의 페르라셰즈 묘지La cimetière du Père-Lachaise

에 묻힌 프랑스 낭만주의를 형상화하는 시인이자 극작가, 또 소설가였던 '아카데미프랑세즈Académie Française'의 회원 알프레드 드 뮈세의 장례식에는 단지 30여 명의 지인만 참석해 그의 마지막을 함께한 것으로 전해진다. 그리고 그가 죽은 직후 '베네치아의 연인'의 사랑 이야기는 20여 년 만에 화려하게 재조명된다. 그 시작을 알린 것은 상드였는데, 1858년 그녀는 그들의 사랑 이야기를 기둥 줄거리로 한 『그녀와 그Elle et Lui』를 출간한다. 뮈세의 형이자 평생 동생의 든든한 지원자였던 폴 드 뮈세Paul de Musset는 상드가 투영된 여자 주인공을 순결한 구원의 여성상으로 이상화한 반면 젊은 시절의 뮈세임에 분명한 남자 주인공을 타락한 정신병자로까지 묘사한 데 분격해 곧 『그와 그녀Lui et Elle』로 반격에 나선다. 이어 뮈세의 만년의 연인이었던 루이즈 콜레Louise Colet는 『그 Lui』를 써서 뮈세를 지원한다. 그 후 뮈세와 상드의 사랑담은 '베네치아의 연인'에 관한 수많은 추측과 반론을 낳으며 프랑스 문단을 뜨겁게 달군다. 뮈세보다 20년이나 더 살았던 상드는 적극적으로 자신의 입장을 변호하고 정당화하는 데 전력을 기울인다.

세간의 호사가들은 직간접적으로 관련 있는 인물에 의해 쓰인 자전적 소설뿐 아니라 두 연인이 나누었던 편지들을 세상을 떠들썩하게 만든 사랑담에 대한 일종의 '증거'로 간주했다. 아마도 이런 이유 때문에 상드는 뮈세에게 보낸 편지의 일부를 삭제하고 위조했는지 모른다. 당시 사회적으로 불리한 위치에 있을 수밖에 없었던 여성으로서 자신의 명예와 이미지를 지키기 위해서였을 것이다. 뮈세와의 사랑이 결정적으로 종지부를 찍고 난 지 1년 후 상드는 자신이 보낸 편지들을 돌려달라고 뮈세에게 요청하고, 1837년 봄 이 편지들을 다시 손에 넣는 데 성공한다. 그리고 아마도 사후 출간을 염두에 두었을 상드는 편지의 일부를 가위로 잘라 없애고,

편지가 쓰인 지 20여 년이 지나서는 1834년에 쓴 6통의 편지를 다시 쓰고 '위조'해 다른 편지들과 함께 후세에 남긴다. 이 사실은 20여 년에 걸쳐 상드의 서간집을 완간한 조르주 뤼뱅Georges Lubin이 6통의 편지가 1834년과는 전혀 다른 필체로 쓰였음을 증명함으로써 밝혀졌다. 이는 상드 사후 100여 년의 시간이 흐른 뒤였다. 상드의 문체는 1856년을 기점으로 완전히 바뀌었고 이 사실은 상드가 이후 편지들을 '위조'했음을 밝혀내는 결정적 증거가 되었다. 이러한 뤼뱅의 '발견'으로 19세기 내내 프랑스 문단을 뒤흔들었던 '베네치아의 연인'의 진실에 대한 공방은 일단락을 맞이했다.

사랑의 정열과 현실의 간극을 메우기란 지난한 일이다. 다음은 그들의 사랑과 헤어짐의 과정에서 쓰인 사랑의 편지들이다. 열정적으로 사랑하다 헤어진 연인의 사랑의 흔적을 함께 느껴보자.

***

1833년 7월 25(?)일

친애하는 조르주,

당신에게 할 말이 있는데 어리석고 우스꽝스러운 일이에요. 말하는 대신 글로 쓸게요. 왠지는 모르겠지만 산책에서 돌아오는 길이었어요. 오늘 저녁, 이 말을 하고 나면 전 슬픔에 잠기겠지요. 당신은 나를 비웃고, 지금까지 당신과의 모든 관계 속에서 나를 달콤한 말이나 늘어놓는 자로 생각할 거예요. 당신은 나를 문밖으로 내쫓고, 거짓말쟁이로 생각할 테지요. 난 당신을 사랑해요. 당신 집에 갔던 첫날부터요. 그저 친구로 당신을 만나면 열병과 같은 사랑에서 치유될 수 있을 것이라 믿었어요. 당신에게는 나를 치유시켜줄 수 있는 많은 것이 있었어요. 나는 할 수 있는 한 내 자신에게 그 점을 설득하려 했지요. 하지만 당신과 같이 보낸 순간의 대가는 너무도 비쌌습니다. 차라리 당신에게 말을 하는 편이 나을 테죠. 난 잘한 겁니다. 당신이 문을 열어주지 않는다면 지금 나는 사랑에서 치유되기 위해 훨씬 덜 고통 받을 것이기 때문입니다.

그날 밤 난 내가 시골에 있었다는 것을 당신이 믿게 해야겠다고 결심했어요. 하지만 비밀을 만들거나 아무 이유 없이 당신을 혼란스럽게 하고 싶지 않아요.

조르주, 당신은 이렇게 말할 거예요. "또 한 명이 날 따분하게 하겠군!" 어제 내게 다른 사람 이야기를 하면서 말 했던 것처럼요. 만일 내가 당신에게 완전히 상관없는 사람이 아니라면 어떻게 해야 할지 말해주세요. 하지만 제발, 지금 내 편지를 믿을 수 없다고 말하려 한다면 차라리 아무 말도 하지 마세요. 당신이 날 어떻게 생각하는지 알아요. 그리고 당신께 이 편지를 쓰면서 아무런 희망도 꿈꾸지 않습니다. 그저 친구 한 명과 한 달 전부터 지낸 즐거운 시간을 잃을 뿐이지요. 하지만 난 당신이 좋은 사람이라는 것을, 사랑의 경험이 있다는 것을 알고 있어요. 그리고 난 연인에게가 아니라 솔직하고 충직한 친구에게 하듯 당신에게 속마음을 털어놓습니다. 당신을 만나는 즐거움을 스스로 빼앗아버린 나는 바보예요. 시골로 여행하기 전 당신이 파리에서 지낼 얼마 되지 않는 시간 동안 이탈리아로 떠나면 그곳에서 우리는 매우 아름다운 밤들을 보낼 수도 있을 거예요, 만일 내게 힘이 있다면, 시골로 여행하기 전 이탈리아로 떠나 그곳에서 아름다운 밤들을 보낼 수도 있을 거예요. 하지만 진실은 내가 고통 받고 있으며, 힘이 부족하다는 것이지요.

***

1833년 7월 27일

방금 내가 읽은 글에 당신이 내 생각을 하면서 쓴 페이지가 하나라도 있다면 감사해요, 조르주. 당신이 나에 대해 더 잘 알게 되고, 당신을 향한 내 행동에 아무런 교활함이나 가장된 오만함도 없다는 걸 아셨으면 합니다. 그리고 있는 그대로의 내 자신보다 날 더 크게도 더 왜소하게도 만들지 말아주세요. 나는 당신을 만나고, 당신을 사랑하는 기쁨에 빠졌습니다. 난 당신 집에서, 당신 곁에서가 아니라 여기, 지금 나 홀로 있는 이 방에서 당신을 사랑했습니다. 이 방에서 결코 아무에게도 해본 적 없는 말을 당신께 한 것입니다. — 언젠가 누군가 당신에게 내가 옥타브 Octave인지 쾰리오 Coelio[1]인지 물었다고 말했던 걸 기억하나요? 난 둘 다인 것 같다고 말했었지요. 난 광기로 인해 당신에게 한 명만을 보여주었고, 다른 한 명이 말을 했을 때 당신은 마치 ……(이 부분은 편지가 손상되어 해독이 불가능하다) 에게 답하듯이 그에게 말했어요. ……(해독이 불가능하다) 누구 잘못인가요? 내 잘못이에요. 밀폐된 관 속에 사는 데 익숙해진 내 한스러운 본성을 불쌍히 여겨주세요. 그리고 내가 그 속에 들어가도록 강요한 사람들을 증오하세요. 당신이 어제 말했듯이 여기에는 감옥의 벽이 있어요. 여기 오는 모든 것이 파괴될 거예요 — 그래요, 조르주, 여기에는 벽이 있어요. 당신이 잊은 것은 단 한 가지 밖에 없습니다. 그 뒤에 수인이 있다는 사실이에요. 내 모든 이야기, 내 지난 삶, 내 미래의 삶이 여기 있습니다. 운이 맞지 않는 시구로 감옥의 내 독방에 관해 서투른 글을 쓰는 날, 나는 아주 발전할 거고 아주 행복할 겁니다! 이건 행복한 예측이지요. 당신을 이해할 수 있는 존재를 마주하고 아무 말 없이 있을 수 있는 것, 그리고 그 존재의 고통으로 신성한 보물을 만들어 쓰레기더미 속으로, 하수구 속으로 던져버릴 수 있는 것은 유리한 계산이고, 훌륭한 자질입니다. 한 권에 6프랑에 말이지요, 칫!
날 불쌍히 여기고, 경멸하지 말아주세요. 난 당신 앞에서는 말을 할 수 없기 때문입니다. 난 벙어리로 죽게 될 거예요. 내 이름이 당신 심장의 어느 한구석에 쓰인다면 그 흔적이 아무리 희미해지고 퇴색된다 하더라도 지우지 말아주세요. 나는 타락하고 만취한 소녀는 안을 수 있습니다. 그렇지만 어머니를 안을 수는 없습니다.
사랑할 줄 아는 사람을 사랑하세요. 난 고통 받는 것밖에 모릅니다. 내 스스로 날 죽음으로 몰아가는 날들이 있을 겁니다. 하지만 나는 눈물을 흘리거나 오늘처럼 웃음을 터뜨립니다. 안녕, 조르주, 어린아이처럼 당신을 사랑합니다.

***

베네치아, 1834년 3월 27(?)일[2]

안녕, 내 사랑.
난 당신이 여기 머물 거고 안토니오Antonio를 통해 내게 돈을 보내줄 거라 생각해요.[3] 내가 가진 증오나 무관심이 어떤 것이든 오늘 당신에게 한 작별 인사가 내 생애 마지막 인사라면 내가 당신을 영원히 잃어버렸다는 생각으로 바깥세상을 향해 내 첫발자국을 내딛었음을 당신은 알아야 해요. 난 내가 당신을 잃어버려도 마땅했다고, 그것도 너무 가혹한 결과는 아니라고 느꼈어요. 당신에게는 내가 당신을 기억하는지, 기억하지 않는지가 상관없는 일일지 모르지만 내게는 오늘 당신의 그림자가 사라지고 당신이 내 앞에서 멀어진다는 사실이 중요해요. 내게는 당신이 지나간 내 삶에 불순한 것은 아무것도 남지 않을 것이라 말하는 것이 중요해요. 당신을 가졌을 때 당신을 존중할 줄 몰랐던 자는 눈물을 통해서 깨달을 수 있을 것이고, 심장에서부터 당신을 존중할 수 있을 거예요. 그의 심장 속에서 당신은 결코 지워지지 않을 거예요.

***

1834년 4월 4일 금요일

안녕, 내 사랑.

나의 친애하는 조르주, 나는 제네바Genève에 있어요. 우체국에서 당신 편지를 발견하지 못한 채 밀라노를 떠났어요. 아마도 당신은 내게 편지를 썼겠지요. 하지만 나는 도착하면서 곧바로 마차의 자리를 예약했고, 언제나 합승마차 출발시간보다 두 시간이나 먼저 도착하는 베네치아 우편물이 이번에는 우연히 지연되었지요. 부디, 밀라노로 편지를 보냈거든 우체국장에게 파리에서 내게 전해주라는 편지를 다시 보내주세요. 그렇게 해주세요, 두 줄이면 될 거예요. 친구여, 내게 파리로 편지해주세요. 고통의 그 두 달 동안 나는 당신을 너무도 지치고 녹초가 되도록 내버려두었지요. 당신이 내게 말했듯이 고통의 그 두 달 동안 나는 당신을 너무 지치게 했고 녹초가 되게 했어요. 당신은 내게 할 말이 많을 거예요. 부디 당신은 평온하다고, 당신은 행복할 거라고 말해주세요. 내가 여정을 아주 잘 견뎠다는 걸 알거예요. 안토니오가 당신에게 편지를 썼다고 말했어요. 나는 튼튼하고, 아주 건강하고, 꽤 행복한 편이에요. 내가 고통받지 않았고, 여관에서 보낸 그 슬픈 밤 동안 여러 번 울지 않았다고 말할까요? 그건 내가 짐승이라고 으스대는 꼴일 테고, 당신은 날 믿지 않을 거예요.

난 아직 당신을 진정 사랑하고, 나흘 후면 우리 사이에는 1,200km의 거리가 생길 거예요. 솔직하지 못할 이유가 어디 있겠어요? 그만큼의 거리에서는 더 이상의 격렬함도, 더 이상의 신경전도 없어요. 난 당신을 사랑해요. 당신이 사랑하는 사람 곁에 있음을 알고 있지만 내 마음은 평온해요. 당신에게 편지를 쓰는 동안 눈물이 손등으로 쏟아지지만 이건 내가 쏟아본 가장 부드럽고 가장 소중한 눈물이에요. 당신에게 이런 이야기를 하는 나는 피로에 지친 어린 아이가 아니에요. 태양의 궤도 속에서 만큼이나 내 심장 속에서 환히 빛나는 태양이 증인이에요. 내 자신에 대해 신뢰가 생기기 전에는 당신에게 편지를 쓰고 싶지 않았어요. 이 가련한 머릿속으로 수많은 생각이 지나갔어요! 얼마나 기이한 꿈에서 깼는지!

오늘 아침, 나는 상점들을 보면서 제네바의 거리를 뛰어가고 있었어요. 새 조끼와 멋진 판본의 영어로 쓰인 책에 관심이 갔어요. 나는 거울에 얼굴을 비추어보았고, 거울 속에서 예전의 어린아이를 알아보았어요. 대체 내가 무슨 짓을 한 거죠, 내 가련한 친구여? 당신이 사랑하고자 했던 남자가 거기 있었습니다! 당신은 심장 속에 10년 동안이나 고통을 품고 있었고, 10년 전부터 행복에 대한 억누를 수 없는 갈망을 지녀왔어요. 당신이 의지하고자 한 사람은 믿을 수 없는 사람이었어요! 당신은 날 사랑했어요! 나의 가련한 조르주! 그건 날 전율하게 해요. 난 당신을 너무도 불행하게 했어요. 그리고 다시 당신을 불행하게 하려 했어요. 나의 조르주, 난 내 머리맡에 고개를 숙이고 18일 밤을 지새운 나머지 창백해진 당신의 얼굴을 오랫동안 바라볼 거예요. 그렇게 많은 눈물을 흘린 이 비통의 방에서 오랫동안. 당신은 스스로를 내 연인이라 믿었지만, 내게 당신은 어머니와 같은 존재였습니다. 하늘은 서로를 위해 우리를 만드셨어요. 우리의 지성은 그 고결한 영역 안에서 산속의 두 마리 새처럼, 서로를 향해 날아갔습니다. 하지만 포옹이 너무 강렬했어요. 우리가 범한 것은 근친상간과도 같았지요.

좋아요, 내 유일한 친구여. 적어도 우리의 마지막 순간 내 행동은 당신에게는 거의 고문과 다름없었지요. 적어도 우리의 마지막 순간에는. 난 당신을 너무 고통스럽게 했지만 당신에게 더 나쁜 짓을 하지 않았던 것은 신의 축복이었어요. 오 내 아이여, 당신도 알다시피, 당신은 아름답습니다. 당신은 젊고, 하늘 아래에서 당신에게 어울리는 심장을 가진 남자에 기대어 산책을 할 테지요. 친절한 젊은 남자! 내가 얼마나 그 남자를 사랑하는지, 그를 생각하면 눈물을 참기 힘들다고 전해주세요. 좋아요, 그러니까 난 당신을 신에게서 훔쳐내지 않았고, 당신의 행복을 위해서 필요했던 신의 손길이 당신에게서 멀어지게 하지 않았어요! 난 당신을 떠난다는, 아마도 세상에서 제일 간단한 일을 했어요. 난 그 일을 해냈고, 눈물로 내 심장은 부풀어 오릅니다. 난 슬픔, 한없는 기쁨과 동행합니다. 생플롱 고개 Le Simplon를 지날 때 날 생각해줘요, 조르주. 알프스의 영원한 망령이 그토록 힘차고 조용히 내 앞에 나타난 적은 처음이었습니다. 이

륜마차 안에 나는 혼자였습니다. 내가 느낀 걸 어떻게 표현해야 할지 모르겠군요. 알프스라는 거인이 신의 손길로 만들어진 모든 위대한 것에 대해 말해주는 것 같았어요. 난 어린아이에 지나지 않는다고 외쳤어요. 하지만 내겐 두 명의 친구[4]가 있고 그들은 행복해요.

답장 주세요, 나의 조르주. 당신을 걱정하고 있다는 걸 믿어줘요. 내 우정이 결코 당신을 성가시게 하지 않길. 사랑보다 더 뜨거운 이 우정이 내 안에 있는 선한 감정의 전부입니다. 그걸 생각해줘요. 그건 신의 작품이에요. 당신은 나를 신과 연결해주는 끈입니다. 날 기다리는 삶을 생각해줘요.

***

바덴Baden, 1834년 8월 23일

그대여, 당신에게 마지막 인사를 보냅니다. 이 마지막 인사는 확신에 차 있고, 고통을 수반했지만 절망적이지는 않습니다. 잔인한 고뇌, 가슴을 저미는 것 같은 갈등, 쓰라린 눈물은 내 안에서 창백하고 감미로운 우수라는 쓸쓸하지만 다정한 또 다른 나의 감정에게 자리를 내주었습니다. 오늘 아침, 평온한 밤을 보낸 후 나는 우수가 입술에 부드러운 미소를 띠고 내 침대 맡에 있는 것을 발견했습니다. 우수는 나와 함께 떠나는 친구입니다. 그 이마에는 당신의 마지막 입맞춤이 남아 있습니다. 당신에게 이런 말을 하는 걸 왜 두려워하겠어요? 오! 그대여, 우수는 당신의 아름다운 영혼만큼이나 순결하고 순수하지 않았나요. 당신은 우리가 함께 보낸 너무도 슬펐던 그 두 시간을 결코 후회하지 않을 거예요. 부디 그 기억을 간직해주세요. 그 시간은 내 상처에 진통제가 되었습니다. 당신은 불쌍한 친구에게 추억을 남겨준 걸 결코 후회하지 않을 거예요. 다가

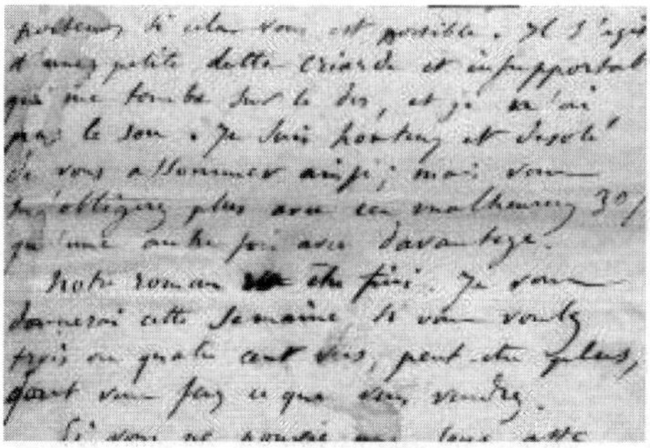
pardonnez si cela vous est possible. Il s'agit
d'une petite dette criarde et insupportable
qui me tombe sur le dos, et je n'ai
pas le sou. Je suis honteux et désolé
de vous assommer ainsi; mais vous
m'obligerez plus avec ce malheureux 30 f
que une autre fois avec davantage.
Notre roman est fini. Je vous
donnerai cette semaine si vous voulez
trois ou quatre cent vers, peut-être plus,
dont vous ferez ce que vous voudrez.

▸ 뮈세가 상드에게 보낸 1834년 8월 23일자 편지의 일부

올 모든 고통과 기쁨은 그 추억의 한가운데서 그와 세상 사이의 부적 같은 것을 발견할 겁니다. 우리 우정은 정식으로 인정되었어요, 친구여. 그건 어제, 신 앞에서, 우리의 눈물이라는 신성한 세례를 받았어요. 우리 우정은 신처럼 영원합니다. 더 이상 아무것도 두렵지 않고, 아무것도 바라지 않아요. 나는 이 세상에서는 끝났어요. 신은 내게 더 큰 행복을 약속해주지는 않으셨습니다. 그래 좋아요, 친애하는 누이여, 난 조국을, 어머니를, 친구들을, 내 청춘의 세계를 떠날 거예요. 난 영원히 혼자 떠날 거고, 신에게 감사드립니다. 당신에게서 사랑을 받은 사람은 더는 격분할 리 없으니까요, 조르주. 난 이제 더 고통 받을 수도 있어요. 하지만 더 이상 화를 낼 수는 없어요.

미래의 우리 관계에 대해서는 당신이 결정하세요. 내 생명에 관련되는 그것이 무엇이든, 한 단어만 말해요. 아이와도 같은 사람이여, 내 생명은 당신 것입니다. 당신에게서 아주 멀리 떨어진 대지의 한 모퉁이로 가서 조용히 사라지라고 내게 편지하세요. 신이 답하실 거라 믿는다면 당신의 심장에 의견을 구하세요. 우리의 가엾은 우정을 지키려 노력하세요. 내게 이따금 한 번의 악수, 한 단어, 한 방

울의 눈물을 더 보낼 수 있는 힘을 남겨두세요. 아! 그게 내 행복의 전부니까요. 하지만 아이처럼 사랑스러운 그대여, 우리 우정을 희생시켜야 한다면, 심지어 외국에서 보내진 편지일지라도 우리의 편지가 당신의 행복을, 혹은 당신의 평안을 깨뜨린다면, 주저하지 말고 내게 말해줘요. 난 신음하지 않고 더 고통 받을 수 있답니다, 지금은. 행복하세요, 무슨 일이 있더라도, 아! 행복해야 해요, 내 영혼의 연인이여! 시간은 가차 없고, 죽음은 탐욕스럽고, 청춘의 마지막 시간은 최초의 시간보다 더 빨리 지나갑니다. 행복해요, 만약 당신이 행복하지 않다면 억지로 행복해지려는 생각을 잊어버리도록 노력해요. 어제 당신은 행복했던 적이 한 번도 없다고 말했어요. 내가 뭐라 답했나요? 기억나지 않아요. 아! 내게 그 말을 하지 말았어야 해요. 사형선고를 받은 사람들은 그들의 신을 부인하지 않으니까요. 행복해요. 용기, 인내심, 동정심을 가져요. 당연한 자존심을 이겨내도록 노력해요. 당신의 심장이 더 작아지도록 만들어요, 멋진 내 조르주. 당신의 심장은 인간의 가슴에는 너무 커요. 하지만 만일 당신이 삶을 포기한다면, 언젠가 당신이 홀로 불행과 마주하고 있다면, 내게 했던 다음의 맹세를 기억해요. "나 없이 죽지 말아요." 그 말을 기억해요, 그 말을 기억해요. 신 앞에 약속해줘요.

하지만 난 나와 당신에 관한 (특히 당신에 관한) 책을 쓰지 않고는 죽지 않을 거예요. 아니, 아름다운 이여, 신성한 약혼녀여, 당신이 차가운 대지 속에 누울 때 자신이 품는 것이 누군지 대지가 알지 못하는 일은 없을 거예요. 아니, 아니, 내 젊음과 내 재능을 걸고 맹세하건대 당신 무덤에는 흠 없는 백합만 돋아날 거예요. 순간에 지나지 않는 명예보다 더 순수한 대리석 비문을 바로 이 두 손으로 거기에 가져다 놓을게요. 후세는 로미오와 줄리엣처럼, 엘로이즈Héloïse와 아벨라르Abélard처럼 둘의 이름이 하나가 되는 불멸의 연인의 이름이라 우리 이름을 전할 거예요. 다른 한 사람을 이야기하지 않고 한 사람을 이야기하는 일은 결코 없을 거예요. 그건 성직자들의 결혼보다 더 신성한 결혼이 될 거예요. 영원하고 순결한 지성의 결합이니까요. 미래의 사람들은 거기에서 자신들이 경배하는 유일한 신의 상징을 발견할 거예요. 인간 정신의 혁신은 언제나 자신의 세기를 예고하는 징후를 갖는다고 누군가 말하지 않았던가요! 이 미래의 지배자는 세상의 폐허에서 나옵니다. 그는 그의 목걸이의 돌들 중 하나에 당신과 나의 초상화를 새길 겁니다. 그는 우리를 축복할 혼례의 밤에 자신의 딸을 눕히는 어머니처럼 우리를 무덤에 눕힐 사제일 겁니다. 그는 생명의 나무의 새로운 껍질 위에 우리를 나타내는 두 개의 숫자를 적을 겁니다. 나는 사랑의 찬가로 당신의 이야기를 끝맺을 겁니다. 난 대지의 모든 아이에게 스무 살 내 심장의 밑바닥으로부터 호소할 거예요. 난 무감각하고 타락한, 신을 믿지 않고 방탕한 이 세기의 귀에 대고 인간의 부활을 알리는 트럼펫을 울릴 거예요. 그건 예수님이 십자가 아래 남겨둔 거지요. 예수님, 예수님이시여! 나 역시, 당신 아버지의 아들입니다! 내 약혼녀의 입맞춤을 당신께 돌려드리겠습니다. 그렇게 많은 위험과 그렇게 먼 여정을 뚫고 달려와 내게 도달할 수 있도록 입맞춤을 보낸 건 바로 당신이십니다. 난 우리에게, 그녀와 나를 위해, 언제나 푸른 무덤 하나를 만들겠습니다. 그리고 아마도 미래의 세대는 내 말 중 몇 마디를 전할 거고, 아마도 언젠가 사랑의 미르라 잎myrthe으로 자유의 문을 두드릴 사람들을 축복할 겁니다.

제3장

뜨거웠던 가을의 사랑, 에밀 졸라와 잔 로즈로*

조성애 | 연세대학교 인문학연구원 전임연구원

1840년 4월 2일 파리, 에밀 졸라Émile Zola(1840~1902)는 이탈리아 베니스 출신의 토목 기술자 프랑수아 졸라François Zola와 남부 보스Beauce지역의 소규모 장인의 딸 에밀리 오베르Émilie Aubert 사이에서 태어난다. 1843년 일가는 프랑스 남부 엑상프로방스에 정착한다. 1847년 남부에 운하를 건설하기 위해 동분서주하던 아버지가 타지에서 갑자기 세상을 떠나자, 졸라 일가는 심한 경제적 어려움에 직면하고 졸라는 여러 친지와 지인의 도움으로 1848~1858년까지 엑상프로방스에서 학업을 이어간다. 그곳 중학교에서 만난 화가 폴 세잔Paul Cézanne과 졸라의 우정은 각별하며 이들은 프랑스 남부의 산과 들판을 쏘다니며 목가적 시를 암송하거나 아름다운 자연에서 마음껏 뛰놀며 행복한 시절을 보낸다. 신화, 전설, 민담 등이 풍부한 곳, 남부의 신비한 자연 속에서 뛰놀던 졸라의 청소년기는 그를 천재적 이야기꾼으로 만드는 데 기여했고, 현실의 철저한 해부를 내세운 자연주의자 졸라의 내면에 어찌할 수 없는 낭만주의자의 모습을 키워냈을 것이다.

▸잔 로즈로

1859년 졸라는 어머니와 함께 파리로 올라온다. 두 번이나 바칼로레아baccalauréat 시험에 실패한 후 그의 20대 초반(1860~1861년)은 학위도, 직업도 없이 가장 궁핍한 시기였다. 그러나 라마르틴, 뮈세, 위고, 상드, 윌리엄 셰익스피어William Shakespeare, 미셸 드 몽테뉴Michel de Montaigne, 몰리에르Molière 등과 같은 대작가의 작품을 접하면서 문학과 글쓰기에 관해 숙고한 시기이기도 하다. 지독한 궁핍 속에서도 시작은 계속되며, 파리로 잠시 올라온 세잔과 함께 살롱을 방문하고 많은 화가를 사귀기도 한다. 1862년 아셰트사Hachette에 들어가 물품 발송부에서 일하다가 빠르게 광고부 책임자로 승진한 졸라는 1863년부터 신문에 논평을 기고하기 시작하면서, 1866년 아셰트사를 떠나 작가의 길을 택하고 여러 신문에 논평을 기고하면서 생활한다. 당시 에두아르 마네Édouard Manet, 그리고 머지않아 인상주의자로 불릴 화가들을 옹호하면서 보수적인 아카데미 미술학파에 대항해 활발한 논쟁을 벌여 대중에게 젊은 논객으로서의 강한 인상을 남긴다. 신문 기고가로서 제2제정에 적대적인 공화파 신문을 통해 점점 더 과격한 기사들을 발표하고, 1869~1870년에는 보수주의 지도자들의 이기주의로 고통 받는 가난한 이들의 비참한 실상을 고발한 기사를 쓰기도 한다.[1] 차후 이런 정치기사 대신 제2제정체제를 철저히 비판하는 '루공 마카르 총서Les Rougon-

▸ 졸라가 찍은 만도린을 치는 잔 로즈로

Macquart'의 연작을 시작한다. 그의 소설과 논평은 언제나 많은 스캔들을 동반하지만, 다행히도 제2제정이 몰락하는 혼란스러운 정세 덕분에 법적인 제재를 모면한다.

1870~1893년은 제2제정시대의 인간들의 추악한 욕망과 그로 인한 비참을 고발하는 총 20권의 '루공 마카르 총서'가 발표되는 시기이다. 『목로주점L'Assommoir』(1876~1877) 이후 유명해진 졸라는 경제적으로 안정되어 메당Médan에 저택을 구입한다. 이곳은 졸라를 지지하는 젊은 자연주의 작가들(조리스 카를 위스망스Joris Karl Hyusmans, 기 드 모파상Guy de Maupassant, 앙리 세아르 Henry Céard 등)의 집결지가 된다. 1878~1888년은 졸라가 자연주의학파 리더로서 입지를 완성한 시기이다. 『사랑의 한 페이지Une page d'amour』(1878)와 『나나Nana』(1879~1880)는 다시 스캔들을 야기하고 엄청난 성공을 거둔다. 1880년 젊은 자연주의 후배 작가들과 함께 작업한 『메당의 저녁Les soirées de Médan』은 일종의 자연주의 선언서가 된다. 그러나 문단과 사회 전반에 격렬한 반발을 야기한 『대지La Terre』 이후 자연주의 문학가들에 대한 저항의 흐름으로 자연주의는 하락의 길로 들어선다. 이후 『파스칼 박사Le Docteur Pascal』(1893)를 끝으로 대장정의 '루공 마카르 총서'가 완성된다.

20년이라는 길고도 힘든 소설 연작을 끝낸 졸라는 50대로 접어든다. 오로지 일에만 매달려왔던 자신의 인생에 회의가 들었을 바로 그 시기에 그에게 가을의 사랑이 찾아온다. 1889년 12월부터 22세의 잔 로즈로Jeanne Rozerot와 동거를 시작했고, 둘 사이에서 태어난 드니즈(1889~1942)와 자크(1891~1963)의 존재로 그때까지 일밖에 몰랐던 작가는 사랑을 발견하고 부모로서의 기쁨을 맛보며 새로운 영감과 삶의 활력을 되찾는다. 1893~1902년은 꿈과 행동의 시기로서 당대의 심각한 문제들을 다룬 새로운 소설 연작 '세 도시 이야기Les Trois Villes'(1894~1897) 중 『파리Paris』(1898)는 과학에 대한 신념과 프랑스 유토피아 사회주의자들의 분홍빛 미래에 대한 낙관주의적 시각을 드러낸다. 1898~1902년은 「나는 고발한다J'accuse」를 시작으로 '4복음서Les Quatre Evangiles'를 발표한 시기이다. 알프레드 드레퓌스Alfred Dreyfus 중위가 인종차별로 인한 음모의 희생자라는 사실을 알게된 졸라는 「나는 고발한다」(≪오로르L'Aurore≫, 1898. 1. 13)를 시작으로 신문 캠페인을 벌이면서 드레퓌스의 무죄를 옹호한다. 거의 전 국민이 드레퓌스가 유죄임을 확신할 때 대중에게 소설의 재미를 알게 해주고, 대중의 사랑을 가장 많이 받아온 작가로서 최고의 명예와 인기를 누리고 있었던 졸라가 드레퓌스를 위해 싸운다는 것은 그의 모든 것을 잃게 할 만한 일이었다. 실제로 그의 독자 중 반 이상이 그를 떠난다. 3,000프랑의 벌금과 함께 1년의 징역형을 선고받은 그는 영국에서 1년간 망명생활을 하게 된다. 졸라는 반유대주의자들과 민족주의자들로부터 살해 위협을

▸ 졸라와 잔

▸ 드니즈, 자크와 함께 사진 찍은 에밀 졸라

받으면서도 죽을 때까지 드레퓌스 사건의 소송 재개와 무죄를 밝히기 위해 싸운다. 1899년 드레퓌스 사건은 재심에 회부되고 졸라는 프랑스로 돌아온다. 이 사건이 진행되는 동안 졸라는 조레스Jean Jaurès와 같은 사회주의자들과 접촉하지만 그의 마지막 작품들은 그가 노동의 재구성과 부의 분배에 대한 샤를 푸리에Charles Fourier의 순수한 무정부주의에 더 이끌렸음을 보여준다. '4복음서'는 새로운 혁명적 사회에 대한 비전을 담고 있다. 『풍요Fécondité』(1899), 『노동Travail』(1901), 『진실Vérité』(1903)이 출판되었으며 후속 작품으로 『정의Justice』가 발표될 예정이었으나 1902년 9월 29일 막힌 굴뚝으로 인한 가스중독으로 사망함으로써 그의 마지막 작품 『정의』는 미완성으로 남았다. 이 사고가 우연인지 정적에 의한 고의적 살해인지는 여전히 수수께끼로 남아 있다.

1902년 10월 5일 엄청난 수의 군중과 광부가 모여 '제르미날!', '제르미날!'을 연호하면서, 진실과 정의를 사랑한 이상주의적 사회주의자 졸라의 마지막을 몽마르트르 묘지Le cimetière de Montmartre까지 함께 한다.

당대 유명 작가 졸라와 그가 말년에 사랑에 빠진 젊은 가정부 로즈로의 만남과 사랑 이야기는 거의 한 편의 드라마와 같다. 여기에 번역 소개된 편지들은 『잔 로즈로에게 보낸 편지들1892~1902Lettres à Jeanne Rozerot 1892~1902』과 『졸라 서한집Zola Correspondance』을 참조한 것이다. 첫 번째 편지는 졸라와 로즈로의 아들 자크의 손녀인 브리지트 에밀졸라Brigitte Emile-Zola가 할

아버지 자크가 간직하고 있었던 졸라의 편지들을 할아버지의 유언대로 20세기가 지난 후 공개한 것이다. 졸라가 잔에게 쓴 이 편지들은 한 시대를 풍미한 위대한 작가로서라기보다, 한 남자로서의 졸라를 새롭게 인식하게 하며, 이 두 사람의 관계를 불륜으로만 치부하며 비웃는 사람들을 숙연하게 한다. 이 편지에서는 잔과 두 자녀에 대한 졸라의 격정적인 애정, 그러나 쓸쓸함이 깃든 사랑도 엿볼 수 있다. 졸라와 잔의 사랑은 죽을 때까지 온전하게 그대로 남는다. 『잔 로즈로에게 보낸 편지들1892~1902』은 제목에서 알 수 있듯이 1892년부터의 편지들이다. 불행히도 졸라가 잔에게 보낸 편지 중 이들이 만난 1888년과 이 서한집이 시작되는 1892년 7월 이전의 약 4년간 오갔을 편지들은 존재하지 않는다. 아마도 그 편지들은 열렬히 사랑하는 연인에게 보낸 가장 아름다운 사랑의 편지들이었을 것이다. 이 편지들이 사라진 이유는 뒤에서 설명하고자 한다.

▸ 알렉상드린

우선 졸라의 부인인 알렉상드린 졸라Alexandrine Zola(1839~1925)와 잔의 관계에 관해 간단히 언급하고자 한다. 졸라를 만나기 전 알렉상드린의 삶은 거의 알려져 있지 않으나 그녀가 파리에서 수공업이 활발했던 지역에 살았으며 가난했고, 센 강La Seine에서 뱃놀이를 하며 만난 인상파 화가들의 모델이 되기도 했던 것으로 전해진다. 졸라를 만난 곳도 그곳이다. 강건하고 자유분방하면서도 도도한 그녀와의 결혼은 졸라에게 안정된 미래를 꿈꾸게 한다. 사회적 신분상승을 꿈꾼 야심만만한 여인이었던 그녀에게도 청년 작가와의 결혼은 바람직했을 것이다. 졸라가 명성을 얻은 후 이사한 파리 북서쪽 메당에서 그녀는 플로베르에서부터 모파상에 이르기까지 예술계 엘리트와의 만남을 즐긴다. 졸라는 그곳에서 그녀와 함께 그야말로 부르주아적인 안정된 삶을 누린다.

잔이 메당에 와서 일하기 시작한 것은 그녀가 21살 때인 1888년 5월이다. 알렉상드린은 메당의 저택에 양재사 겸 내의류 담당으로 잔을 고용한다. 잔은 명랑하고 호리호리한 몸매에 풍성한 검은 머리를 가진, 젊음 그 자체인 아름다운 아가씨였다. 1888년은 50대를 앞둔 졸라가 자신의 삶에 심각한 회의를 느낀 시기였다. 아무리 그의 생활모토가 '매일 한 자라도 쓰는 것'이라고 한들, 수많은 정보와 문서 더미 속에서 일 년마다 한 편씩 발표하는 소설 이외에도 단편과 신문에 실릴 논평까지 쓰는, 그야말로 끝없이 일하는 삶은 그에게 점점 힘겹게 느껴졌다. 아내인 알렉상드린과의 관계도 경직되어 있었고, 아이가 없는 것에 대한 후회도 있었다. 이런 불편한 마음은 1887년 『꿈Le Rêve』을 준비하는 초고에서도 고백된다. "나, 일, 내 삶을 먹어 치운 문학, 혼란, 위기, 사랑받고 싶은 마음 …… 아무리 생각해봐도 결국은 여자라고 본다. 오열, 실패한 삶, 다가오는 노화, 더 이상 사랑은 불가능하고, 몸은 늙어가고." 졸라는 노화되어가는 몸과 싸우기 위해 엄격한 다이어트를 시작하고 몇 달 만에 14kg를 뺀다. 1888년 졸라는 얼굴선이 갸름해지고, 뚱뚱했던 몸에서 날씬하고 성숙한 남자, 우아한 모습의 남자로 바뀐다.

1888년 여름, 졸라의 책 출판을 담당하는 조르주 샤르팡티에Georges Charpentier가 졸라 부부를 로얀Royan으로 초대한다. 졸라부부는 8월 25일 메당을 떠난다. 잔 없이는 불편할 정도로 잔을 무척이나 마음에 들어하고 의지했던 알렉상드린은 로얀으로 갈 때 다른 두 명의 가정부와 함께 그녀도 데려간다. 졸라의 소설에 자주 등장하는 여주인공과 많이 닮은 잔, 그녀의 명랑하고 활기찬 모습과 젊음은 졸라의 마음을 뒤흔들어놓고 졸라는 그녀에게 순식간에 빠져든다. 그는 48세, 잔은 21세였다. 모든 것이 아주 빠르게 진척되었고 서로가 사랑하게 된 것은 그해 여름이 끝날 무렵이었다. 딸의 약혼식을 준비 중이었던 샤르팡티에의 집은 젊은 커플의 행복과 즐거움이 넘치는 목가적 분위기였고, 이는 졸라와 잔의 비밀스러운 '목가(牧歌)'가 실현되는 데 영향을 끼쳤을 것이다.

잔은 1867년 4월 14일 루브르Rouvres에서 태어났다. 1860년대의 이곳은 졸라의 『대지』에서 묘사된 보스와 비슷한 농촌으로, 겨울은 혹독하고 여름은 무더운 곳이다. 잔의 아버지는 농부였고 잔의 어머니는 루브르 출신이었으며, 그들이 결혼할 당시 아버지는 31세, 어머니는 19세였다. 잔은 이들의 둘째 딸이었다. 잔의 어머니가 24세로 세상을 떠나고 2년 후 아버지는 재혼하지만 잔과 그녀의 언니는 이 새로운 가정과 어울리지 못하고 외할머니 집에서 살게 된다. 하지만 여기서도 외가의 생활고로 가족 간에 불화가 일어나 두 자매는 파리로 간다. 잔은 파리의 한 작업장에서 내의류 제작과 자수를 배우고, 그녀의 언니는 이모의 빵집에서 일하다가 제빵업자와 결혼해 파리에서 살게 된다.

1890년대 초 잔을 찍은 사진에서 보이는 선 고운 얼굴, 풍성한 검은 머리, 부드러운 시선에서 그녀가 아름다웠다는 것을 충분히 알 수 있다. 그녀의 이런 신체적 특징은 1890년대부터 졸라가 상상한 여주인공의 모습과 겹친다. 숫처녀의 매력에서 어머니의 충만함으로 변모해가는 호리호리한 젊은 여성의 모습은 『파스칼 박사』의 클로틸드Clothilde와 겹친다. 잔은 클로틸드처럼 키가 상당히 크고, 날씬했으며, 가느다란 목, 부드러운 몸매, 르네상스 시대 사람들의 성스러운 얼굴들에서 보이는 길고 호리호리한 유연성을 지녔다. 그녀는 『로마Rome』에 나오는 베네데타Benedetta와도 닮았으며("아주 풍성하고 검은 머리카락, 상아만큼이나 하얀 얼굴, 둥근 얼굴, 도톰한 입술, 아주 아름다운 코, 소녀 같은 경쾌함"), 『파리』의 여주인공 마리Marie와도 닮았다("투구처럼 올려 빗은 멋진 검은 머리를 한 하얀 피부의 아가씨, 지적으로 보이는 순수한 이마, 아름다운 코, 즐거움이 가득한 눈은 강한 생명력을 보이고, 입술은 육감적이었으며, 신중해 보이는 턱에서는 선량함이 묻어나왔다"). 『풍요Fécondité』의 마리안Marianne, 『노동Travail』의 조진Josine처럼 환희에 찬 어머니, 언제나 즐겁고 삶의 다양성을 활기차게 받아들이는 어머니의 모습은 잔의 모습을 그대로 반영한다. 뒤늦게 찾아온 그녀와의 사랑 덕분에 가혹하리만큼 현실을 해부하고 실험해온 자연주의 작가 졸라의 후기 작품에는 희망과 사랑에 대한 찬미가 넘쳐난다.

1888년 여름 로얀 해변에서 보낸 시간 동안 수줍은 아가씨와 그녀에게 매혹된 유명 작가 간에 어떤 맹세가 오갔는지는 알 수 없지만, 파리로 돌아온 10월, 잔은 알렉상드린의 시중을 드는 일을 그만두고, 졸라는 그녀를 위해 생 라자르 가rue Saint-Lazare에 작은 아파트를 얻는다. 1888년 12월 11일 두 사람은 라트리니테 성당L'église de la Trinité이 보이는 아파트 창가에서 그들만의 결혼식을 올린다. 잔은 곧 드니즈와 자크, 두 아이를 낳는다.

둘째 자크가 막 태어난 1891년에서야 졸라의 이중생활을 알게 된 알렉상드린은 큰 충격을 받았으며 자신은 아이를 낳지 못했다는 사실 때문에 더욱 절망에 휩싸인다. 알렉상드린은 졸라에게 잔과 헤어지기를 강력하게 요구했고 졸라는 그렇게 약속했음에도 잔과의 관계를 지속했다. 힘든 시기를 같이 겪어낸 동료와 같은 알렉상드린과 미친 듯한 사랑의 열정에 빠진 잔 사이에서 그는 어느 누구 하나를 선택할 수 없었다. 졸라의 선택은 알렉상드린이 공식적인 메당의 안주인으로 남는 것이었다. 1892년 8월

16일 잔에게 쓴 편지에서 졸라는 알렉상드린과 헤어지지 않았기 때문에 추문을 피했다고, 아이들은 자신의 유산을 물려받을 것이라고 쓴다. 그러나 그는 이중살림의 고통에 대해서도 말한다. 1894년 7월, 졸라는 자신이 어떻게 해결할 수 없는 일 때문에 행복하지 못하고 절망스럽다고, 주변 사람 모두를 행복하게 해주고 싶었지만 그것이 불가능하다고 말한다. 그러나 두 여성 모두에게 똑같이 헌신적으로 대한 졸라 덕분에 결국 알렉상드린과 잔은 화해한다. 졸라가 죽은 후 알렉상드린은 아이들을 인정하고 1906년부터 아이들은 아버지의 이름을 갖게 되어 드니즈 에밀졸라Denise Emile-Zola, 자크 에밀졸라Jacques Emile-Zola가 된다. 1902년 졸라의 장례식에서 잔과 두 자녀들은 군중과 함께 장례행렬을 따라갔다. 1908년 졸라의 유해가 팡테옹으로 이전될 때는 알렉상드린과 잔이 함께 참석했다. 1914년 잔은 47세의 나이로 세상을 떠나고 드니즈와 자크는 루브르수메이Rouvres-sous-Meilly에 묻히는 그녀의 관을 따라간다.

『잔 로즈로에게 보낸 편지들 1892~1902』에 소개된 편지들은 1892년에서부터 1902년까지 11년 동안 쓴 편지들이다. 특히 많은 편지가 오간 1892년(35통), 1893년(37통), 1894년(34통)은 부인 알렉상드린과의 마찰로 졸라가 잔과 아이들과 떨어져 지내며 그들에 대한 절절한 그리움을 편지로 써 보낸 시기였다. 졸라가 잔에게 쓴 이 편지 모음집은 이들의 관계가 웬만한 소설보다 더 극적이었음을 보여준다. 이 편지들은 사랑으로 행복한 남녀를 말하기보다 사랑하는 여인과 떨어져 있어야 하는 한 남자의 고통을 말하고 있다. 뒤늦게 이들의 사랑을 알게 된 알렉상드린의 광기 어린 분노에 대한 두려움과 더불어 고락을 같이한 아내에 대한 책임감 때문에 뜨겁게 찾아온 새로운 사랑과 함께 있지 못하는 졸라의 애절한 심정이 절절히 드러난다. 이 책에 수록된 편지가 쓰이기 시작한 1892년 7월 말은 긴장이 극도에 달한 시기이기도 하다.

알렉상드린은 자신이 이 싸움에서 승산이 없음을 알고 있었다. 잔은 젊음과 행복한 성격으로 빛나는 여자였던 반면 알렉상드린은 류머티즘과 수시로 재발되는 기관지염으로 갇혀 지내는 성미 까다로운 노인네였다. 1891년 11월 이들의 관계를 알게 되었을 때 그녀는 세상이 무너지는 심정이었다. 그녀는 메당의 안주인으로 수십 년 동안 지성의 삶을 끈기 있게 구축해왔다. 그녀가 오랫동안 공들여 쌓아올린 명성에 먹칠을 하게 되었다는 것과 마음속에 이는 질투, 1889년부터 세상 모두가 알게 되고 수군거리는 것 때문에 힘겨워했지만 심각한 국면을 몇 번 겪은 후 알렉상드린은 1894년부터 진정되기 시작한다. 1892년과 1893년의 편지들에서 이런 심각한 위기를 엿볼 수 있다.

1892년의 위기는 메당의 집에서 시작된다. 메당의 집에는 졸라와 알렉상드린이 머물러 있었고, 몇km 떨어진 슈베르슈몽Cheverchemont에는 잔과 두 아이들이 지내고 있었다. 때마침 도착한 자연주의 그룹의 일원이자 졸라의 친구인 세아르가 졸라부부의 심각한 위기의 현장을 보게 되고, 헤어져서 혼자 살겠다는 알렉상드린을 진정시키는 일이 벌어진다. 중재자로 나선 세아르와 또 다른 지인은 졸라 부부가 장소를 바꾸어 함께 지내는 것이 좋겠다고 생각하고 여행을 조언한다. 졸라는 최악의 상황에 대비해 이미 잔과 아이들을 바다로 떠나보낸 참이었다. 에드몽 드 공쿠르Edmond de Goncourt는 일기에 졸라가 잔과 아이들이 알렉상드린에 의해 살해되어 피흘리며 죽어가는 것을 보게 될까 무척 두려워했다고 적는다. 분노로 부르짖는 알렉상드린의 소리가 들리지 않도록 그녀를 방에 가두어두기도 했다. 당시 졸라가 잔에게 보낸 편지들에서 그때의 다급하고 긴박한 상황이 그대로 전해진다.

***

파리, 1892년 7월 28일 목요일 아침

부인에게,

위기는 내가 두려워했던 것보다 격하지 않았소. 지금은 어떤 위험도 없소. 제발, 마음을 가라앉히구려. 내가 최선을 다해 일을 해결하리다. 당신과 아이들이 멀리, 모든 것에서부터 안전하게 있다는 것만 알아도 마음이 놓이오. 바닷가에서 편안히 두 달 정도 지내도록 하시오. 슈베르슈몽에는 정 지겨워지거나 날씨가 나쁘거나 하면 돌아가도록 하시오. 파리에서도 슈베르슈몽에서도 당신들을 위태롭게 할 일은 전혀 없을 것이오. 제발 불안해하지 마시오.

나는 곧 메당으로 돌아갈 것이오. 거기에서는 집배원을 통해야 하기 때문에 편지하기 어려울 거요. 내 편지가 드물더라도 놀라지 마시오. 기회 되는 대로 편지하리다. 당신은 나에게 5~6일마다 우체국 유치우편(留置郵便)으로 편지를 보내주오. 이번 일요일에 세아르와 만나기로 했으니 그에게 당신의 첫 번째 편지를 보내주오. 그가 이번에 올 수 없다면, 나중에라도 내게 그 편지를 전달할 것이오. 당신과 아이들을 정말 많이 사랑하오. 당신들이 불행해지는 것을 원하지 않소. 당신은 가능한 한 마음 편히 지내시오. 앞으로의 일에 절망하지 맙시다.

내 딸 드니즈와 내 아들 자크에게 다정하게 입 맞추어주구려. 당신들을 진정 사랑하오.

***

파리, 1892년 8월 5일 금요일

부인에게,

정말로 슬프게 지낸 나날이지만 위기는 끝났고, 난 평온을 되찾았소. 10월에는 새로운 국면을 맞이한 이 상황이 어떻게 다시 변할지 아직 말할 수 없소. 그렇지만 나는 충분히 희망이 있소. 당신은 더 안정될 것이고 나는 더 자유롭게 되리라 생각하오. 무슨 일이 있었는지 다 말해줄 수 없구려. 너무 긴 이야기가 될지도 모르고, 당신은 전혀 이해할 수 없을 것이오. 단지 지금은 상황이 나아졌다는 것과 이 모든 끔찍한 위기도 결국은 모두의 행복으로 끝날 것이라는 것만 믿으시오.

나는 메당에 머물 수가 없었소. 어제 저녁부터 파리에 와 있다오. 우리는 내일 페캉Fécamp과 에트르타Etretat에 잠시 다녀온 후 오랫동안 남부를 여행할 것이오. 이 여행은 10월 초까지 계속될 것 같소. 그러니 우체국 유치우편을 통해 당신 편지가 다음 주 월요일에는 페캉으로 떠날 수 있도록 해주구려. 그다음에는 목요일에 마찬가지로 우체국 유치우편을 통해 에트르타로 보내주오. 마지막으로 일주일 후인 15일 월요일에는 파리로 편지를 보내구려. 이렇게 하는 것이 좋지 않겠소? 나는 기회가 닿는 대로 당신에게 편지하리다. 그리고 얼마 동안 소식이 없더라도 걱정하지 마시오.

방금 당신이 보낸 세 통의 편지를 찾아 읽었소. 행복하구려. 편지 덕분에 마음이 많이 안정되었소. 작은 집을 얻었다니 정말 잘했소. 카부르Cabourg가 지겹지 않다면 9월 15일까지는 거기에 머무는 것이 좋을 것 같소. 날씨가 좋으면 그곳에서 바다 공기를 마시는 것이 더 좋을 거요. 그러려면 날씨가 좋아야겠지만.
모두 평안하고 재미있게 지내구려. 나는 아직 모든 게 잘 끝나리라고는 생각할 수 없지만 정말 그러기를 바라고 있소. 우리가 10월 6일경에나 만날 수 있다는 것만 빼고는 이제 슬프지 않다오. 당신은 당신 편지들과 내 편지들이 어디에 있는지 알고 싶다고 했소. 그 편지들은 그녀가 갖고 있소, 바로 이 편지들 덕분에 우리 모두가 행복하기를 바라오.[2] 나중에 이 일에 대해 모두 당신에게 설명하리다.
내 딸 드니즈와 내 아들 자크에게 입 맞추어주구려. 아이들이 즐겁게 잘 지내기를 바라오. 산책도 하면서 당신과 아이들 모두 건강을 위해 많이 힘쓰구려. 특히 셋 모두 나를 열렬히 사랑해주오. 아! 부인, 나를 위로하고 나를 평온하게 해주는 당신의 사랑은 아무리 많아도 부족하다오.

부인, 내 마음을 다해 당신에게 입 맞추오. 당신은 내게 가장 큰 위로가 되는 존재라오.[3]

이 편지에서 졸라와 잔이 주고받은 편지들이 알렉상드린의 수중에 있다는 것을 알 수 있지만 그 연유에 관해서는 67쪽 '사라진 편지들'에서 자세히 언급하고자 한다. 어쨌든 졸라는 알렉상드린을 진정시키기 위해 함께 8월 7일부터 15일 동안 노르망디의 온천지역을 여행했다. 파리에 잠시 들렀다가 루르드Lourdes로 다시 떠났고 피레네 산맥Les Pyrénées을 따라 엑상프로방스, 마르세유Marseille, 몬테카를로Monte-Carlo, 이탈리아 제노바Genova까지 갔다. 8월 18일에 시작한 이 여행은 10월 7일 프랑스 남부에서 끝났다. 어린 시절의 고향 방문, 가족의 고향인 이탈리아까지 다녀오면서 알렉상드린은 점차 진정되고 둘은 일시적이나마 휴전하게 된다. 아마도 졸라는 잔에게 알렉상드린을 떠나겠다고 약속했겠지만 1864년부터 비참과 영광의 순간을 함께해온 동반자를 버리는 것은 불가능함을 깨닫는다. 졸라가 잔에게 보낸 1892년 8월 16일 편지에는 "우리의 사랑에 대해 어떤 후회도 깃들지 않기를 바라오. 내가 나쁜 사람이 된다면 한평생 그것 때문에 괴로울 것 같소. 나한테는 끝까지 수행해야 할 의무가 있소"라고 쓰여 있다.

그러나 12월에는 여름만큼이나 격렬하게 위기가 다시 닥친다. 타협점을 찾는 일이 더 힘들어지는 상황에서 알렉상드린은 아이들을 만나게 해 달라고 요구한다. 그녀의 의도가 한 번도 누리지 못한 모성을 느끼고 싶은 것인지, 이 새로운 관계에서 소외되지 않고 어떤 역할을 하고 싶은 것인지는 알 수 없지만 졸라는 이 요구를 받아들인다. 졸라의 딸 드니즈가 1931년에 펴낸 회고록에서 "한 달에 한두 번씩 목요일마다 자크와 나는 아버지와 그녀와 함께 튈르리 궁Palais des Tuileries, 팔레루아얄Palais Royal, 샹젤리제 거리Les Champs-Elysées, 숲 등을 산책하곤 했다." 드니즈가 회고한 대로 이런 만남은 1895년에서 1897년까지 이어진 것 같으나, 『잔 로즈로에게 보낸 편지들 1892~1902』에 의하면 1892년 말이나 1893년 초에 시작된 것으로, 위기 후가 아니라 위기가 있었던 와중에 시작된 것으로 보인다.

위기에 대한 불안 속에서 간신히 유지되었던 아슬아슬한 평화는 『파스칼 박사』가 발간되면서 갑작스레 깨진다. 파스칼 루공과 그의 조카 클로틸드의 사랑 이야기에서 알렉상드린은 졸라가 잔에게 느낀 열정적 사랑을, 그것도 공개적으로 발표된 사랑을 알아챘다.

> 그녀는 자신을 주었다. 그리고 그는 그녀를 취했다. 그 순간, 달빛에 드러난 그녀의 몸이 천상의 것처럼 보였다. 그녀는 영원한 봄과 같은, 여인이 줄 수 있는 아름다움 그 자체로 보였다. 그녀가 그토록 젊고 그토록 하얗고 그토록 신성해 보인 적이 없었다. 그는 그녀가 준 그녀의 선물, 그녀의 몸에 감사했다. 마치 그녀가 그에게 지상의 모든 보물을 다 준 것 같았다. 어떤 선물도 자신을 내어주는, 어쩌면 아이를 낳아 생명의 물결을 이어주는 젊은 여인의 선물보다 값진 것은 없을 것이다. 그들은 아이를 생각했고, 그러자 그녀가 그에게 베푼, 세상의 왕들도 부러워할 이 젊음의 장엄한 향연 속에서 그들의 행복은 배가되었다.[4]

알렉상드린은 다시 헤어지기를 원했고 세아르에게 도움을 청했다. 세아르는 1893년 6월 5일 졸라에게 편지를 써 이런 사정을 전했고 법적인 해결을 피하고 조용히 해결하기를 촉구했다. 그러나 다행히도 헤어지는 일은 피할 수 있었고, 6월 10일 졸라 부부는 다시 메당으로 떠났다. 지난해 여름과 똑같은 상황이 벌어졌다. 잔은 드니즈, 자크와 함께 슈베르슈몽에 머물고 졸라는 몇km밖에 떨어지지 않은 그곳을 자유롭게 오가지 못한 채 유일한 자유의 공간인 그의 서재에 틀어박혀 있을 수밖에 없었다. 1893년 7월 5일 수요일 메당에서 졸라는 잔에게 보내는 편지를 통해 그들과 같이 보낸 즐거운 시간에 대해 말하며 매주 반나절이라도 같이 보낼 수 있다면 더 행복할 것이라고 말함으로써 이들에 대한 그리움을 토로한다. 그는 센강 너머 슈베르슈몽 집에 머물고 있는 사랑하는 잔과 아이들의 모습을 망원경으로 흐릿하게나마 확인할 수밖에 없었다. 그는 만남의 시간을 정해서 이들을 보고 보이는 정도에 따라 기쁨과 슬픔의 시간을 보냈다. "비가 그쳤구려. 그래도 좀 전에 당신과 아이들, 내 사랑하는 아이들을 보았소. 드니즈는 커다란 헝겊을 흔들고 있는 것 같았소. 꼬맹이 자크는 당신 팔에 안겨 있었소. 그리고 내가 진정으로 사랑하는 당신 얼굴에 있는 작은 얼룩도 아주 잘 보였소." 잔이 바다로 아이와 함께 떠나는 8월 전반까지 그는 이렇게 써 보낸다.

***

메당, 1893년 7월 13일 목요일 아침

무척이나 사랑하는 부인에게[5]

어제 나의 굴[6]로 돌아왔소. 점심에 당신과 아이들이 아주 잘 보였소. 눈을 감으면 당신의 소중한 그 집이 항상 떠오른다오. 어젯밤 그렇게 멀리서 당신과 아이들이 창가에 나타나는 모습을 보며 사진을 가지고 싶다는 생각이 들었소. 당신과 아이들을 기다리다가 그 모습이 보이면 내 마음은 감동으로 벅차오르고 즐거움으로 가득 찬다오. 어린 자크를 안고 있는 호리호리하고 키 큰 당신과 그 옆에 있는 너무나 작고 사랑스러운 내 딸 드니즈. 나는 이렇게 나타나는 모습이 매우 달콤하다고 생각하오. 너무나 달콤해서 사진으로 영원히 그 기억을 남겨두고 싶다오. 그러니 그것을 생각해봐야겠소. 당신과 아이들을 행여 볼 수 있을까 해서 얼마나 그 창을 기웃거렸는지 모르오, 저 멀리 당신과 아이들, 셋이 함께 창가에 있는 모습을 사진으로 간직해야겠소. 고통스럽지만 달콤한 우리의 사랑에서 이렇게 서로 멀리 떨어져 지내는 이 여름보다 더 매력적이고 더 슬픈 이야기는 없을 거요. 이렇게 멀리서 몇 분 동안 당신과 아이들을 얼핏 볼 수밖에 없는 이 여름보다 말이오. 파리에서도 마찬가지라오. 그 창문 앞을 지나갈 때면 언제나 내 가슴은 감동으로 벅차오르오. 트리니테 광장place de la Trinité에 있는 우리의 작은 보금자리의 창문 말이오. 평생 그곳을 지나갈 때면 언제나 당신 생각을 하며 쳐다볼 것이오. 당신이 나에게 주었던 그 모든 행복을 생각하고 사랑스러운 두 아이들을 선물해준 당신에게 감사할 것이오.

무슨 날씨가 이런지, 비는 왜 이렇게 오는지! 당신과 아이들을 생각하면 날씨 때문에 언짢아지오. 아이들이 나갈 수 없으니 당신을 얼마나 귀찮게 할지 알기 때문이오. 그것만 아니라면 약간 선선해진 덕분에 내 건강 상태가 많이 나아졌으니 아주 좋다오, 일하기도 더 수월해졌소 — 이 말을 하려던 것은 아니었지만 당신이 열심히 공부하고 싶다면 매주 나에게 4쪽 정도의 편지를 써 보내는 것은 어떻겠소. 당신에게 떠오르는 모든 생각을 써도 좋을 것 같소. 편지는 부치지 않아도 괜찮소. 우리가 만나는 날 줄 수도 있고, 그럼 함께 읽고 수정도 할 수 있을 거요. — 그런데 말이오, 나에겐 맏딸 같은 잔[7], 이번 겨울에 나는 아주 엄하게 할 생각이라오. 그렇게 해서라도 당신과 아이들이 공부하도록 다그칠 거요 필요하다면 바로 내가 당신과 아이들의 공부를 돌보겠소.

편지 봉투를 드니즈에게 도로 보내는 것을 잊었던 모양이오. 그래서 그것을 우체국에서 부쳐야만 했소. 당신 생각을 하니 이 일이 마음에 걸렸소. 그렇지만 그것을 부치게 하지 않았다면 온갖 복잡한 상황이 생길 수도 있으니 말이오. 내가 식품 몇 가지를 보냈으니 잊지 말고 역에서 찾아가도록 하시오.[8]

당신과 아이들과 함께 이번 월요일에 같이 점심을 먹는 것은 힘들 것 같소. 그래도 아주 불가능한 것은 아니요. 물론 당신과 아이들이 복도를 오가는 모습이 보이지 않는다면 당연히 곧장 달려가리다.

나의 세 아이, 날씨가 시원해지는 것이 좋은 건지 알 수 없지만 나는 오늘 마음이 더 즐겁구나, 모든 것이 잘될 것 같다. 나는 10월부터 우리가 떨어져 지낸 날들을 세고 있단다. 꽤 혼란스럽지만 그래도 행복한 삶을 다시 시작할 수 있겠지. 그 사이에 우리 바다에 가자꾸나. 너희들을 만날 기회가 어쩌면 조금 더 있을지 모르겠다. 어쨌든 모두 건강에 유념하렴.

맏이 잔, 막내 드니즈와 자크, 모두에게 내 마음을 다해, 너희들의 아름다운 두 눈과 아름다운 머리카락에 입 맞춘다.[9]

오늘 아침에 이 편지를 부치도록 하겠소. 그런데 꽃을 구하러 내려갈 시간이 없구려. 그 대신 수백 번, 수천만 번의 입맞춤을 함께 동봉하오.

다시 찾아온 위기는 1892년처럼 여행을 통해 해결된다. 졸라는 알렉상드린과 함께 1893년 9월 런던으로 10여 일간 여행을 떠난다. 그는 거기서 문학계의 수장 자격으로 영국 기자 조합의 총회에 참석한다. 융숭한 대접이 '루공 마카르 총서' 작가에게 베풀어졌고 알렉상드린 역시 명예로운 대접을 받는다. 그녀는 자신이 누린 공식적인 위상에 관해 느낀 바가 있었는지 다시는 헤어지자는 말을 하지 않는다. 위기는 넘겼지만 생활의 안정을 되찾기에는 시간이 더 필요했으며 1894년이 되어서야 두 집 살림을 인정하는 공존상태에 도달한다.

알렉상드린은 1895년부터 오랫동안 이탈리아에 체류하면서 많은 친구를 사귀고 안정을 되찾는다. 졸라는 헤어져 있는 동안 그녀에게 자신의 사랑이 변하지 않음을 알리는 긴 편지를 보내거나 그녀의 처신이 현명하고 용감했으며, 함께 어려운 시기를 다정하고 훌륭하게 이겨내기를 기대한다고 쓴다(1895년 11월 11일자 편지, 1896년 9월 16일자 편지).

졸라의 편지가 많이 오갔던 또 다른 시기는 바로 몇 년 후, 1898년 1월 ≪오로르≫지에 드레퓌스 중위의 결백을 주장하는 「나는 고발한다」를 기고하면서 드레퓌스 사건에 뛰어든 후 1898년 7월부터 1899년 6월까지 영국으로 추방되었던 절망적인 시기이다. 드레퓌스 사건으로 투쟁할 때 알렉상드린은 졸라가 내려야 하는 모든 결정에서 남편을 지지한다. 1898년 2월 그녀는 법정 맨 앞줄에 앉아 재판에 참석한 반면 잔은 멀리 떨어져 앉아 기자들이 전해주는 소식이나 명함에 연필로 급히 적은 몇 글자에 만족해야 했다. 「나는 고발한다」를 쓸 때만 하더라도 누구도 재판과정에서 예기치 못한 일들이 그렇게 계속 일어나리라고는 생각하지 못했다. 7월 18일 오후, 갑자기 졸라의 추방 결정이 내려졌다. 저녁 9시 북부역 플랫폼에서 알렉상드린의 얼굴은 눈물로 젖어 있었고, 졸라는 잔에게 급히 몇 자 적어 보낸 다음 바로 떠나야 했다. 이 모든 것이 순식간에 행해졌다. 졸라가 7월 19일 아침 영국 빅토리아역에 내렸을 때 언어도 모르는 낯선 땅에 혼자 있었다. 영국인 지인 어니스트 비즈텔리 Ernest Vizetelly에게 연락을 취하자 그는 곧 달려왔고 추방에 따른 모든 문제를 효율적으로 처리하면서 차후 그를 돌본다.

영국 망명기간은 쓸쓸하고 외로웠지만 나쁜 일만 있었던 것은 아니다. 졸라는 알렉상드린에게 잔과 아이들을 데리고 와서 잠시 같이 지내게 해달라고 부탁했고 알렉상드린은 이를 허락한다. 1898년 8월 11일부터 10월 15일까지 두 달 동안 처음으로 졸라와 잔 두 사람은 부부처럼 함께 살게 된다. 잠시나마 망명의 괴로움을 잊게 해준 영국에서의 조용한 여름이었다. 마지막으로, 잔과 아이들을 영국으로 데려오기 전 졸라가 잔에게 보낸 편지들을 소개하고자 한다.

***

웨이브리지Weybridge, 1898년 8월 2일 화요일

부인,

일주일째 당신 편지가 없어 아주 슬프다오. 홀로 외로이 떠돌고 있는 내 마음은 너무 무거워서 내 사랑하는 아이들로부터 소식이 더 자주 온다면 위안이 될 텐데 말이오. 이 편지를 당신에게 가져다줄 친구 D는 편지왕래 방식[10]에 관해 당신과 의논할 거요. 꼭 일주일에 두 번은 나한테 편지하도록 해주시오. 그리고 나는 당신이 내 편지를 적어도 두 번은 받아볼 수 있도록 해보겠소.

나에 대해선 걱정하지 마시오. 육체적으로는 아주 건강하게 지내고 있고, 정신적으로도 조금씩 평정을 되찾고 있소. 그러나 마음은 몹시 아프다오. 당신과 아이들을 여기로 안전하게 데려올 수 있는 방법을 여전히 찾지 못했기 때문이오. 사소한 일도 지독히 복잡해진다오. 내가 말도 모르는 이 나라에 살면서 얼마나 난처한 일을 많이 겪었는지 당신은 짐작도 하지 못할 거요. 그래서 더 당신과 아이들을 곁에 두고 싶구려! 이번 여름에 너무 멋진 계획들을 세웠잖소. 그것을 결국 포기해야 한다면 나는 슬퍼 죽을 거요. 아직 모든 것을 실패한 것은 아니오. 기다려야 하리다. 내가 생각한 만큼 빨리 돌아갈 수 없다면, 여기에 그대로 있거나 이탈리아로 갈 생각이오. 내게 많은 애정과 용기를 보내주오. 당신이 나를 얼마나 사랑하는지 그

리고 나를 얼마나 신뢰하는지 알고 있다오. 이 힘든 순간은 곧 지나갈 것이오. 나는 점점 더 우리가 이 싸움에서 승리할 것이라는 확신이 든다오. 파리 상황이 아주 빠르게 진행되는 것 같기 때문이오. 나중에 우리 아이들이 아빠를 자랑스럽게 생각하고, 내 사랑하는 잔이 아이들에게 어느 날 진실과 정의를 위해 우리가 받았을 고통을 말해줄 것이라고 생각하면 아주 행복하다오.

인내하며 기다립시다. 그리고 이런 갑작스러운 이별이라는 힘든 시련을 받아들입시다. 오래가지 않을 거라고, 나는 잘 지내고 있고, 우리가 더 깊어진 사랑으로 다시 만나게 될 거라고 생각하시오. 나도 당신과 함께 있지 못하는 것이 고통스럽지만 한편으론 당신과 아이들은 아름다운 정원에 무사히 있다고, 그리고 거기에서 우리가 만날 날을 조용히 기다리고 있다고 생각하니 안심이 되오. — 우리는 역사가 알아줄 아주 멋진 일을 하고 있다오. 우리의 삶은 더 넓게, 더 멋있게 다시 시작될 것이오. — 희망을 가지고, 자부심을 가지구려. 그리고 용감히 맞서구려, 내 사랑 잔.

당신과 아이들, 내 사랑 세 명의 귀염둥이에게 마음을 다해 입 맞추오. 당신과 아이들, 나를 많이 사랑해주구려.

사라진 편지들

『잔 로즈로에게 보낸 편지들 1892~1902』에는 1892년부터의 편지가 소개되어 있는데, 앞에서 언급했듯이 두 사람이 처음 만난 이후 1888~1892년에 오간 편지들은 존재하지 않는다. 잔의 사진은 많이 있지만 그녀가 쓴 편지도 없고 졸라의 편지도 1892년 이후에 보낸 것만 있기 때문에, 이 두 사람의 러브스토리는 오로지 졸라의 편지들을 통해서만 짐작할 수 있다.

그 이유로 추측되는 것은 첫째, 알렉상드린이 1888~1892년에 졸라와 잔이 주고받은 편지들을 없애버렸기 때문이고, 둘째, 잔이 자신의 편지들을 남기지 않았기 때문이다.

잔의 딸 드니즈가 잔의 도난당한 편지들에 대해 "마담 졸라가 남편의 관계를 익명의 편지를 통해 알았을 때 남편의 불륜에 상처받은 여인으로서 책상을 부수고 편지들을 강탈했으며 나중에 그것들을 없애버렸다"라고 간단히 언급할 뿐이다. 아르망 라누Armand Lanoux가 1954년에 쓴 『졸라 선생님 안녕하세요Bonjour Monsieur Zola』에서도 이에 대한 언급이 나오는데, 그날은 1891년 11월 10일이었다. 첫 번째 문서는 졸라가 잔에게 보낸 편지로 추정된다. "누군가 당신 집에 가는 것을 막으려고 모든 짓을 다했소. 나는 너무 불행하오. 절망하지 마오." 두 번째 문서는 같은 날 세아르에게 보낸 속달우편이다. "친구여, 내 아내는 완전히 미쳤소. 불행이 닥칠까 두렵소. 그러니 내일 아침 생라자르 가에 들러서 필요한 일을 좀 해주시오. 나를 용서해주오." 앙리 트로야Henri Troyat는 1882년에 알렉상드린과 잔 사이에 있었을 모욕적인 장면을 그린다. "알렉상드린은 생라자르 가 66번가, 잔의 아파트로 달려가서는 그녀를 모욕하고 책상을 부수고 에밀이 잔에게 보낸 편지들을 빼앗아간다. 그녀는 노기등등해서 마치 전리품을 가지고 가듯이 떠난다.[11] 1995년 프레더릭 브라운Frederick Brown은 약간 바뀐 시나리오를 선보인다. 알렉상드린이 잔의 아파트에 왔을 때 잔은 이미 피한 상태이고 알렉상드린은 가구에 화풀이를 하면서 책상을 부수던 중 졸라가 잔에게 쓴 편지들을 찾아내서 가져갔다고 쓰고 있다.

그런데 문제는 이런 상황이 일어난 날짜를 정확히 알 수 없다는 것이다. 졸라가 잔에게 쓴 1891년 11월 10일자 편지는 두 여자가 만난 다음에 보내진 것으로 보이는 반면, 세아르에게 보낸 속달우편에는 곧 닥칠 사건처럼 이야기되고 있다는 것이다. 세아르가 이 일에 대해 언급한 것에 의하면 11월 11일 아침까지 아무 일도 일어나지 않았던 것 같다. 1891년 11월에 무슨 일이 일어났는지 알 수는 없지만 추정해볼 수는 있다. 알렉상드린은 자크가 태어난 지 한 달 보름이 지난 후 남편의 외도를 알게 되었고 아주 난폭하게 대응했다는 것이다. 사실을 말하자면 이 편지들은 1891년 11월에 빼앗긴 것이 아니라 1892년 7월 다시 위기가 찾아왔을 때 빼앗긴 것이다(8월 2일 졸라가 잔에게 쓴 편지에서 졸라는 가장 끔찍한 새로운 위기라고 표현하고 있다). 만약 1891년에 편지가 강탈되고 파괴되었다면 그 뒤의 편지들은 보존되어 있어야 할 것이다. 그런데 1892년 7월 29일자 편지(이 편지 모음집이 시작되는 편지)에 의하면 바로 조금 전에 회복할 수 없는 일이 벌어졌음을 알 수 있다.

무슨 일이 일어날 수 있었는지 추정해보자. 졸라와 알렉상드린은 6월 초부터 메당에 머물렀지만 일 때문에 이따금씩 파리로 와야 했다. 잔은 1892년 여름에도 1889년부터 해오던 대로 슈베르슈몽에 머물고 있었다. 알렉상드린은 잔이 없는 틈을 타 그녀 집에 가 편지들을 탈취해간다. 잔이 서류나 편지를 졸라가 쓰던 것과 비슷한 뚜껑 달린 책상에 정리해놓고 있었으므로 알렉상드린은 어렵지 않게 찾을 수 있었을 것이다. 졸라는 이런 상황에서 뜻밖의 행동을 취하는데, 즉 그는 이 상황을 인정하고 오히려 이 상황 덕분에 문제가 잘 해결될 수도 있다고 생각한 것이다. 8월 5일 잔에게 쓴 편지에서, 졸라는 그 편지들이 어디에 있는지 묻는 잔에게 이런 놀라운 대답을 한다. "그 편지들은 그녀가 갖고 있소. 바로 이 편지들 덕분에 우리 모두가 행복해질지도 모르겠소. 나중에 더 자세히 설명하리다".

알렉상드린은 분노에 휩싸여 편지들을 없애버린 것은 아니었다. 그녀는 이 편지들을 모두 읽었다. 1888년 가을에 졸라와 잔이 행복했던 순간,

1889~1891년의 이중 살림, 특히 세아르가 이 둘의 비밀 전령사였다는 것을 모두 알게 되었다. 놀랍게도 이런 상황이 『공쿠르 형제의 일기』에 그대로 설명되어 있다. 공쿠르는 알렉상드린이 졸라가 잔에게 쓴 편지들을 읽었다고 확신한다.

> 졸라는 메당에, 두 아이의 어머니는 그 근처에 머물고 있었고, 세아르는 그 미녀에게 보내는 편지를 전달하는 배달부였다. 이 편지들에서 어떤 이유에서인지 몰라도 졸라는 이탈리아인다운 이중성으로 그의 우편배달부에 관해 심한 농담을 했다. 그리고 어느 날 세아르의 역할에 화가 난 졸라부인은 졸라의 우정에 대한 세아르의 신뢰를 비웃고자 그녀가 갖고 있던 편지에서 졸라가 그를 비웃는 농담을 한 것을 말해주었다. 나야 어떻게 그녀 손에 그 편지가 들어갔는지 모르지만…….[12]

편지가 언제 파괴되었는지는 알 수 없지만 1892년 여름이나 11월 다시 위기가 닥친 즈음으로 추정된다. 어쨌거나 졸라가 『파스칼 박사』를 쓰기 전인 것은 분명하다. 이 소설 끝에 파스칼이 죽은 후 파스칼의 어머니 펠리시테 Félicité가 파스칼의 원고가 있는 옷장을 열어 루공가Les Rougons와 마카르가Les Macquarts가 고통 받고 있는 유전에 대한 증언을 기록한 서류들을 모두 불태워버린다. 물론 서류를 파괴하는 이야기는 소설을 쓸 때부터 있어온 생각이지만 실제로 일어났던 일 덕분에 더 생생하게 묘사되었다고 할 수 있다. 하녀 마틸드Mathilde의 도움을 받아 펠리시테가 옷장을 부수는 장면은 아주 길게 묘사된다. 졸라는 여기에서 광기에 사로잡힌 이 두 여자의 모습을 강조한다.

> 그녀들은 다시 옷장으로 돌아갔다. 나무 선반 두 층을 더 비워내니 아래만 남아 있었다. 맨 밑에는 뒤죽박죽 서류들이 가득했다. 환희의 뜨거운 열기에 취해 땀을 흘리고 헐떡이면서 야만적인 파괴욕에 불타올랐다. 그들의 손은 쭈그리고 앉아 타다 남은 조각들을 밀쳐내느라 까매졌다. 너무나 격하게 움직이느라 묶은 회색 머리가 흐트러진 옷 위로 흘러내렸다. 그녀들은 성인에 대한 일종의 혐오 때문에 성인을 순교시키기 위해 악마의 장작불을 돋우는 마녀처럼 분주했다. 글로 쓰인 생각은 광장에서 불태워졌고, 진실과 희망의 모든 세상이 파괴되었다.[13]

악마적인 마녀, 거세하는 어머니. 잔과의 사랑에 대한 묘사보다 알렉상드린을 더 엄청난 충격에 빠트린 것은 1893년 6월 10일 ≪주간지La Revue hebdomadaire≫에 연재된 소설 8장에서 바로 그녀 자신을 묘사하고 있다고 생각했을 이런 표현이었다. 6월 19일 서점에 출간되었을 때 그녀를 어느 정도 위로해줄 수 있었던 소설 첫 장에 실린 헌정문도 사실 진정한 헌정문이라고 보기 어렵다. "나의 어머니와 나의 사랑하는 아내를 기억하며, 나는 나의 모든 작품의 요약이자 결론인 이 소설을 바칩니다." 어머니와 아내를 함께 놓은 이 헌정문은 잔인하게도 그녀와 펠리시테라는 인물을 같은 선상에 놓는 역설을 더 확실하게 하기 때문이다. 다시 말하면 알렉상드린이 1891년 11월 졸라와 잔의 관계를 처음 알고 난 후 그녀의 집에 가서 편지들을 가져와 없앴다고 볼 수도 있지만, 1892년 여름 잔이 아이들과 슈베르슈몽에 머무는 동안 알렉상드린이 다시 그녀의 집에 들어가 편지들을 가져간 다음 펠리시테처럼 그것들을 태워버린 것으로 추측할 수 있다. 연기로 사라진 이 편지들은 분명 졸라가 자신의 연인에게 쓴 가장 아름다운 사랑의 편지일 것이다.

두 번째로 잔의 침묵이다. 졸라는 편지를 강탈당한 이후부터 잔의 편지들을 읽은 다음 곧장 그 편지를 다시 잔에게 보냈다. 그 과정은 소설처럼 극적이라고 볼 수 있을 것이다. 지인들을 통해 몰래 전달되었을 잔의 편지들을 졸라는 층계나 복도에서 무슨 소리가 나지 않나 귀를 쫑긋 세운 채 몰래 읽었을 것이다. 그리고 써놓은 글 밑에 그 편지를 숨겨놓았다가 어떤 용무나 자전거 산보를 핑계로 나와서는 우체국에서 가서 다시 부쳤을 것이다. "내일, 당신 편지를 다시 보낼 때 내 편지도 같이 보내겠소(1892년 8월 29일자 졸라의 편지)"와 같은 표현은 나중에도 여러 번 반복되어 나타난다. 졸라가 이런 말을 반복하는 것은 잔의 편지를 읽은 다음 다시 보내는 일을 명심하고 있음을 보여줌으로써 잔을 안심시키려는 것이다. 졸라는 그들의 사랑의 편지가 파괴된 후 작가로서 모든 수사본, 모든 편지를 정성스럽게 보관했고, 자신의 작품에 관한 모든 기사를 보관했다. 하지만 막상 자신이 사랑한 이의 편지들을 간직하는 것은 불가능하다는 사실을 깨닫는다. 알렉상드린과 한집에서 같이 살고 있는 한, 다른 여자와 관련된 모든 것은 없애야 했다. 이런 조심성은 그의 글에도 영향을 끼친다. 그가 쓴 글을 알렉상드린이 읽을 수 있기 때문에 잔과 아이들의 존재를 알 수 있는 어떤 글도 쓰지 않는다. 잔 역시 졸라와 주고받은 편지들, 여행 때 급하게 쓴 짧은 편지들, 전보 등 졸라가 쓴 것은 모두 보관했다. 그럼 그녀에게 다시 보내진 그녀의 편지들은 어떻게 된 것일까? 잔이 자신의 편지들을 없애버린 것일까? 잔은 자신이 판단하기에 가장 중요한 것만 보존하기로 결정한 것 같다. 졸라 사후 1902년 이후 정리한 것으로 볼 수 있고 그녀가 죽은 1914년 당시 이것들이 사라진 것으로 볼 수도 있다. 그녀가 죽기 전 그동안 받았던 졸라의 편지들을 아들 자크에게 주었을 때 그녀의 편지들도 함께 보존되어 있었는지는 알 수 없다. 졸라가 그토록 사랑했던 잔의 감정, 사랑, 모성에 관해 거의 알 수 없다는 것은 슬픈 일이다. 가난한 시골 아가씨였던 잔, 우연히 당대 최고 작가의 삶에 뛰어들었던 그녀의 몸과 영혼이야말로 졸라가 창조했던 가장 매력적인 여주인공과 닮았고 차후 졸라가 창조할 모든 여주인공의 모델이 되었기 때문이다.

졸라는 자신의 뜨거운 사랑을 두 가지 방식으로 말한다. 첫 번째 방식은 진정한 아내이면서도 자신의 맏이 같기도 한 '사랑하는 잔'에게 직접 쓰는 편지를 통해서이고, 두 번째 방식은 간접적이지만 아주 뜨겁게, 소설에서 그려진 한 쌍의 인물들을 통해서이다. 즉, 클로틸드와 파스칼(『파스칼 박사』), 베네데타와 다리오Dario(『세 도시』), 마리안Marianne과 마르크Marc(『4 복음서』)이다. 이 소설 속 인물들은 졸라와 잔의 관계를 그대로 반영하는 거울이다. 『파스칼 박사』에는 사실 또 다른 진정한 헌정문이 있다. 1893년 6월 20일, 졸라는 보급판 중 한 권에 이 소설을 잔과 그의 두 아이들에게 바친다고 썼다(일본으로 가는 한 권에도 똑같이 쓰여 있다).

> 내가 진정 사랑하는 잔에게, 나의 클로틸드에게 바친다. 자신의 젊음으로 나에게 성대한 연회를 베풀어주었던 사람, 나에게 내 딸 드니즈와 내 아들 자크를 선물하면서 나의 30년을 돌려준 사람. 그리고 두 아이들을 위해 이 책을 썼다. 이 아이들이 언젠가 이 책을 읽으면서 얼마나 내가 그들의 어머니를 사랑했는지 알기 바라기 때문이며, 깊은 슬픔에 빠져 있었던 나를 행복으로 일으켜 세워주었던 그녀에게 나중에 보답하도록 하기 위해서이다.

1914년 5월 말 잔은 부르고뉴Bourgogne의 작은 마을 루브르에 있는 그녀의 부모님 곁에 묻혔다. 졸라가 그녀에게 준 첫 번째 선물인 7개[14]의 진주 고리가 달린 목걸이, 그녀가 항상 드레스 안에 보이지 않게 걸고 다닌 그 목걸이를 한 채였다. “아주 단순한, 가느다란 사슬형 목걸이, 7개의 진주가 매달린, 동그랗고, 반짝거리고, 너무나 맑아 보이는 목걸이”, 그것은 파스칼 박사가 클로틸드에게 그들의 사랑이 처음 시작된 때 준 선물이었다.

제4장

'서글픈 몽상가' 제라르 드 네르발의 편지*

김순경 | 중앙대학교 불어불문학과 교수

제라르 드 네르발Gérard de Nerval(1808~1855)은 파리에서 1808년 5월 22일 에티엔느 라브뤼니Etienne Labrunie와 마리 앙투아네트-마그리트 로랑Marie-Antoinette-Marguerite Laurent 사이에서 태어났다. 그의 어머니는 네르발을 루와지Loisy의 유모에게 맡겨두고 나폴레옹 군대의 군의관으로 종군하는 아버지를 따라갔다. 그녀는 네르발이 두 살 반이던 1810년 11월 29일 실레지Silésie에서 열병으로 세상을 떠나 그로스 글로고Gross-Glogau에 있는 폴란드 가톨릭 교회묘지에 묻힌다. 네르발은 외증조부인 앙투안 부쉐Antoine Boucher 밑에서 자라다가 일곱 살이 되어서야 부상으로 전역해 파리에 산부인과를 개업한 아버지의 집으로 간다.

네르발은 시, 소설, 희곡, 여행기, 문학 텍스트로서의 서간문 등 다양한 형태의 글을 쓴 작가이다. 1840년 이전에 벌써 네르발은 서한체 문학 형식

▸ 네르발

에 관심을 보이기 시작했고, 편지 형식을 통한 고백 취향은 그의 마지막 순간까지 이어졌다. '내면주의 문학 littératures intimes' 장르라 할 수 있는 서간체 문학인 편지를 통해 그의 친지들과의 관계, 삶의 총체적인 모습을 들여다볼 수 있다. 그것이 사실이든 상상이든 그 작가의 절절한 속내 이야기를 담은 편지는 고백하고 싶은, 그리고 이해받고 싶어 하는 작가의 나르시스적 욕망을 드러낸다. 그러나 그의 고백에서 완벽한 진실성을 읽어낼 수는 없다. 자신의 삶을 자신이 장악할 수 없었기 때문에 그 자신도 어쩔 수 없이 감추고 일부러 누락시키기 때문이다. 작가는 의식적으로 또는 무의식적으로 사건을 정리하고 또는 숨기고 과장하고 지어낸다. 어느 작가이든 자신의 경험을 그대로 편지에 옮겨놓진 않는다. 작가 사후에 편지가 출간될 것에 대비해 미리 편지를 고치거나 재배열하는 일도 있고, 자신의 진실된 모습을 보이는 것에 대한 두려움으로 각색, 수정하는 일도 있다. '창작한다는 것, 그것은 실은 다시 회상하는 것'이라고 생각한 네르발은 자신의 삶을 하나의 픽션처럼 재구성해 문학작품화했다. 실제로 일어났던 일을 고백하고 기술하는 데 그치는 것이 아니라 무의식 깊은 곳에 묻어놓은 것들, 갇혀 있는 것들, 혹은 가두어놓은 것들을 어느 정도는 바꾸고 이상화한다. 이렇게 작가의 편지에서 한 인간의 내적 갈등의 세세한 주름과 골을 읽어낼 수 있다.

1840년에 이르러서야 진정한 의미의 네르발적 문학세계가 드러나는 주요 작품들이 쓰였다. 이 무렵 네르발은 그의 일생에 큰 영향을 끼친 두 가지 사건을 겪는다. 하나는 제니 콜롱Jenny Colon(1808~1842)을 만나고 헤어진 경험이고, 또 하나는 1841년에 겪은 최초의 발작이다. 이 두 시련의 경험은 네르발의 감수성과 천재성을 더욱 풍요롭게 했다. 1841년 2월 최초의 광기 발작을 일으킨 네르발을 파리 문단에서는 신의 망상, 빙의 망상 환자로 여겼다. 그의 작품이 병적인 망상의 정신상태에서 쓰인 글이라는 문단의 평가를 받고 있던 네르발은 자신의 건강상태가 양호하다는 것을 증명하기 위해 더욱 글쓰기에 매진한다.

▸ 제니 콜롱

1841년 4월 27일 광기 발작으로 입원해 있던 네르발은 지라르댕Girardin 부인에게 자신이 "정상인들의 집에 있고, 오히려 미친 사람들이 밖에 있지 않나 두렵다"는 편지를 보낸다. 자신이 이성을 잃었다는 것을 인정할 수 없었던 네르발은 1841년 11월 9일 뒤마Dumas 부인에게 '거짓 고백' 같은 편지를 쓴다.

> 나는 여전히, 그리고 항상 같은 사람이고, 늘 그랬습니다. 나는 단지 사람들이 내가 변했다고 생각하는 데 놀랄 뿐입니다. …… 나는 아주 재미있는 꿈을 꾸었고, 지금은 그 꿈이 그립습니다. 그것이 오늘날 유일하게 설명 가능하고 자연스러운 것처럼 보이는 것보다 더

▸ 네르발(레오뽈드플라맹의 판화)

진실된 것이 아닌가 자문하기까지 합니다. …… 내가 병을 앓았다는 것을 공식적으로 인정했을 때, 그것은 내 자존심에 그리고 나의 진실성에 심한 상처를 주는 것이었습니다. 사람들은 옛날에 마치 마법사나 이단자들에게 하던 것처럼 '고백하라', '고백해!'라고 외쳐댔습니다. 결국 나는 의사들이 정의하고 또 의학사전에 '신의 망상' 또는 '빙의 망상'이라고 아무렇게나 불리는 증상으로 나를 분류하는 것을 인정했습니다.

네르발은 1841년 말 빅토르 뤼뱅Victor Lubin에게 보낸 편지에서 착란이 '평소 생각의 변모', '각성된 꿈rêve éveillé', 현실의 총체적인 모습의 '그로테스크한 또는 숭고한 환영'이며, 일종의 영감과 계시처럼 그의 창작 활동을 이끄는 '매혹적인 동력'이라고 주장하면서 '어느 한 순간도 이성적 논리를 벗어나지 않았다'라는 증거로 「감람산의 그리스도Christ aux Oliviers」 I, IV행을 첨부했다. 이렇게 자신의 광기를 인정할 수 없었던 네르발은 자신의 발병이 우연한 사고이고, 자신은 '엉뚱한 사고의 희생자였을 뿐'이라고 쓴 편지를 동방 여행길에서 그의 아버지에게 보냈다. 이후에도 간헐적으로 기이한 꿈, 환영, 망상의 강박관념에 갇혀 있는 네르발에게 그의 주치의였던 에밀 블랑슈Emile Blanche 박사는 글쓰기를 통해 모든 것을 쏟아내도록 권유했다. '글쓰기'는 자신의 이야기를 객관적으로 바라보면서 혼란스러운 내면의식을 정리해주는 효과와 함께 의식을 짓누르는 강박관념으로부터 해방시켜주는 일종의 '예술 치료요법'이었던 것이다.

"어제 제가 눈물을 흘리는 것을 보셨겠지만, 그것은 허약한 마음에서 그런 것이라고 생각하지는 마십시오. 다만 우리는 더 이상 서로를 이해하지 못하고 있다고 생각했기 때문입니다. 그런데 이성을 잃지 않고 있을 때, 미친 사람 노릇을 하고 있는 것은 정말 지겹습니다"라고, 1853년 11월 25일 자신이 입원하고 있던 병원의 블랑슈 박사에게 퇴원시켜달라는 편지를 쓴다.

또한 1853년 12월 2일 아버지에게 쓴 편지에서 네르발은 블랑슈 박사의 권고대로 정신병이 남긴 인상을 글로 쓰기로 했고 논리 정연함을 되찾았다고 말한다.

1854년 7월 15일 블랑슈 박사에게 보내는 편지에서 "아마도 내가 느끼게 된 기이함은 두뇌가 환영으로 가득 채워져 있어 실제의 삶을 꿈의 삶과 분리하는 것에 어려움을 느끼는 나에게만 존재하는 것이 아닌가 싶습니다"라고 쓰면서 꿈과 현실이 얽혀 있는 혼란스러움을 고백한다. 퇴원한 네르발은 1854년 10월 24일 아직도 병원에 갇혀 있는 앙토니 데샹Anthony Deschamp에게 "나는 내가 병을 앓았다는 것을 공개적으로 인정하오. 그러나 내가 미쳤다든가 환각상태에 빠졌다는 것은 인정할 수 없소. 내가 의학을 모독했다면 그 의학이 여신의 모습을 갖게 될 때 그 여신 앞에 무릎을 꿇겠소"라는 편지를 보낸다.

네르발은 자신을 광기에 사로잡혀 꿈과 몽상에 갇힌 정신병자le fol délicieux로 여기는 프랑스 문단의 인식에 곤혹스러움을 느끼며 심각한 정신의 불안정에 시달리면서도 이성과 비이성의, 비이성과 광기의 경계에 얽매이지 않고 고통스럽지만 자유롭게, 그리고 황홀하게 그 경계를 넘나들면서 의식과 무의식이 서로 밀접하게 얽혀 있는 순수한 꿈과 환영을 섬세하게 기록해나간다. 비록 '광기'라는 의학적 진단을 받고 비극적 체험, 형이상학적 갈등, 계속되는 꿈과 광기의 유혹으로 치명적인 위기를 겪으면서도 네르발은 망상에 사로잡히지 않고 끈질긴 내적 성찰을 통해 최대한 의식의 명철함을 가지고 '각성된 꿈'이 이끄는 문학세계를 펼쳐 보인다. '초자연적 몽상상태état de rêverie supernaturaliste'에서 이끌어낸 '몽환적 사실주의réalisme onirique'의 색채를 띠는 네르발의 작품은 결코 어떤 광인의 공상적인 환상의 산물이 아니라 '감성의 신성화'에 의한 언어의 마술을 통해 영혼에 깊이 각인된 황홀함의 마력으로 충만한 환희의 순간을 기록한 것이다. 이렇게 네르발은 동시대인의 문학세계를 뛰어넘는 상상력의 힘으로, 달아나는 듯한 꿈의 세계에 닻을 내리고 광기라는 비이성의 신비한 힘을 느끼며, 언어로의 순수한 몰입을 통해 초현실적인 세계와 소통하고자 하는 열망을 작품 속에 펼쳤기 때문에 훗날 보들레르Charles Baudelaire, 상징주의 작가, 초현실주의 작가들의 선구자로 여겨졌던 것이다.

네르발의 작품세계에서 중요한 주제인 '여배우에 대한 열렬한 사랑'의 대상이라 알려진 제니 콜롱의 존재나 제니 콜롱과의 관계에 관해서는 다양한 의견이 있다. 네르발은 1833년 가을 파리 '버라이어티쇼 극장Théâtre des Variétés'의 희극 여가수였던 제니 콜롱을 처음 만난 듯하다. 문우들의 증언에 따르면 네르발은 그녀를 오랫동안 홀로 흠모했고, 1835년 5월에 ≪드라마세계Monde dramatique≫라는 잡지를 창간해 제니 콜롱을 찬미하는 글을 썼다고 한다. 1837년 알렉상드르 뒤마Alexandre Dumas와 함께 제니 콜롱을 염두에 두고 쓴 희가극 〈삐끼오Piquillo〉의 여주인공 실비아Silvia 역을 제니 콜롱에게 제안했고, 1837년 10월 31일 이 극의 초연 전후에 작가와 주연 배우로서의 만남을 이어가면서 사랑을 고백할 용기를 갖게 되었다는 것이다. 그 후 짧은 기간 동안 연인 관계였고, 1838년 초 원인을 알 수 없는 갑작스러운 절연 이후 1838년 4월 11일 제니 콜롱이 같은 극단의 플루트 연주자인 르플뤼스Leplus와 결혼함으로써 둘의 관계는 끝이 난다. 네르발과 제니 콜롱의 관계의 진실에 대한 확실한 증언은 없지만 제니 콜롱과의 만남은 네르발의 일생에 중요한 의미를 갖는 사건이었다.

제니 콜롱에게 보낸 편지들이라고 알려진 『제니 콜롱에게 보낸 편지Lettres à Jenny Colon』가 실제 보내진 건지에 대한 확실한 증거는 없다. 「열다섯 번째 편지」(1838년 2월)를 제외하고 다른 편지에는 발송 날짜가 표시되어 있지 않은 이 편지들의 수신인이 제니 콜롱인가? 아니면 다른 여배우인가? 아니면 허구의 인물인가? 또한 네르발이 이 편지들을 실제로 제니 콜롱에게 보냈는가? 이러한 불확실성이 오히려 문학적 상상력을 부추기며 이 편지에 담긴 두 사람의 사랑의 이야기는 전설적인 신화의 아우라에 둘러싸인다.

『제니 콜롱에게 보낸 편지』에는 20여 편의 편지가 실려 있는데, 그 가운데 같은 내용이 또 다른 편지에 그대로, 또는 개작해서 실려 있는 것을 확인할 수 있다. 예컨대 네르발은 「첫 번째 편지」의 몇 단어, 몇 문장을 바꾸어 「열아홉 번째 편지」의 첫 부분에 재수록한다. 수신자만 상정할 뿐(제니 콜롱에게) 아마도 처음부터 끝내 부치지 못한 편지였을 가능성도 있지만 예비소설로 쓰인 것이라는 일종의 허구적인 짧은 소설, 문학 연습의 일환, 서한체 작품을 위한 문학 텍스트로 기획된 것인 양 이 '사랑의 편지'

가 진정한 서간체 소설은 아니어도 『실비Sylvie』, 『꼬리야Corilla』, 『옥타비Octavie』, 『오렐리아Aurélia』 등의 작품 곳곳에 각색되어 삽입되었다. 이렇게 각색된 문학 텍스트 속 편지의 수신인은 현실 속의 제니 콜롱이 아니다. 그리하여 이 '사랑의 편지'는 네르발의 기억 속 제니 콜롱, 그것도 상상 속에서 한없이 이상적으로 꿈꾸어진 제니 콜롱, 즉 기억의 스크린에만 현존하는 제니 콜롱에게 건네는 편지라고 할 수 있다.

한 작가의 사적 편지 중 사랑의 편지는 가장 높은 문학적 밀도를 보여준다. 사랑의 편지는 사랑하는 사람을 향한 아름다운 영혼의 그리움, 안타까움이다. 아름다운 사랑의 순간과 고통과 환희의 순간을 자신 속에 가두어 놓지 않고, 은밀한 감정이 노출된다는 두려움이 있더라도 당당하게 그리고 절절하게 드러내면서, 네르발의 사랑의 편지 『제니 콜롱에게 보내는 편지』는 아름다운 문학 텍스트로 거듭났다. 이 편지들은 대부분 1837년 겨울에서부터 1838년 제니 콜롱의 결혼 직전까지 쓰여졌으리라 여겨진다. 이 '사랑의 편지'를 통해 네르발의 감정세계에 깊이, 그리고 아프게 각인된 사랑의 원형, 그 이상적 사랑의 전개과정과 모호한 절연 등 둘 사이의 내밀한 이야기를 읽을 수 있다.

네르발은 「첫 번째 편지」에서 여러 상황 때문에 자신이 원하는 은밀한 만남을 할 수 없어 편지를 쓰기로 했다고 밝히면서 자신이 쓴 한 단어, 한 문장마다 여러 해 동안의 고뇌, 꿈과 작품 계획이 응축되어 있다고 고백한다. 그러면서도 대화를 하면 어느 정도의 혼란이나 모순 등이 용납되지만 그것을 글로 쓰는 경우 지워지지 않는 영원한 증거물이 되기 때문에 더는 편지를 쓰지 않겠다고 한다.

소극적이면서 동시에 격정적인 성격을 고백하고, 그로 인해 생긴 일에 대해 사과하는 네르발은 「두 번째 편지」를 통해 부드러우면서 가혹한 시선으로 압도하는 그녀 앞에서는 소심해져서, 또는 그녀를 놀라게 할까 봐 격렬한 사랑의 감정도 숨긴 채 미소 지으며 자신의 감정을 어색하게 희화화하게 된다고 고백한다. 또한 자신은 '몽상가, 그녀를 미치도록 사랑하는 미치광이'라고 고백하면서 편지를 통해서만 그녀의 호의 표시, 소중한 증거를 확인할 수 있다고 밝히며, '편지에 대한 환상'을 이야기한다. '실낱같은 마지막 희망'인 편지를 통해서 마음의 동요와 변덕을 진정시키고, 마주 보고는 감히 말할 수 없는 사랑의 마음을 전한다.

어머니가 일찍 사라져버렸기 때문에 그녀에 대한 기억이 전혀 없는 네르발은 어머니를 닮은 판화의 이마주image를 통해서 그녀의 모습을 상상할 뿐이다. 결코 한 번도 존재한 적이 없는 어머니를 향한 집요한 갈망으로 영원히 '부재하는 여인'의 상상세계에서 꿈꾸어진 이상적 이마주를 창조해낸다. 본질적으로 이마주 자체에 집착하는 네르발의 욕망은 '이상적 이마주에 대한 숭배'의 성격을 띤다. 그래서 그는 사랑의 대상을 종교적인 의미에서 '여왕이나 여신' 혹은 하나의 '우상'처럼 숭배하는 모습을 보인다. "당신을 향한 나의 사랑은 나의 종교입니다"(「열한 번째 편지」). 예술가인 여배우는 일상의 여인이 아니라 찬미해야 하는 '예술가'이고 마치 무대 위의 여배우처럼 멀리서 사랑하는 것으로 만족해야 한다. '마술적 거리 distance magique'를 만들어내는 연극공간에서 '나타났다가 사라져버리는' 여배우는 결코 다가가서는 안 되는, 단지 멀리서 우러러볼 뿐인 경배의 대상, 즉 '우상idole'으로 머물 뿐이다. "내가 사랑하는 것은 한 여인이 아니라 한 예술가입니다. 아마도 이 역할에 만족했어야 했던 것입니다"(「일곱 번째 편지」). 네르발은 우상을 경배하는 시인과 같은 열정적인 사랑을 표현한다(「아홉 번째 편지」).

나의 사랑은 온통 시적이고 참신함으로 감싸여 있습니다.

당신은 내가 처음으로 사랑한 여인이고, 나는 아마도 이렇게 열정적으로 당신을 사랑하는 첫 번째 남자일 것입니다.

「여섯 번째 편지」에서는 제니 콜롱의 답장을 받았음을 알 수 있다. 네르발은 이 편지가 감미롭고 너그럽지만 참혹하고 잔인한 편지라 느낀다. 가장 고상한 감정, 가장 진지한 감동을 제니 콜롱이 웃음거리로 여길 수 있다는 생각에 피가 얼어붙고 어떤 옳지 않은 일을 저지를 수 있는 상황에 던져질지도 모른다고 고백한다. 네르발은 제니 콜롱이 다른 여인과 달리 선량한 마음을 가졌다고 생각하면서 진정한 열정을 가지고 장난해서는 안 된다는 것을 그녀가 알고 있을 거라 얘기한다. "경계 하십시오! 선한 당신의 마음이 아니라 가볍고 변덕스러운 당신의 기질을!" 그러면서 "당신을 마주 보면 저는 평안하고 기분이 좋습니다. 당신과의 대화가 꼭 필요합니다. 왜냐하면 당신과의 대화가 내가 자살하는 것을 막을 수 있기 때문입니다." 여배우의 복잡한 인간관계와 불성실할 수 있고 교태부리는 제니 콜롱의 예술가적 기질 때문에 받은 마음의 상처를 운명 탓으로 돌리면서 직접 만나서 은밀한 마음을 나누고 싶다는 이 편지에서 '자살'이라는 일종의 협박 같은 단어를 사용하는 네르발의 절망적인 절실함을 느낄 수 있다.

「스무 번째 편지」에서는 어떤 상황에서 구체적으로 어떤 잘못을 저질렀는지에 대한 설명은 없지만 네르발은 사랑하는 이로부터 더는 용서를 바랄 수 없는 과오로 인해 버림받았다고 느낀다. 막연한 죄의식의 강박관념에 시달리는 소심하고 세심한 네르발은 "매정한 여인이여, 날 사랑하지 않았다고는 말하지 말아주세요"라고 애원하면서 어떤 의미 없는 상황 때문에 오해하게 된 제니 콜롱에게 변명하는 편지를 보낸다.

> 당신은 공연한 의심으로 내 마음을 명예롭게 해준 하나의 제안을 퇴색시키기까지 했습니다. 내 자존심이 그 중요성을 너무 강조했다는 것을 인정한다 할지라도 말입니다. 나는 당신을 원망하지 않습니다. 오늘까지도 납득하기 어려운 행동입니다만, 경솔한 것에 틀림없는 듯한 행동에 대한 이 잔인한 벌을 달게 받아들입니다. …… 그러나 그 모든 것에는 돌이킬 수 없을 만한 것은 전혀 아무것도 없어 보입니다. 나는 한 여인이 용서할 수 없을 어떤 죄를 저지른 것이 아닙니다.

네르발은 그녀의 찬미자들을 '잘생기고 부유하지만 순수한 사랑을 할 줄 모르는 가벼운 사람들'이라고 비난한다. 그녀의 '가볍고 변덕스러운 예술가적 기질'에 상처 입은 네르발이 '어떤 의미 없는 상황'에서 '어떤 경솔한 행동'을 했다는 것을 추정해볼 수 있다. 이에 네르발은 거의 마지막 절규와도 같은 애통한 마음으로 모든 자존심을 버리고 애원하는 이 편지에서 순수한 영혼, 즉 '에스프리esprit'를 가진 신뢰할 만한 친구이자 수많은 고통을 겪으면서도 순수한 애정을 간직하고 순종하는 자신을 선택해달라고 애원한다. 아마도 네르발이 제니 콜롱에게 쓴 마지막 편지일 것 같은, 이 비장함을 느끼게 하는 「스무 번째 편지」의 끝에는 동시대에 살았던 뒤랑통Duranton(=D)이란 사람처럼 자살할 수도 있다는 암시가 있다.

> 당신이 나를 죽게 한다면 이미 때는 늦은 겁니다! 내가 만약에 그 D처럼 자살한다면 당신은 뭐라고 하실 겁니까?

네르발은 『제니 콜롱에게 보내는 편지』의 「다섯 번째 편지」를 여러 번에 걸쳐 수정하고 개작해 『옥타비』의 중심축을 이루는 '파리의 여배우에게 보내는 편지'에 삽입한다. 여기에서 네르발은 수신인이 '요정의 목소리처럼 감미로운 목소리'를 가진 파리의 여배우이자 '이루지 못한 사랑'의 대상이라는 것을 명시하면서 이 수신인과 제니 콜롱이 동일인임을 암시한다. 파리의 여배우와의 '이루지 못한 사랑'의 고통을 피해 나폴리Napoli의 밤거리를 헤매다가 만난 한 베니스 여인이 제니 콜롱과 닮았다는 환상의 덫에 마음을 빼앗겨 그녀를 배반함으로써 한순간이나마 불성실했다고 변명을 하면서도 파리의 여배우에 대한 유일한 사랑을 고백하는 것이 이 편지의 목적이다. 편지를 통해서 자신의 잘못 또는 진실을 고백한다고 했지만 이러한 변명과도 같은 고백 자체가 결국은 욕망의 우회적인 표현인 것이다.

> 나의 모든 행복은 당신을 위해 사는 것이고 당신을 위해 죽는 것이라는 것을 당신도 아시잖아요!

'한 여인'으로부터 사랑 받지 못했으며, 또 그럴 희망도 없다는 서글픈 생각에 사로잡힌 절망적인 상황에서 그의 침묵의 사랑이 가진 최상의 표현은 자살이었다.

> 내 마음속에는 그 깊이를 알 수 없는 사무친 슬픔이 깃들어 있었습니다. 하지만 그것은 내가 당신의 사랑을 받고 있지 않다는 참담한 생각일 따름입니다. …… 사랑을 받지 못하고 사랑을 받을 희망도 없이! …… 바로 그때 나는 신에게 가서 이 불완전한 나의 존재에

관한 해명을 요구해야겠다는 마음이 들었습니다.

그렇지만 그는 죽음이 '영원한 평안'을 선사하는 '행복에 버금가는 것'이라고 느낀다.

> 죽음이라! 오 하나님! 당신이 허락하는 행복이 마치 죽음밖에 없는 것인 양 왜 모든 일에 이 생각이 떠오르는 걸까요? 죽음! 하지만 이 말이 내 마음속에 음울한 그림자를 드리우지는 않습니다. 내게는 마치 어느 축제의 끝 무렵처럼 이 죽음이 시든 창백한 장미화관을 쓰고 나타납니다. 행복과 도취의 시간을 보낸 후 저녁이 아니라 아침에, 죽음이 미소를 지으며 사랑하는 여인의 침대 맡에서 나를 기다리고 있다가 다음과 같이 말하는 꿈을 가끔 꾸었습니다. "젊은이여! 다른 젊은이들이 그들의 낮을 가지듯이 그대는 그대의 밤을 보냈도다. 이제는 내 품으로 와서 잠들어 쉬어라. 나는 아름답지는 않지만 선량하고 구원을 베푸는 성품으로 쾌락이 아닌 영원한 평안을 주리라!"

네르발의 전 생애와 그의 대부분의 작품을 비극적인 신비주의로 물들이는 '죽음'의 이마주는 고통스러운 현실에서 벗어나 '영원한 평안'을 누릴 수 있도록 하기 때문에 '꿈'의 속성처럼 '죽음' 또한 그를 불안에 빠뜨리는 동시에 매혹하는 양가적 모습을 띤다.

「다섯 번째 편지」가 독백의 성격을 띠는 사랑의 편지였다면 「열세 번째 편지」에서 네르발은 편지의 부정적인 모습에 관해 말한다. 일반적으로 편지를 쓰면서는 진실을 감추고, 각색하고 변명하게 된다. 그리하여 생생한 감동, 미묘한 교감은 사라지고 '책갈피에 끼워 눌러놓은 메마른 풀잎'처럼 정제되고 밋밋하며 생기 없는 글이 된다. '냉담한 편지'로는 고스란히 속살을 드러낸 사랑의 마음을 그대로 전할 수 없다는 것이다. 또한 그 편지를 받는 사람이 처한 상황에 따라 그 편지가 왜곡될 수 있다는 것을 염려한다.

…… 이 모든 것이 힘든 순간이나 우울한 순간, 기분에 치우친 충동적인 순간에 읽힌다고 생각해보십시오! 또는 그것으로 사람들이 당신을 판단한다고, 그리고 당신의 미래와 행복과, 당신의 삶과 죽음이 종이 한 장으로 좌우될 수 있다고 생각해보십시오!

***

「다섯 번째 편지」

또다시 당신에게 편지를 씁니다. 많은 사람에게 둘러싸여 있고, 그토록 산만하고 분주하지만 아마도 완전히 무관심한 것은 아닌 당신을 생각하고, 걱정하는 것 밖에는 다른 어떤 일도 할 수 없기 때문에 오늘 나는 그렇게 생각할 수밖에 없습니다. 그러나 매우 이성적으로 냉담하게 이치를 따져본다면 말입니다.
오! 여인, 여인이여! 당신은 언제나 연인보다는 예술가에 더 가까운 사람입니다. 나는 당신을 또한 예술가로도 사랑합니다. 그리고 당신에게는 나를 매혹시킨 어떤 매력이 있습니다. 그러니 내가 간과하는 이 영광을 향해 굳센 걸음을 내딛으세요. 당신을 지탱하기위한 팔과 더욱 높이 오르기 위해 발이 기댈 몸이 필요하다면, 나의 모든 행복은 당신을 위해 사는 것이고 당신을 위해 죽는 것이라는 것을 당신도 아시잖아요.
죽음이라! 오 하나님! 당신이 허락하는 행복이 마치 죽음밖에 없는 것인 양 왜 모든 일에 이 생각이 떠오르는 걸까요? 죽음! 하지만 이 말이 내 마음속에 음울한 그림자를 드리우지는 않습니다. 내게는 마치 어느 축제의 끝 무렵처럼 이 죽음이 시든 창백한 장미화관을 쓰고 나타납니다. 행복과 도취의 시간을 보낸 후 저녁이 아니라 아침에, 죽음이 미소를 지으며 사랑하는 여인의 침대 맡에서 나를 기다리고 있다가 다음과 같이 말하는 꿈을 가끔 꾸었습니다. "젊은이여! 다른 젊은이들이 그들의 낮을 보냈듯이 그대는 그대의 밤을 보냈도다. 이제는 내 품으로 와서 잠들어 쉬어라. 나는 아름답지는 않지만 선량하고 구원을 베푸는 성품으로 쾌락이 아닌 영원한 평안을 주리라!"
그런데 이런 영상이 대체 어디에서 이미 나에게 나타났던 것일까요? 아! 당신에게 말했듯이 그건 삼 년 전 나폴리에서였습니다. 나는 빌라 레알레Villa Reale에서 당신을 닮은 한 베니스 여인을 만난 일이 있었습니다. 그녀는 교회 장식용 금자수를 놓는 일을 하는 아주 선량한 여인이었습니다. 그날 저녁 우리들은 '산 카를로 San-Carlo'극장에 〈뷔온델-몬떼 Buondel-Monte〉 공연을 보러갔었습니다. 그리고 우리는 카페 '유럽Europe'에서 즐겁게 야식을 먹었습니다. 이러한 세세한 것들이 다 기억나는 것은 이 여인과 당신이 닮아 모든 것이 감동적이었기 때문입니다. 그녀는 스위스 왕실장교인 애인이 있었습니다. 그래서 그녀로부터 동행 허락을 받는데 무척 힘이 들었습니다. "장교들은 아홉 시부터 병영에 들어가는데, 내일은 날이 밝자마자 그곳을 나올 수 있어요. 나의 애인은 날이 새자마자 틀림없이 나의 집으로 올 거예요. 그러니까 당신은 해 뜨기 훨씬 전에 꼭 일어나야 해요, 그럴 수 있겠어요?" 라고 그녀는 내게 말했습니다. 나는 그녀에게 "지극히 자연스러운 방법이 있는데 그것은 아예 잠들지 않는 것입니다"라고 말했습니다. 이 생각으로 그녀는 나와 함께 있기로 결심하게 되었답니다. 그런데 우리의 생각과는 달리 우리는 어느 시점에 잠들어버리고 말았습니다. 이리하여 당신은 그 사건이 복잡해졌으리라 생각하겠지만 전혀 그렇지 않습니다. 그녀는 극도로 단순한 성품의 소유자니까요. 모험이란 사람들이 그것을 실행으로 옮긴 것입니다. 그리고 내가 그녀를 극적인 사건으로 밀어붙이려 애쓰기에는 이 여인이 나에게 흥미가 없었고, 무엇보다도 그녀의 애인은 별로 낭만적이지 않은 스위스인이었지요. 이 여인은 날이 새기 전 첫 종소리가 울리자 소스라쳐 나를 깨웠습니다. 순식간에 나는 옷을 걸치고 밖으로 끌려나왔는데, 나는 방금 일어난 것을 깨닫지 못할 만큼 아직 졸린 상태로 톨레드Tolède 길거리에서 있게 되었습니다. 나는 키아이아Chiaia 뒤쪽 작은 골목길로 들어서서 동굴 위쪽 포질리프Pausilippe언덕을 오르기 시작했습니다.

꼭대기에 이르자 나는 벌써 푸르스름해진 바다와, 아직도 아침나절의 소리만 들려오는 시내와, 햇빛이 별장의 지붕을 황금빛으로 물들이기 시작한 에시아Eschia 섬과 니시타Nisita 섬을 바라보면서 거닐었습니다. 피곤한 느낌은 조금도 들지 않았습니다. …… 나는 성큼성큼 걸어 다니고, 뛰어다니고, 언덕을 내려가고, 축축한 풀밭에 뒹굴기도 했습니다만 내 마음속에는 죽음이란 생각이 깃들어 있었습니다.

오, 신이시여! 내 마음속에는 그 깊이를 알 수 없는 사무친 슬픔이 깃들어 있었습니다. 하지만 그것은 내가 당신의 사랑을 받고 있지 않다는 참담한 생각일 따름입니다. 나는 행복의 환영 같은 것을 보았고, 신이 베풀어주신 모든 재능을 다 허비해버렸습니다. 이 세상에서 가장 아름다운 하늘 아래 인간이 볼 수 있는 가장 아름다운 자연과 가장 광활한 정경을 마주했습니다. 나를 위해 존재하는 유일한 여인, 그러나 그때까지 나의 존재조차 알지 못하는 그 여인으로부터 5,000리나 떨어진 이곳에서 말입니다.
사랑을 받지 못하고 사랑을 받을 희망도 없이! 당신의 허망한 모습을 보여주고 하룻밤의 환상을 품게 해줬던 이 야릇한 여인은 그녀 자신의 사랑이 있었고, 관심이 있었고, 그녀만의 습관을 가진 여인이었습니다. 이 여인은 나에게 사랑이라는 감정을 제외하고 존재할 수 있는 모든 즐거움을 주었습니다. 그러나 사랑이 없다면 이러한 모든 것들은 아무런 의미가 없습니다.
바로 그때 나는 신에게 가서 이 불완전한 나의 존재에 대한 해명을 요구해야겠다는 마음이 들었습니다. 산은 마치 절벽처럼 깎아지는 듯했고 푸르고 맑은 빛깔의 바다는 저 아래에서 노호하고 있었습니다. 제가 있는 이곳에서 한 발자국만 내딛으면 되었습니다. 그러면 고통은 한순간뿐이었을 것입니다. 오! 현기증 나는 이 생각은 참혹했습니다. 나는 두 번이나 뛰어내렸지만 어떤 알 수 없는 힘이 나를 밀쳐서 이 땅위에 살려놓고 이 땅을 끌어안게 했습니다. 아닙니다, 나의 신이시여! 당신은 내가 영원히 고통 받게 하려고 나를 창조하지는 않으셨겠죠. 나의 죽음으로 당신을 모욕하고 싶지는 않습니다. 나에게 힘과 능력을 주십시오. 그리고 무엇보다 어떤 사람은 권

좌에 오르도록 하고, 어떤 사람은 영광을 누리도록 하며, 또 다른 사람은 사랑을 얻도록 하는 결단력을 주십시오!

***

「열세 번째 편지」

나는 우리가 보냈던 어젯밤의 기묘한 파티에서 헤어 나올 수가 없습니다. 그 기억 속에 얼마나 많은 행복과 슬픔을 간직하고 있는지요! 나는 생 프뢰Saint-Preux처럼 외치고 싶습니다. "신이시여! 당신은 나에게 고통을 위한 영혼을 주었습니다. 기쁨을 위한 영혼도 주십시오!" 그러나 나는 당신에게 감사한 만큼 또한 나 자신에게 불만스럽습니다. 이 순간 당신에게 무슨 말을 해야 할까요? 내 마음은 너무나 혼란스럽습니다. 내 이마 주위를 쇠사슬과 같은 테가 짓누르고 있는 듯합니다. 이 순간을 생각만 해도 나는 어떤 힘도 어떤 용기도 가질 수 없습니다. 내가 정신 차릴 수 있도록 하루를 주십시오. 지난밤에 겪은 일로 휴식을 취하는데 적어도 하루는 필요할 테니까요. 나의 일상에 대해 무슨 말을 해야 할까요? 나의 일상은 대부분의 다른 사람의 일상과 비슷합니다. 걷잡을 수 없는 열정을 가라앉히기 위해 피로에 지칠 때까지 오랫동안 걸었습니다. 또한 벗어날 길 없는 불안함에서 벗어나기 위해 멍해질 때까지 오랫동안 걸었습니다. 나는 오랫동안 걸었습니다. 나의 고통으로 또다시 당신을 괴롭히거나 내 마음의 동요로 당신을 불안하게 만들어야 할까요? 아닙니다! 나는 당신에게 할 말이 아직도 너무 많기에 냉담한 편지로 그 말들을 잃고 싶지 않습니다. 편지보다 서글픈 것이 있을까요? 무심한 마음을 가진 사람에게 이보다 더 쉬운 것이, 열정에 사로잡힌 사람에게 이보다 더 어려운 것이 있을까요? 생각은 글로 옮겨지면서 생기가 사라지고, 그리하여 사랑의 가장 감미로운 감정은, 간직하기 위해 책갈피 사이에 끼워 눌러놓은 이 메마른 풀잎들과 같아져버립니다. 하지만 이 모든 것이 힘든 순간이나 우울한 순간, 기분에 치우친 충동적인 순간에 읽힌다고 생각해보십시오! 또는 그것으로 사람들이 당신을 판단한다고, 그리고 당신의 미래와 행복과, 당신의 삶과 죽음이 종이 한 장으로 좌우될 수 있다고 생각해보십시오! 아니에요! 아닙니다! 오늘 나는 당신에게 심각한 말은 쓰지 않겠습니다. 나는 당신 곁에서만, 당신의 시선 아래에서만 피어나는 사랑의 아름다운 꽃들을 간직하겠습니다.

제5장

말라르메의 마리아 그리기

김경란 | 연세대학교 인문학연구원 전임연구원

"그러나 그녀는 나의 누이고 나의 아내였다."[1]

여기서 시인이 말하는 그녀는 시인의 아내 마리아 게르하르트Maria Gerhard를 가리킨다.

프랑스 시인 스테판 말라르메Stéphane Mallarmé(1842-1898)는 상징주의와 프랑스 상징주의의 언어이론을 정립, 완성시켰다는 평을 받고 있는 시인이다. 글쓰기에 대한 존재론적이고 인식론적인 그의 성찰들은 아직도 미처 다 확인되지 않은 언어혁명의 근원으로 그를 평가하게 한다.

그가 시인이라는 업을 스스로에게 부여하게 되는 것은 불운한 가족사에 많은 부분 기인한다. 시인의 어머니는 그가 다섯 살 때 병사하고 아버지는 그 이듬해 재혼한다. 그는 외조모의 손에 양육되긴 하나, 열 살 때부터 기숙사를 전전하게 된다. 그에게 형제로는 마리아라는 두 살 아래의 누이 하나만 남게 되는데, 이 누이는 시인이 열다섯 살 때 병사한다. 고아처럼 남겨진 그는 이미 어려서부터 피할 수 없는 내면의 크나큰 공백과 마주하게 된다. 이후로 그 빈 구덩이 속에는 마리아의 이미지가 깊게 자리하고 평생 그를 떠나지 않았다.

▶ 스테판 말라르메

그에게는 상실들을 해결하는 일이야말로 자신의 존재를 찾는 일이었다. 이 탐색은 삶의 의미에 대한 탐색이었다. 이 탐색은 외적으로는 언어적 표상행위를 향하게 된다.

어머니의 이미지와 합쳐진 누이의 이미지는 독특한 이미지를 형성하게 된다. 강박관념처럼 시인의 심중에 자리한 이 이미지의 의미들을 현상세계에서 확인하고 밝혀내는 일이야말로 그에게는 내적 균형에 도달하는 일이었다.

유년기에서부터 시작된 시인의 시 작업은 여러 각도에서의 읽기가 가능하지만, 이처럼 '마리아 찾기'에서도 출발한다. 자신만의 고유한 언어를 찾고 언어 체계를 구축하는 일은 그에게는 수긍 가능한 현실에 가까이 가는 일이자 삶의 어떤 균형에 도달하는 일이었다.

그러나 어머니와 마리아는 우선 피안의 존재들이며 상실 자체다. 시인

▶ 마리아 게르하르트

은 의식은 죽음의 '구덩이(fosse)'들에서 헤어나지 못한 채로, 존재하지 않는 존재를 현실세계에서 오랜 동안 찾아다닌다. 시선은 온전히 바깥 세계를 향하지 못한 채 오직 자신의 내면만을 향하고 있었던 것이다.[2]

의식 속에서는 이들의 무덤의 의미 속에 파고드는 일을 계속하면서, 시인은 "시의 구덩이를 파고 있었다"고[3] 고백한다. 내면 속의 빈 구덩이에 집착하는 일은 동시에 언어에 집착하는 일이었다. 시인은 "시에 천착하면서 나는 두 개의 '심연'과 만났다 …… 그 하나는 '허무'라는 심연이다 …… 내가 발견한 또 하나의 공백이란 가슴 속의 공백이다"라고 실제로 직접 말하고 있다.[4]

공백은 심연이다. 이 심연을 거부하기 위하여 자아와 현실을 연결시킨다는 일—이는 자아탐구이자 언어탐구이면서, 현실에 존재하는, 살아있는 마리아 찾기라는 숙제로 끝없이 집중된다.

「탄식Le Soupir」과 「현현L'Apparition」 등, 이미 초기시들에서 시인은 초혼의식(招魂儀式)과 유사한 몸짓을 보여준다. 시인은 지상의 존재가 아닌 하늘색 눈빛의 여인을 현실에서 찾고자 하며, 그 새로운 현실의 존재는 그 이름조차 누이와 같은 독일여성 마리아 게르하르트다. 그리고 카프카Franz Kafka의 약혼과 파혼의 과정을 연상시키는 많은 망설임들 끝에 그는 마침내 그녀와 결혼한다.[5]

그러나 마리아는 현실의 아내, 즉 여러 현실들을 함께 짊어져야 하는 존재로서, 현실의 질곡들에 대한 해답을 충분히 제공하지는 못하였던 것 같다. 그리하여 후년에 시인은 메리 로랑Méry Laurent이라는 또 다른 존재를 갈구하게 된다.[6]

인상주의 화가 마네Édouard Manet의 모델이기도 하였던 메리에게서 시인은 정신과 언어를 향해 좀 더 자유롭게 문을 열어놓을 수 있는 여유와, 삶을 향유할 수 있게 하는 자세들을 배우게 된다. 바로 그녀의 이름도 '마리아'라는 점은 시인이 평생 얼마나 내적이고 근원적인 해답을 찾아 집요하게 헤매었는지를 증명해준다.

지금 우리가 우선 접하고자 하는 것은 시인이 현실의 여인이자 미래의 아내 마리아에 가까워지는 과정을 보여주는 편지들이다. 마리아는 죽은 누이와 같은 "푸른 하늘을 담은 눈빛"을 하고 이름조차 같아서, 시인은 안도하며 호기심을 품고 그녀에게 가까이 가려한 것이다.

그가 마리아에게 다가가는 과정과 구애의 과정은 마리아에게 보낸 편지들에서 고스란히 나타나있다. 시인은 편지 속에서 자신이 여자인 것처럼 꾸미고 마리아에게 조심스레 다가갔다고 고백하고 있다. 또한 시인은 자신의 사표(師表)였던 "포우Edgar Allan Poe를 좀 더 잘 읽기 위하여" 바로 이 마리아와 함께 런던으로 떠났던 것이라고 말한 바 있다. 이후 시인은 주로 시골에서, 그리고 인생의 중반기 이후에는 파리에서, 평생을 영어교사로 지내게 된다. 그는 현실보다는 관념과 언어에 천착하여, 이상적인 언어를 찾아 언어의 연금술에 일생 전념하고, 최고의 원석들을 생산해내는 시인으로 남아있고자 하였다. 독자들이 이 언어의 원석을 닦아내면 낼수록 그 작은 조각들은 더욱 눈부신 빛을 발하게 되며, 때로 최고의 어둠들을 내뿜기도 한다.

우리는 다음에 소개할 몇 편의 편지들에서 시인이 현실의 존재 마리아에 가까이 가는 과정을 읽을 수 있다. 시인이 친구 카잘리스에게 보낸 편지 속에서도 마리아를 읽을 수 있다. 또한 계모와 삶의 현실적 논리에 대한 직설적인 비판들도 읽어볼 수 있다. 이러한 직접적인 어법들은 그의 글이나 편지들을 통털어도 좀체 찾아보기 어려운 것들이다.

고도의 언어 논리와 다양한 철학적 견해들로 무장한 말라르메의 난해한 글을 접해본 독자라면, 가히 고전적 연애편지의 대가라고 부를 수도 있을 정도로, 시인의 굴하지 않는 끈질긴 또 다른 면모들을 발견하고는 충격받을지도 모른다. 다음 편지들에서 엿볼 수 있는 순진함과 언어의 단순성에 대해서도 놀라지 않을 수 없을 것이다. 따라서 시인의 시학과 철학으로 통하는 귀한 열쇠들을 관찰하거나 얻어낼 수도 있게 된다.

***

마리아 게르하르트에게(10)[7]

1862년 6월 28일 토요일, 상스Sens에서

아가씨,

당신이 생각하듯 그 독일 부인은 바로 나이며, 나 혼자 그 편지를 쓴 것입니다.

속인 것을 용서하십시오. 어제와 그제 나도 모르는 사이 또 본의 아니게 당신은 내게 아주 재미난 장난을 하신 셈이군요.
그저께 당신이 영국여자인 줄 알고 저는 최대한의 영어 실력을 발휘하여 생각할 수 있는 최고의 편지를 당신에게 썼습니다. 당신을 떠날 때 쯤 나는 내가 실수한 것을 깨닫게 되었고 그래서 그 편지를 찢어버리지 않을 수 없었답니다.
그것이 바로 나의 첫 번째 편지입니다.
두 번째 편지는, 이것 또한 재미있게 되었는데요. 당신이 어제 섬으로 돌아올 것을 알고 있었으므로, 나는 한 두 시간 주의 깊게 그 섬을 산책하고 있었답니다. 그리고 이목을 집중시키지 않으려고 교회의 종탑을 앨범에 스케치하고 있었습니다. 종탑 쪽보다는 당신이 있음직한 곳을 더 자주 응시하면서, ―평생 연필이라곤 결코 만져보지도 않았던 바로 이 내가 말입니다!
그러니 참 우습죠.
당신은 내가 그 '고등학교' 교문 앞에 자주 멈추어 서는 것과 '일요일'이면 그 '성당'에서 내가 당신을 응시하곤 하던 모습을 보고서, 당신이 나의 주의를 대단히 끌지 않은 것은 아님을 이미 알아채셨을 것입니다.
당신이 이 사실들을 이해하였다면, 이미 그것만으로도 뭔가 뜻 있는 일이 일어난 것이라 말할 수 있겠지만, 일의 진상을 알게 되신다면 이 정도는 아무 것도 아닌 것을 알게 되실 겁니다.
내가 당신을 끔찍이 사랑하게 된지 이제 세 달이 되었으며, 당신을 넋을 잃을 정도로 더욱 열렬히 사랑하게 된 것도 또 몇 날이 더 되었다고 말하겠습니다.
이 사랑을 당신은 받아주시겠습니까?

이 편지를 태워버리기 전에 좀 더 매혹적으로 내게 응답해주실 수 있으신지요— 내가 당신을 사랑하는 것을 허락하신다면, 나는 기쁨에 흠뻑 취하겠지요. 당신이 거절하신다 해도 나는 당신을 위해, 당신에 의해 고통을 받게 될 것이니 그 또한 행복한 일일 것입니다.

당신의 대답이 내게 필요하다는 것을 아시겠죠, 그러니 당신이 응답하셔야지요, 그렇지 않나요? 내일 주시겠어요? 나는 오래 품어야 할 희망보다는 거절이 주는 슬픔일지언정 오히려 그것을 더 사랑할 것이기 때문입니다. 그 희망은 무한정 늘어난 나머지 절망에 거의 닮아갔기 때문입니다. 게다가 나를 사랑하든 않든 간에, 당신은 내가 우울에 빠져 마음으로 당신을 사랑하는 것을 막을 수는 없을 것이기 때문입니다.

안녕, 천사인 그대여, 나를 믿어주십시오. 당신이 지금까지 읽은 것은 명예와 진심을 귀하게 여기는 한 남자가 쓴 글이라는 것을 확신하시고, 내가 당신을 사랑하는 것을 용서해주십시오.

더구나 이 사랑이라는 죄를 저지른 자는 누구겠습니까? 그것은 오 매력적인 아가씨여, 바로 당신입니다. 내가 희망에 가득 찬 채 미리 입맞춤하는 것은 바로 그대의 두 눈을 향해서랍니다—내일이면 내게 미소를 지을 그대 두 눈 말입니다, 그렇지요?

그대에게, 또 영원히

SM

나에 대한 판결문이 될 당신의 몇 마디 말을 네 시에 제게 전할 수 없다면, 그것을 "상스, 국유치 우편, S.M.씨"라는 주소로 우체국에 부쳐주세요. 저는 내일 그 편지를 받아볼 수 있습니다. 내일 성 바오로와 욘 구역의 행렬식에서 뵙겠습니다.(56-58)

***

마리아 게르하르트에게(13) 1862년 7월, 상스에서

아가씨,

당신을 못 본지 몇 날이 지났네요.
나의 눈에서 눈물 한 방울이 떨어져감에, 종이 한 장을 꺼내 이 눈물이 뜻하는 바 회한과 번민과 사랑과, 그리고 솔직히 말해 어떤 희망을 거기다 내 [sic] 애써 옮겨 써보니, 나 자신의 슬픔은 한결 위로 받는 듯하였습니다.
그런데 오늘 다시 보니 그 편지들은 다만 절망으로만 가득 찬 듯 보이는군요.
나는 매일 그 편지들을 간직하고 쌓아두었습니다. 당신에게 그것들을 전해줄 생각으로, 그리고 당신이 그것들을 모두 읽을 것이라고 감히 생각하였기 때문이 아니라, 다만 당신이 그중 몇 개 문장에 우연히 눈길을 줄 것이라고 단순하게도 생각하였기 때문에, 그리고 그중 몇 구절을 읽게 되면, 사랑을 받을 때면 당신을 매혹시키거나 우리가 느끼게 되는 그 빛이 당신에게까지 올라가 전해질 것이라고 감히 생각하였기 때문입니다.
그 섬광은 당신의 마음 속에 신비로운 푸른 꽃이 개화하도록 해줄 빛이었습니다. 그리고 그 개화를 통해 발산될 향은 헛된 향이 아니

기를 나는 소망합니다.
나는 그 향을 음미하고 있었습니다!
사람들은 그 향기를 사랑이라고 부르지요.
오늘은 환멸감으로 거의 압도되어 나는 어떤 마음이 기록한 수기였던 그 편지들을 불태워버렸습니다.
편지들은 게다가 너무 많았으니, 그러니 내가 당신을 그토록 사랑한다는 것을 당신이 알게 되면 당신은 얼마나 날 비웃을 것인지요!
이 미소와 한숨들, 이것들을 시시하고 애매한 이 종잇장 하나로 바꾸어놓고서는, 도대체 나는 언제, 어느 곳에서 당신에게 전하겠다는 말인지요! 내 열정의 빛깔 전부를 느낀대로 철저히 모두 기록하지는 못할 것이려니, 나는 여기 화음처럼 화답하는 다만 이 세 마디 말만 옮겨놓는 것으로 그치고자 합니다. "너를 사랑한다! 너를 연모한다! 너를 경모한다!" 라고.
— 오 나의 여왕 같은 당신, 넋 잃은 듯 이리 되풀이하며 '너'라고 말을 놓은 것을 용서해주시길. 그건 며칠 전부터 내가 미친 사람이 되었고 넋을 잃다시피 하였기 때문임을 아실런지요. 화살이 하나 날아와 문에 꽂히면, 그 문짝은 오래 동안 진동하겠지요. 황금빛 화살 하나가 나를 때리고 지나갔습니다. 그리고 나는 넋이 나간 채로 떨고 있네요.
그 화살을 빼내어주세요 아니면 그것을 더 깊숙이 박아 넣어주세요, 그러나 그 화살로써 내 가슴을 장난처럼 후비어파지는 말아주세요. 사랑한다 아니면 아니다라고 말해주세요. 부디 말해주세요. 대답해주세요. 내 마음 아프도록 하는 일이 그러니 당신에게는 재미있다는 말인가요? 나는 눈물 짓고, 탄식하고, 절망하고 있어요.

왜 이토록 가혹하신지요? 당신을 사랑하는 것이 죄라도 됩니까? 당신은 사랑스러운 사람인데, 당신을 혐오하기를 바라는 것입니까? 당신을 사랑하지 않으려면 당신이 혐오스럽다고 생각하지 않으면 안 되니까요— 반하지 않을 수 없는 눈길, 그리고 선녀 같은 미소 자체인 그대여!

당신은 천사가 되는 형벌을 받았습니다. 나는 그러한 당신을 사랑합니다. 당신을 사랑한 내 죄에 대해 이번에는 내게 벌을 내리기 위해서는, 당신은 천사의 역할을 이제 그만 버려야 합니다. 그리고 당신에게는 벌을 줄 수조차 없습니다.

그러니 제가 당신을 바라다보고 당신을 연모할 수 있도록 —그리고 희망을 가질 수 있도록 허락해 주십시오!

그대여, 안녕, 두 눈에 눈물 가득한 채 나 그대를 안아봅니다. 그대 입맞춤으로써 부디 그 눈물들을 말려주세요, 아니 적어도 미소로라도.

나는 당신을 사랑합니다! 나는 당신을 사랑합니다! 이 말들만이 내가 말하고 생각할 수 있는 전부입니다.

다음 주소로 편지를 우편으로 부쳐주세요—"S.M씨—상스 국유치 우편"이라고 보내면 내가 받아볼 수 있습니다. 나는 당신의 판결을 기다리고 있겠습니다.

나는 당신을 만나러 다시 그 '고등학교'에 가겠습니다. 당신을 만나면 행복해집니다. 당신이 길 모퉁이를 돌아서는 것을 멀리서만 바라보아도, 내가 빛으로 된 환영을 보는 듯하며, 그때 모든 사물들은 빛을 발하기 시작합니다! [8] (64-66)

***

앙리 카잘리스에게(14)　　　　　　　　1862년 7월 7일, 상스에서

친구에게,

지금 당장은 30분밖에 시간이 없는데 그 시간에 네게 편지를 쓴다.
얘기 좀 나눠보자. 무엇보다 울지 말기를.
널 위로하고 싶지는 않아, 무엇보다 크나큰 고통들은 위로받을 수 있는 것이 아니기 때문이고, 그 고통이 사랑하는 여자가 문제일 때는 고통을 받으면서도 위로도 받기 때문이지.
네 눈물을 말려주지는 않겠다. 네 눈물들을 지우지 않음으로써 너의 고난으로 네 이마에 드리워진 후광이 날아가지 않도록 하고 싶기 때문이야.
인간이 겪는 모든 회한들 중에 결별이 만들어내는 회한, 그 일시적인 죽음은 가장 가슴을 찌르는 것이지.
그래! 물질적인 장애물에 부딪쳐 스스로를 망가뜨리는 일이라니!
그러니 이렇게 말해 봐. "그녀는 떠나야만 해! 왜? 이유도 없어. 그리고 가슴 속에 모든 별을 다 품고 있는 나긴 하지만, 나는 그녀를 붙잡을 수 있을 만큼 충분히 부유하지도 않아!"라고.
정말로 그건 잔인한 일이지.
가여운 로미오, 그리고 가여운 마리우스, 네가 가엽다.
마리우스를 읽으며 나는 일주일 내내 너를 생각했다. 그리고 코제트에 대해 꿈을 꾸면서 그녀를 생각했다.
그 책[빅톨 위고Victor Hugo, 『레 미제라블Les Misérables』]이 네게는

향기로운 진통제였겠지. 너희들은 그 속에서 살고 있고 그 속에서 사랑하고 있어!

편지 쓰라고 내게 말할 필요는 없었네, 친구여. 나는 오늘 아침이면 부칠 수도 있었던 편지를 써놓았었지. 이제 방금 난 그 편지를 찢어 버렸다네.

어쩜 나의 그 변변찮은 산문을 읽고 너희들이 눈물을 다 흘렸다니! 되려 여기 이 글조각이야말로 영원히 칭송받을 만한 것이라 여겨지네. 이 얼핏 어리석어 보이는 시구 속에 멋진 음악이 들어있네. 이 글 속에야말로 이야기가 살아있으며, 가사를 듣지 않아도 너희들 사랑이 노래하고 있음을 알아채겠어.

너희 둘 모두의 사랑을 받으니 나는 홀린 듯 행복했다. 너희의 생각이, 이 비둘기들이, 어쩌면 나의 둥지 속에 사랑 한 조각을 가져다줄지도 모르겠네!

오 인간의 희극이여! 너희들이 절망의 눈물들을 뒤섞고 있는 동안, 멍청이 어리광대 같은 나는 대야에 물을 떠놓고 얇은 종이조각에 물을 적시고는 눈물을 흘린 듯 꾸미고 있었던 것이었어!

기어코 소유하고픈 그 사랑스런 독일여자에 대해 지금 네게 이야기하려는 것은 아니야. 비탄에 잠긴 고귀한 자, 순교자인 너로서는, 짧은 편지조차 나누길 거절하였던 어떤 사람이 오늘 저녁 나와 이야기할 것이 있다고 했다는 소식을 알게 된다면 정말 흥미롭겠지! 그러나 내가 나를 향해 쳐놓은 덫에 빠질 수 있다면, 그리하여 그녀가 나를 사랑하게 된다면 그것은 그녀를 향한 덧없는 사랑을 나누는 일이 될지도! 그것은 한 줄기의 빛, 한 번의 미소가 되겠지.

그러나 나의 이 일은 잊어버리고 너의 '그녀', '그녀'에 대해서만 이야기하도록 하자.

— *생각을 바꿔봐*라고 말하는 대신, *그녀에 대해 생각해봐*라고 나는 늘 되풀이해 네게 말하곤 하지. 그리고 울어봐. 불행해진다는 것은 아주 좋은 일이기도 하다니까! 네가 위로해줄 수 있는 수천 가지 것들에 대해 글을 써봐. 고통을 둑으로 막지는 말아. 열정이 휩쓸듯 고통이 너의 지배자가 되도록 해봐. 이 년만 지나면 너는 이 일주일을 네 인생에서 가장 아름다운 날들로 회상하게 될 거야.

정말이지, 뭔가 훌륭한 것 때문에 고통을 겪을 수 있는 자는 진정 행복한 사람들이야!

불운에 대해 쓴 나의 작품을 너는 기억할 거야. 그러나 슬프게도! 나는 이류에 지나지 않아.

아! 결단코, 엠마뉘엘을 상스라 불리는 이 사막에 혼자 놓아두지 않기[*sic*] 위한 것이 아니라면,[9] 다가오는 휴가 때 너를 만나기 위해서라면, 사랑하는 너희들을 위해서라면, 나는 오늘부터 당장 영국으로 떠날 거야. 병들고 가여운 아버지를 두고 떠나는 일이라 마음은 너무 아프겠지. 그러나 그 나머지에 대해 말하자면, 이 가족은 나를 너무 싫어한다는 사실이야. 집에 있으면 나는 과묵과 침묵을 강요하는 모든 식사시간이 너무 불편하고, 아주 너절한 것까지도 절약을 해야 하니 숨이 막혀. 나는 수천 프랑이나 있는데 말이야.

더 심한 것은 가족 모두가 내 말을 듣게 된다면 나를 배은망덕한 놈으로 치부할 것이라는 거야.

나의 계모는 세상 사람들 눈에는 천사처럼 보이지, 더구나 누군가가 거실에 있을 때는 더하지. 그녀는 인색한 천사야, 게다가 이마에는 두 푼짜리 동전 하나로 만든 별을 붙이고 있지.

모든 것은 돈 문제로 귀착되니, 더 이상 덧붙일 말조차 없다.
톨레도의 알카자르 궁이나 세빌리아의 알함브라 궁인가에 대해 내가 말할 것 같으면, 계모는, 맞아, 그러나 그걸 짓는데 돈이 참 많이 들었을 거야, 라는 식으로 응대하겠지.
이 절약이라는 강박관념은 참 환상적인 상흔을 남긴다네.
이 모든 일들은 자기의 병을 제대로 잘 알지도 못하고 앓는 것만큼이나 고통스러운 일이야.
아 대체 네게 무슨 말을 하고 있었던 거지? 이 어리석은 말들이 오, 나의 시인인 네게 무슨 의미가 있겠어? 이만 안녕, 너에게 그리고 너의 에티Ettie[10]에게 만세를, 너에게 입맞춤을 보내며, 모든 사랑을 너와 너희에게 보내며.

스테판 M.

네 사진을 보내줄 수 있니? 그리고 레뇨Regnault[11]를 만나면 레뇨의 사진을 달라고 부탁해보길(그가 한 장 가지고 있는 걸로 알아). (66-69)

***

마리아 게르하르트에게(15) 1862년 7월 수요일

내 사랑하는, 사랑받는 이여,

좀 전에 당신이 길에서 나를 비켜갔을 때, 나는 위고의 새 작품 속에서 "사랑하기에 고통받는 그대여, 더욱 더 사랑하기를…"이라는 글

귀를 읽고 있었답니다.

나는 아파하고 있으며 또한 나는 그대를 사랑합니다.

오로지, — 아무 희망 없이 나는 지금 아파하고 있을 뿐입니다—당신은 웃으시겠죠, 그렇지 않나요, 왜냐면 사실 이건 아주 우스운 일이니까요.

나는 절망한 자입니다.

사실 나는 낙담한 것은 전혀 아닙니다.

아닙니다, 왜냐면 나는 심한 좌절의 밑바닥에서도, "이토록 나에게 고통을 주도록 내가 당신에게 저지른 잘못이 있습니까?"라고 당신에게 물을 수 있는 용기가 있기 때문입니다. 나는 당신을 사랑했습니다.

그러니 당신을 이해한다는 것은 커다란 죄군요. 그리고 당신을 사랑해보지 않고서야 어떻게 당신을 이해할 수 있겠습니까? 당신은 지금 모습 그대로 천사가 되면 정말 안 되는 일이었어요. 당신이 띠고 있는 그 미소를 입가에 지으면 안 되는 일이었지요! 벌 받지 않고서야 그대는 선녀의 모습이 될 수 없었다는 것, 그리고 여자 마술사만이 마법을 걸 수 있다는 것을 당신은 잘 알고 있었어야 해요!

내가 사랑을 품은 채 그대를 바라보고 있어서 당신은 나를 혐오하시는군요. 그런데 나의 그 한숨들은 당신으로 하여금 눈물 한 방울을 흘리게 하지 못했다는 건가요?

내 스스로 눈물 짓고 싶어 내가 일주일 전부터 그대를 증오해왔다면! 이 또한 나의 권리가 아니겠습니까?

그러나 사실은 이와 반대이며 나의 시선과 생각들은 오로지 당신만을 위한 것임을 당신은 잘 아시지 않나요?

그래요, 당신은 나를 피합니다. 내 눈에는 그게 보여요.
왜 그랬는지 편지에 써주세요, 그것이 제 소망입니다. 죄에 대해 설명하지도 않고서 누군가를 박대하는 것은 부당한 일이지요.
나는 나에 대한 선고를 기다리고 있습니다.
나는 불안한 상황들[sic] 속에 갇혀들고 있습니다. 그리고 나의 이 꿈은 모두 흐느낌으로 끝납니다.
당신 손에 우직스레 보이게 편지를 건네주는 모습을 본 그 소녀가 뭐라 재잘거렸나요, 아니면 그 아이가 무심하게 지나쳐 나를 잊어버린 건가요?
사실이 아니기를 희망합니다.
아니면 당신 자신이 나의 편지를 남들에게 보여주었나요?
— 내가 감히 이러한 끔찍한 의심을 하도록 하였던 나의 그 미망에 대해 용서해주십시오. 나는 당신이 너무 고상하고 너무나 침착한 것을 알고 있습니다. 그렇게 비열한 행동을 하시기에는 너무나 정직하시다는 것을 알고 있습니다. 당신도 나처럼 생각하겠지만, 사실 누군가가 편지를 찢어버리고 품위 있고 냉정하게 몇 마디 응수하였더라면, 그건 비열하지만은 않았을 겁니다. 그리고 만약 누군가가 그녀가 내뿜는 매혹의 향기를 거부한다 해도, 그건 무관심하다기보다 모르는 어떤 사람에게 편지를 넘겨버리려는 비열하고 얕은 생각에서만 그러는 것은 아니겠지요! 아니, 당신은 그렇게 하시지 않았어요. 내가 당신을 모욕하였다 하더라도, 미덕이라는 것은 그 자체로 얼마나 강력한 것인지를 당신은 너무나 잘 아시고 계셨기에 당신은 이 작은 불성실한 행위들을 악용하진 않으셨으리라 생각합니다. 내가 한 순간이라도 그렇게 믿는 미친 짓을 한 것을 한

번 더 용서해주십시오.

안녕, 당신에게 입맞춤을 보냅니다, 당신을 사랑합니다. 부디 답장을 주세요! 당신의 답장은 나에게는 당신의 입맞춤보다도 더욱 부드러울 것입니다.
이 일기를 모두 불태워버리십시오. 왜냐면 최근 당신의 부재로 인하여 부칠 편지들이 너무나 그득 쌓이게 되어, 이 편지들은 정말로 내 내면의 일기가 되어버렸고, 그래서 지금부터 한 달 간 당신을 만나지 못한다면 이 일기는 책 한 권 분량으로 다시 불어날 것 같습니다.
혼자 이 글을 다시 읽으면서 나는 울고 있습니다. 이 모든 편지들은 불태워버리고 다만 한 순간만이라도 당신에게 말을 건네고 싶습니다. 그러면 당신을 더욱 잘 납득시킬 수 있을 텐데요.(70-72)

***

지금까지 살펴본 편지들에서 알 수 있듯이, 시인 스테판 말라르메의 내면의 공백 속에는 상실된 마리아의 이미지가 깊게 자리하고 있었다. 강박관념처럼 시인의 심중에 자리한 이 이미지의 근원적 의미를 현상세계에서 밝혀내는 일은 시인 스스로 내적 균형을 찾는 일이었다. 심연같은 공백을 거부하기 위해 자아와 현실을 연결시키는 일—이는 현실 속에 살아있는 마리아 찾기라는 숙제로 끝없이 집중된다. 마리아 찾기는 그 1 단계 과정으로, 미래의 아내 마리아와의 만남으로 귀결된다. 말라르메가 마리아와 친구 카잘리스에게 보낸 편지들에서는 시인이 마리아에 가까이 가는 이러한 과정과 마리아의 의미를 읽어볼 수 있다.

'마리아'라는 주제와 이미지는 다층적으로 시인의 삶과 글쓰기를 지배해왔다. 유년기의 시들 속에서도 이미 그는 누이 마리아에 대한 초혼의식을 치러내고 있었었다. 마리아 찾기는 현실에서의 마리아 그리기로 자연스레 이어져서, 창천의 눈빛을 한 미래의 아내 마리아와의 만남으로 귀결된다.

시인은 누이 마리아를 아내 마리아로 대치하려는 의도를 시 「현현」 등에서 표현한 바 있다. 그러나 이 초혼과 애도의 의식은 간단하게 끝나지 않는다. 그것은 현실과 관념을 중개하며 시인에게 치유의 방향을 제시해 주었던 메리 로랑을 수용함으로써 비로소 해결점에 도달한다. 이 존재를 통하여 시인은 스스로를 받아들이고 마침내 삶과 타협한다. 혹은 죽음의 힘이 강하여 현실을 수용하지 않을 수 없었을 어느 계기에, 시인은 메리를 찾았다고 볼 수도 있다.

'마리아'는 이제 죽음의 세계에서 관념적 마리아 그리기로, 그리고 존재하지 않는 마리아에서 현실의 마리아에게로 연결되어, 현실과 관념이 상호 소통하는 원을 그리게 하는 원동력이 되었던 것이다. 죽음의 상징에서 현실의 질곡 자체로, 그리고 치유의 매개자로 상징이 변환되는 것이다.

마리아와 어머니의 죽음-마리아 그리기-마리아 게르하르트와의 만남-메리 로랑과의 만남-이 일련의 과정을 거치면서, 시인은 마리아와 어머니를 다시 만나고, 삶의 아름다움을 인정하고 삶을 수용하는 것이다. 집요하게 평생 질문하던 시인은 마침내 답을 확인하고, 다음처럼 유언으로 말한다. "그건 아주 아름다웠을 것이니 믿어 달라croyez que ce devait être très beau" 라고. 죽음이 다가옴을 느끼고 사망 하루 전에 작성한 짧은 유언의 이 한 구절은 그의 언어를 이해하게 하는 귀한 열쇠가 될 수 있겠다.[12]

*붙임말—말라르메의 난해성에 대해서는 별도로 다수의 논문이 있을 정도로, 통사법과 단어사용의 난해함은 서구 언어사상 유례가 없을 정도다. 위치에 따라 글의 맛과 의미가 판이해질 수 있도록, 단어들은 극히 의도적으로 배치된다.

상징주의의 언어영역을 최첨단에서 개척한 그의 시어는 대단히 중의적이다. 많은 경우 공백 하나, 구두점 하나조차 강력한 의미작용을 내포하고 있다. 말라르메의 글에서 직역은 아이러니하게도, 의미를 죽이는 것이 아니라 그 파생과정을 유추할 근거를 제시해주는 장점이 있다. 편지에서는 그 특유의 어법이 싹트고 있음을 알아챌 수 있다. 따라서 비록 유려해 보이지 않을지라도 우리는 가능하면 단어의 일차적 의미를 배제하지 않으려 노력하였다. 독자들의 읽는 각도에 따라 말들은 빛을 조금씩 천천히 발산하게 된다. 그 발견의 기쁨을 위하여 우리는 윤색을 배제하고, 의미의 결정화에서 한 발자국 물러나 있기로 하였다.

말라르메의 편지 연구는 거의 초반 상태에 있으므로, 시간·장소·사실·사건 등에 대해서 밝혀내려면 연구자들의 전면적인 노력으로도 지난하고 요원한 일이다.

편지에서는 구두법과 맞춤법 외에도 내용상의 오류가 다수 발견되었지만, 책의 성격상, 물리 여건상, 이에 대해서는 거의 언급하지 않았다. 번역은 옛날식 어법의 맛을 선택하려 한 경우가 많았다.

* 참고하면 좋은 시

「현현」

달이 슬퍼하고 있었다. 눈물 젖은 여섯 날개 천사들은
손가락을 활에 대고, 어렴풋한 꽃들의 고요 속에
꿈꾸며, 꺼져가는 비올라에서 짜내고 있었다
꽃부리들의 쪽빛을 스치며 미끄러지는 새하얀 흐느낌들을
— 그날은 그대의 첫 입맞춤에 축복 받은 날.
즐기듯 나를 괴롭히는 나의 몽상은
꿈을 꺾은 가슴에 꺾인 '꿈'이
후회 없이 환멸도 없이 남겨놓은
슬픔의 향기로 야릇하게 취해갔다.
그러니 나는 닳은 포석에 눈을 붙박고 헤매고 있었던 것
그때 햇빛에 머리칼 반짝이며 그 저녁
그 길 위에 웃으며 내 앞에 너는 나타났으니
나는 빛의 모자를 쓴 선녀를 본 듯하였다
옛날 엉석받이 아이가 꾸던 아름다운 꿈 언저리를
향 뿌려진 별들, 그 하얀 향기들이 반쯤 벌린 두 손 사이로
끝없이 눈 내리게 하고 지나가던 그 선녀를. (전문)

「재생」

병든 봄은 겨울을, 청명한 예술의 계절,
각성의 겨울을 가혹하게 쫓아내었으니,
음울한 피 휘젓는 내 존재 속에
無力은 하품하며 긴긴 기지개 켜고 있다.

하얀 황혼은 낡은 묘혈처럼 쇠틀이 조이는
내 두개골 아래 식어가나니
애달파 나는 헤매인다, 흐릿하고 아름다운 꿈을 따라,
거대한 수액이 점령한 들판을 가로질러

이어 나는 나무향에 넋 잃고, 지쳐 쓰러진다
또한 내 얼굴로 내 꿈에다 구덩이를 파고,
라일락이 싹내미는 식은 흙을 입에 물며,
…… (부분)

제6장

사강과 사르트르의 사랑과 우정 사이

이혜영 | 연세대학교 불어불문학과 강사

프랑스와즈 사강Françoise Sagan은 프랑스의 소설가, 극작가로 프랑스에서 가장 많은 독자를 갖고 있으며, 폭넓은 독자층을 형성한 작가 중 한 명이다. 본명은 프랑스와즈 쿠아레Françoise Quoirez로 엄격한 아버지가 소설 나부랭이를 쓰려면 본명은 안 된다고 해서 마르셀 프루스트Marcel Proust의 소설 『잃어버린 시간을 찾아서A la recherche du temps perdu』의 등장인물인 사강을 필명으로 했다. 부유한 집안의 막내로 태어난 사강은 재치 있고 호기심이 많았으며 순간순간의 삶을 즐겼다. 유머와 즐거움이 없으면 무슨 재미로 세상을 사느냐고 늘 말하던 그녀는 1954년, 18세도 채 안된 어린 나이에 단숨에 써내려간 작품 『슬픔이여 안녕Bonjour Tristesse』으로 전 세계의 유명한 베스트셀러 작가가 되었다. 어느 날 아침 눈을 떠보니 자기도 모르게 유명해져 있었다는 사강은 작품 하나로 우연히 스타 작가가 되었을 뿐,

곧 사라질 것이라는 예상과 달리 『어떤 미소Un certain sourire』, 『한 달 후, 일 년 후Dans un mois, dans un an』, 『브람스를 좋아하세요…… Aimez-Vous Brahms……』, 『신기한 구름Les merveilleux nuages』, 『뜨거운 연애La Chamade』등과 희곡 『스웨덴의 성Château en Suède』, 『바이올린은 때때로Les violons parfois』 등 다양한 장르를 아우르는 작품으로 전 세계 많은 독자의 사랑을 받았다.

사강의 소설은 인생에 대한 사탕발림 같은 환상을 벗어버리고 냉정하고 담담한 시선으로 인간의 고독과 사랑의 본질을 묘사한다. 그 당시 프랑스 문단은 실존주의 철학이나 역사 이야기 같은 무거운 내용의 소설이 주류를 이루었는데, 사강의 소설은 일상의 권태와 세속적인 연애, 사랑 이야기 등 겉보기에는 달콤한 듯 보이나 쓴맛을 남기는 이야기로 가득했다. 자유로운 감성에 바탕을 둔 탁월하고 섬세한 인간의 심리 묘사가 풍부한 사강의 작품은 한 번 읽기 시작하면 끝까지 읽을 수밖에 없는 중독성이 있다. 주변에서 흔히 볼 수 있는 연애, 사랑, 이별, 삼각관계를 주제로 많은 독자의 사랑을 받은 작품들은 유명 감독이나 연출가에 의해 영화와 연극으로 각색되어 다시 한 번 색다른 즐거움을 주기도 했다. 지난 50년 동안 최연소 베스트셀러 작가라는 꼬리표를 달고 다닌 사강에게 유명한 노벨문학상 수상자이자 프랑스 문단의 거장 프랑수아 모리악François Mauriac은 '매력적인 작은 악마'라는 특이한 별명을 붙여주기도 했다.

사강의 작품 대부분은 이별을 앞두거나 이미 헤어짐을 경험한 남녀의 복잡하고 미묘한 심리상태를 건조하고 시니컬한 문체로 묘사하는데, 사강은 첫 작품 이후 1년에 한 권 정도 작품을 선보여 장편 20권, 단편 4권을 발표했다. 사강은 자유분방한 생활로 끊임없이 스캔들에 휘말렸으며, 2번의 결혼과 이혼, 도박, 마약, 스피드를 즐기는 자동차 경주 등 연예계의 1면 기사를 오르내리곤 했다. 50대에도 마약 혐의로 법정에 섰던 사강은

"남에게 피해를 주지 않는 한 나는 나 자신을 파괴할 권리가 있다"라는 유명한 말을 남겼다.

항상 짧게 커트를 한 예쁜 금발머리의 그녀는 사내아이 같은 매력과 함께 호리호리하고 해맑은 얼굴로 누구보다 당당하게 삶을 즐겼다. 그녀는 사교계와 정치계에서도 유명인사였으며 오랫동안 조르주 퐁피두Georges Pompidou 대통령과 프랑수아 미테랑François Mitterrand 대통령의 특별 손님이었다. 예술을 사랑하는 일반 프랑스인들에게도 많은 사랑과 관심을 받았다. "누군가를 사랑한다는 것은 누군가의 행복을 사랑한다는 것이기도 하다"라는 말을 하기도 했는데, 이 말은 사랑에 대한 그녀의 생각을 잘 보여준다. 사강은 정말 평생 많은 이를 사랑하고 헤어지며 즐거움과 행복을 추구하면서 살았다.

사강과 장 폴 사르트르Jean-Paul Sartre 사이에는 사랑과 우정이 섞인, 뭐라 쉽게 정의할 수 없는 감정이 존재했다. 그들은 둘 다 순수한 영혼의 소유자로 서로를 이해했고, 짧지만 열정적으로 서로를 좋아했다. 특이한 점은 유명한 실존주의 철학자인 사르트르와 사강은 우연히도 생일이 6월 21일로 똑같다는 것이다.

사르트르에게 보내는 이 사랑의 편지는 갈리마르 출판사Librairie Gallimard에서 출간된 『나의 추억의 순간들Avec mon meilleur souvenir』이라는 수필집에도 수록되어 있고, 이 책은 또 한 권의 베스트셀러가 되었다. 사강과 사르트르는 30세의 나이 차이가 무색할 정도로 아주 잘 어울렸다. 사강은 처음에 이 사랑의 편지를 두 언론 매체 ≪르 마탱 드 파리Le Matin de Paris≫와 잡지 ≪에고이스트Egoïste≫에 공개적으로 기고했다. 이 편지를 읽을 당시 시력을 잃어 눈이 보이지 않았던 사르트르는 누군가의 도움으로 편지를 읽었고, 그 후 사강을 저녁식사에 초대한다. 어쩌면 잘 어울릴 수도, 기묘하게 보일 수도 있는 두 커플은 첫 번째 만남 이후 열흘에 한 번씩 규칙적으로 만나 식사도 하고 대화를 나누면서 사르트르가 죽을 때까지 우정과 사랑의 묘한 감정을 이어나간다.

사르트르는 일찍이 더플코트를 입고 그가 사는 아파트 입구에서 사강을 기다리고 있었다. 그 둘의 만남은 주로 사강이 사르트르의 아파트로 그를 데리러가는 것으로 시작되었다. 그 둘의 만남은 사르트르가 죽기 일 년 전부터 시작되어 그가 죽을 때까지 계속되었다. 사르트르 주변에는 항상 여자가 많았다. 그는 유머감각이 풍부하고 여자를 즐겁게 해주는 플레이보이 성향을 가진 유명한 철학자였다. 실명을 하고 건강이 많이 나빠졌을 때조차도 사르트르에게 끊임없이 전화하고 감시하는 여인의 눈초리가 많았다. 사강은 돌봐주어야 하는 이 사랑스럽고 고집 센 눈먼 연인을 자상하게 대하고 많은 감시의 눈을 피해 그가 좋아하는 스카치위스키 한 병을 몰래 손에 쥐어주기도 했다. 사강과 사르트르의 만남은 그 둘 모두에게 최고의 기분 전환이 되었다.

사강은 청소년기에 자신의 영웅이었던 사르트르를 존중하고 사랑했다. 그녀는 늘 그랬던 것처럼 사심 없이 호의를 베풀고 친절하게 대했다. 이 사랑의 편지는 한 작가가 다른 작가에게 보낼 수 있는 최고의 찬사와 애정이 넘치는 글이었다. 사강은 사르트르를 존경하고 사랑했다. 그리고 그녀만의 방식으로 발랄하고 솔직하게 고백했다. 그녀는 사르트르가 항상 약자의 편에 서고 정의를 고수했으며 노벨문학상을 거부한 것에 아낌없는 찬사를 보냈다.

사르트르의 단골 메뉴는 스테이크와 감자튀김이었다. 사강은 그를 위해 항상 고기를 먹기 좋게 잘게 썰어주었다. 어느 날 그녀가 고기를 너무 크게 썰어주자 사르트르는 "나에 대한 존경심이 어느새 사라진 거요?"라며 투정을 부렸다고 한다. 사강은 웃으며 그의 불평을 다 받아주었다. 절대적인 지성을 갖춘 두 문인은 서로를 존중하며 서로의 자유를 인정했다.

사강은 사르트르의 유쾌함과 남자다운 목소리를 사랑했다. 그는 같이 있으면 정말 재미있었다. 그들은 이렇게 만나고 애정의 표현을 하고 장난치고 유쾌한 한때를 보내는 것에 만족했다. 서로 소유하거나 구속하려 하지 않았으며 인생과 사랑하는 사람들에 대해 이야기를 했다.

나는 그의 손을 잡았고 그가 내 영혼을 붙잡아주는 것이 좋았다.

그들의 사랑은 섬세하고 아름다웠다. 그들은 남의 험담이나 남에 관한 이야기를 하지 않았다. 끊임없이 샘솟는 그 둘만의 이야기로도 시간이 모자랐다. 서로에게 감탄하고 서로를 칭찬했으며, 웃고 있는 그대로를 사랑했던 것이다.

다음은 사강이 쓴 사랑의 편지다.

***

나는 지금도 지나갈 때마다 가슴이 먹먹해지는 에드가 키네 대로 Boulevard Edgar-Quinet, 사르트르의 동네로 그를 만나러 갔다. 우리가 처음으로 단둘이 저녁 식사를 한 곳은 클로즈리데릴라La Closerie des Lilas였다. 나는 그가 넘어지지 않도록 손을 붙잡아주었고 그는 나의 팔을 잡으며 당황해서인지 말을 더듬거렸다. 그때 우리 둘의 모습은 프랑스 문단에서 보기 드문 가장 흥미로운 한 쌍이었다. 웨이터들은 겁먹은 까마귀처럼 파닥거리며 우리 옆을 지나다녔다.

우리의 첫 식사는 사르트르가 죽기 일 년 전이었다. 난 그 당시에는 우리의 만남이 계속되리라는 것도, 그리고 무슨 일이 일어날지도 알지 못했다. 단지 친절한 그가 내 편지를 읽고 예의상 저녁식사에 초대한 것이라고 생각했다. 또 그때 그가 나보다 먼저 죽을 수 있다는 생각은 전혀 하지 못했다.

이 역사적인 첫 저녁식사 이후 우리는 열흘에 한 번 정도 함께 식사를 했다. 내가 항상 그를 데리러 갔고 그는 트레이드마크인 더플코트를 입고 말끔한 차림으로 나를 기다리고 있었다. 우리는 이유는 알 수 없지만 뭐에 쫓기듯이 도둑처럼 서둘러 나갔다. 나는 서툴게 음식을 먹는 그의 모습을 보고 아연실색하거나 동정심을 느끼지 않았다. 물론 그는 눈이 보이지 않았고, 포크나 나이프를 사용하는 것이 느리고 어색했다. 당시 신문이나 잡지에서 그의 실명이나 그가 식사하는 모습에 대한 기사를 읽으면 난 가슴이 아팠다. 만약 그들이 사르트르와 내가 대화하는 것을 들었다면 그런 기사 따위는 쓸 수 없었을 거다. 그는 유쾌하고 정열적이며 남자다운 목소리를 가졌다. 우리의 대화는 다양하고 자유로웠다.

난 1950년부터 수많은 책을 읽기 시작했어요. 나는 여러 작가를 좋아하고 존경하는 가운데 특별히 몇몇 작가를 알게 되었고, 그들의 창작 작업도 지켜봤지요. 내가 아직도 감탄하는 작가는 여러 명 있지만, 그 중에서도 당신은(사르트르) 내가 계속해서 경탄할 수밖에 없는 작가랍니다. 나는 열다섯 살 때부터 당신의 작품을 읽기 시작했어요. 나는 영리하고 모든 걸 심각하게 여기는 열다섯 살에 특별한 목표도 없는 10대였어요. 그런데 당신은 당신 세대의 가장 지적이고 가장 훌륭한 책들을 썼지요. 프랑스 문학사에서 가장 빛나는 책 『말Les Mots』을 썼어요. 당신은 항상 약자와 모욕당하는 사람들을 구원하기 위해 모든 정력을 쏟았답니다.

당신은 사람을, 대의를, 보편성을 믿었어요. 물론 가끔 당신도 다른 사람들처럼 실수를 하기도 했지요. 그런데 당신은 그런 당신의 실수를 인정했어요. …… 당신은 보통사람이 존경해 마지않는 최고의 명예로 여기는 노벨문학상조차 거부했어요. 당신은 알제리전쟁 La guerre d'Algérie 때 세 번이나 폭격을 맞았지만 눈썹 하나 까딱하지 않았지요. 당신은 마음에 드는 여자들에게 일을 주고 싶어 약간의 권력 행사를 하기도 했지요. 당신은 사랑했고, 꾸준히 작품을 썼으며 그것을 다른 사람들과 공유했어요. 당신은 작가인 동시에 한 사람의 평범한 인간이었어요. 당신은 작가로서의 재능이 인간으로서의 연약함을 정당화한다고 주장하지도, 창작의 행복이 지인들을, 다른 사람들을 무시하도록 허락해준다고 주장하지도 않았어요.

당신은 판단하기를 원하지 않았기 때문에 정의를 큰소리로 비난하지 않았고, 칭송받기를 원하지 않았기에 영광에 대해 말하지 않았고, 당신 자신이 관대하다는 것에도 별다른 의미를 부여하지 않아서 관용에 대해 언급하지 않았습니다. 당신은 이 세상에서 가장 관용적인 사람입니다. 쉴 새 없이 일하고 모든 것을 타인에게 베풀었으며 그렇다고 순결한 고행자인 척 생활한 것도 아니었지요. 항상 사랑을 하고 사랑을 주고 주위 사람들을 매혹시켰으며, 당신 자신도 주위 사람들에게 매혹당하는 것을 주저하지 않았습니다.

당신은 무관심보다는 사람들에게 이용당하거나 속임을 당하는 쪽을 택했고, 희망이 없는 것보다는 실망하는 쪽을 선택했습니다. 사람의 모범이 되기를 원하지 않았던 당신은 사실 가장 모범적인 삶을 사신 거랍니다.

이제 당신은 시력을 잃고 글 쓰는 일조차 하실 수 없게 되었지요. 그래서 당신은 어쩌면 불행한 상상을 하고 있는지도 모르겠습니다. 그래서 저는 당신에게 이런 말을 하게 되었지요. "20년 동안 여행했던 수많은 곳, 일본, 미국, 노르웨이, 프랑스 파리에서 만났던 정말 셀 수도 없을 만큼 많은 사람이 제가 이렇게 편지를 써서 당신을 칭송하는 것만큼 당신을 찬탄하고 믿음과 감사의 마음으로 당신에 대해 말하는 것을 보았습니다".

지금 우리는 광적이고 비인간적이고 부패한 세상에 살고 있습니다. 당신은 여전히 변함없이 똑똑하고 부드럽고 청렴합니다.

제2부

존재와 사회를 이야기하다

제7장

파리코뮌 후 상드의 편지 "프랑스인이여, 서로 사랑합시다"

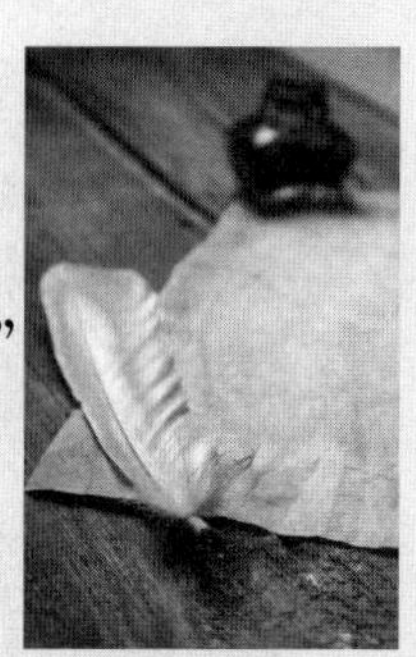

박혜숙 | 연세대학교 인문학연구원 전임연구원

조르주 상드George Sand는 19세기 프랑스 소설가이다. 그녀는 1804년에 태어나 나폴레옹 시절 할머니의 성이 있던 노앙에서 유년기를 보내고, 1832년 파리에서 『앵디아나Indiana』라는 첫 소설을 발표하면서 하루아침에 스타가 된다. 예술사적으로 낭만주의에서 사실주의로 넘어가는 때였던 1830년대에 장 자크 루소Jean-Jacques Rousseau와 프랑수아 르네 드 샤토브리앙François-René de Chateaubriand의 추종자였던 그녀는 낭만주의적 감수성과 함께 앞으로 다가올 새로운 세계에 대한 냉철한 혜안이 있었다. 그래서 그녀는 젊은 시절, 서양 문학사 전체를 통틀어 가장 낭만적인 시를 썼던 알프레드 드 뮈세 Alfred de Musset와 가장 낭만적인 음악을 연주했던 프레데리크 프랑수아 쇼팽Frédéric François Chopin의 예술혼을 알아보고, 그들과 사랑을 나누었지만 그 이후 삶의 열정을 새로운 유토피아를 건설하는

▸ 상드의 40대 모습

일에 쏟아 붓게 된다. 그녀는 잘 알려지지 않았지만 정치적으로 혼란스러웠던 19세기 프랑스에서 스스로를 코뮤니스트communist라 부르며 새로운 유토피아를 향해 나아갔다. 어쩌면 연애 사건이나 유토피아를 향한 정치 활동 모두 그녀의 낭만주의적 세계관을 대변하는 것인지도 모른다.

18세기 계몽주의의 끝자락에서 프랑스혁명이 일어나고, 왕도 신도 사라진 프랑스 사회는 무한한 가능성으로 펼쳐진 미래에 대한 꿈을 꾼다. 바로 새로운 유토피아에 대한 환상이다. 생시몽Saint-Simon, 샤를 푸리에Charles Fourier, 피에르 조제프 프루동Pierre-Joseph Proudhon 등이 새로운 유토피아에 대한 청사진을 제시했고, 상드도 이 새로운 물결에 적극적으로 합류한 사람 중 한 명이다. 그러나 그녀가 동조하고 후원했던 사람들은 위에 언급한 사람들이 아니라 펠리시테 로베르 드 라므네Félicité Robert de Lamennais, 피에르 르루Pierre Leroux와 같은 또 다른 이상주의자들이었다. 이들이 주장하는 유토피아는 기독교적 가치관을 바탕으로 한다는 점에서 다른 사람과 달랐다. 다시 말해 사랑을 바탕으로 모든 것을 공평하게 나누는 하나님 나라를 만드는 것이 그들의 이상이었던 것이다. 그런데 이들과 같은 온건한 혁명가 외에 유토피아를 꿈꾸는 또 다른 사람들이 있었으니, 1848년 「공산당 선언Manifest der Kommunistischen Partei」을 발표한 칼 마르크스Karl Marx의 이론에 영향을 받아 조직된 급진적 코뮤니스트들이었다. 그들은 자본가가 장악한 이 사회를 전복하고 새로 등장하기 시작한 프롤레타리아prolé tariat 계급이 이 사회의 주역이 되어야 한다고 주장했다. 그들은 한마디로 과격하고 사회 전복적이며 폭력으로 이 세상을 바꿔야 한다는 사람들이었으니, 사랑으로 세상을 변화시키려는 상드의 생각과는 다른 방식의 이상주의자들이었다. 목소리가 큰 사람이 언제나 먼저 일을 벌이듯, 그들은 프로이센Preussen이 프랑스를 침략했을 때 적에게 항복한 프랑스 정부에 반대하며 파리를 봉쇄한다. 그리고 1871년 3월 28일부터 5월 20일까지 70일간 파리에 완전한 공산주의 사회를 건설하는데, 이것이 바로 파리코뮌Commune de Paris이다. 블라디미르 레닌Vladimir Lenin은 후에 이것을 인류 최초의 공산주의 사회라고 일컫는다. 그들은 그들과 생각이 다른 사람들과는 폭력으로 맞섰으며 자기편이 아닌 모든 사람을 처단한다. 그러나 폭력은 또 다른 폭력을 부르기 마련이다. 파리코뮌은 마지막 '피의 일주일La semaine sanglante' 동안 무자비하게 진압되었다. 2만 명의 정규군이 파리에 진입해 비무장 시민들에게 닥치는 대로 발포한 것이다. 무고한 파리 시민이 영문도 모른 채 죽어갔다. 다음의 두 편지는 1871년 9월 상드와 플로베르가 참담한 마음으로 이 사건에 관한 서로의 마음을 주고받은 것이다.

▸ 상드의 50대 모습

상드가 한창 유명세를 날리던 시절, 17살 아래인 플로베르는 떠오르는 신인 작가였다. 당시 공쿠르 형제Goncourt Frères는 레스토랑 마니에서 2주에 한 번씩 문학모임을 주선했는데, 둘은 이 모임에서 만났다. 그리고 두

▶ 나다르가 찍은 상드 말년의 모습

사람은 1863년부터 1876년 상드가 죽기 전까지 편지를 주고받는데, 파리코뮌 직후 주고받은 다음의 두 편지에서 너무도 다른 둘의 생각을 읽을 수 있다. 또한 파리코뮌에 대해 사회학자나 역사학자에게서는 결코 들을 수 없는 이야기를 들을 수 있다는 점에서 이 편지가 귀중한 자료라 할 수 있다. 노앙에 있던 상드와 크루아세에 있던 플로베르는 풍문으로 파리의 참상을 듣는다. 그들은 참담한 심정으로 편지를 주고받는다. 먼저 플로베르는 인류에게 희망을 건다는 것이 어리석은 것이라고 말하며, 특유의 회의적이고 자조적인 태도를 보인다. 상드에게 '민중'에 대한 순진한 환상 따위는 잊으라고 충고한다. 파리코뮌을 이끌었던, 스스로를 '민중'의 대변인이라 일컬었던 폭도들이 결국 파리의 민중으로 하여금 그토록 처참한 결말을 맞이하게 한 것에 대한 분노이다. 그들은 앞뒤 가리지 않고 무조건 그들의 생각을 밀어붙인 것이다. 그리고 정작 그 모든 피해를 감수해야 하는 것은 민중이었다. 플로베르는 그런 그들과 그들을 따르는 자들을 '우매한 민중'이라 칭한다. 그리고 민중이란 어리석은 존재이고, 오직 소수의 생각하는 사람들에 의해 이 사회는 다스려져야 한다는 플라톤Platon의 논리를 주장한다. 플라톤은 자신의 책 『국가Polis』에서 국가는 정치가가 아닌 철학자에 의해 통치되어야 한다고 말했다. 다수의 우매한 민중도 사리사욕에 눈이 먼 정치가들도 아닌, 생각하는 철학자들이 나라를 통치해야 한다는 것이다. 그는 상드에게 민중에 대한 신뢰와 사랑이라는 환상에서 깨어나라고 말한다. 플로베르에게 그것은 과학도 이성도 아닌 집단적 감성과 종교적 '은총' 같은 무의미한 것일 뿐이다. 그는 신앙이 아닌 과학으로 돌아가야 한다고 말한다. 그리고 마침내 상드에게 필요한 것은 바로 증오라고 소리친다. 이것은 사랑으로 민중이 주인이 되는 새 세상을 건설하려는 상드의 마음에 깊은 상처를 준다. 파리코뮌의 아수라장 속에서도 그녀는 사랑의 힘을 여전히 구원처럼 믿고 있었던 것이다. 그녀는 어떻게 '민중'으로부터 동떨어져 그들의 일을 강 건너 불구경하듯 무심히 바라볼 수 있느냐고 묻는다. 도대체 '어리석은 민중peuple'과 '특별한 엘리트élite'를 어떻게 구별할 수 있느냐고 묻는다. 오히려 그녀는 "자기중심적인 욕구만을 부추기는 학식이란 본성적으로 정직한 습성을 가진 프롤레타리아의 무지보다 못한 것입니다"라고 말하며, 이른바 엘리트층이라 불리는 자들이 이 사회에 미치는 더 큰 해악을 말한다. 그리고 그녀는 "인류를 경멸해서는 안 됩니다 …… 우리의 삶은 사랑이며 사랑하지 않는다는 것은 죽은 것과 마찬가지입니다"라고 말하며 플로베르의 자조적이고 회의적인 생각을 반박한다. 또 그녀는 폭력적인 방식으로 사회를 전복하려는 야망으로 민중을 이용하려는 사람들에게 중요한 것은 그들의 이데올로기idéologie를 실현하는 것뿐이라고 말하며, 그것을 위해서 민중의 희생 따위는 아랑곳하지 않는 사람들에 대한 분노를 표출한다. 그들이 벌이는 것은 증오를 바탕으로 하는 '광란의 파티'일 뿐이며 그들은 증오하는 것 외에는 어떤 원칙도 없는 타협 불가능한 사람들이다. 그들은 힘이 주어지면 교황이나 왕보다 더 독재적인 권력을 휘두르며 자신과 다른 모든 사람을 처단하는 광기의 집단이다. 상드는 진정한 민주주의를 꿈꾸는 사람은 그들 앞에서 망연자실하며 뒤돌아선다고 말한다. 하지만 상드는 "우리는 형제애를 위해 거대한 노력을 해야 합니다. 그래서 증오의 참극을 치료해야 합니다. 이 재앙을 앗아내야 합니다. 이 치욕을 경멸하고 짓밟아 신념으로 조국을 다시 일으켜 세워야 합니다"라고 말하며 편지를 끝낸다. 그녀에게는 오직 사랑만이 유일한 해결책이었던 것이다.

이와 같은 편지의 내용은 폭력을 기반으로 했던 공산주의가 인류에게 더 큰 재앙이었음이 여실히 드러난 오늘날 우리 사회에 많은 시사점을 던져준다. 가진 자에 대한 증오, 즉 인간의 인간에 대한 적개심을 바탕으로 한 이데올로기는 결국 온 인류의 재앙이며 오직 비효율적인 사랑의 방식이 다시 회복되어야 한다는 것을 일깨워준다. 이것이 지난 20세기 폭력적이며 무신론적인 공산주의가 외치는 큰 소리에 묻혀 자취도 없이 사라져버린 상드의 작은 목소리에 오늘날 우리가 귀를 기울여야 할 이유이다. 어쩌면 우리는 그녀의 생각에서 오늘날 우리가 나아가야 할 대안을 발견할 수 있을 지도 모른다. 오늘날 우리 시대의 사상가인 자크 아탈리Jacques Attali나 제러미 리프킨Jeremy Rifkin 등이 인류의 마지막 희망으로 생각하는 '형제애'와 '소통'의 논리를 160년 전 파리코뮌의 참상 속에서 상드는 이미 외치고 있었던 것이다.

***

플로베르가 상드에게

크루아세, 1871년 9월 8일

…… 우리의 편지가 또 엇갈렸군요. 아마 우리 둘 모두 같은 문제에 대해 같은 심정을 느끼고 있기 때문이 아닐까요?

어째서 그렇게 슬퍼하는 거지요? 인간은 예전과 전혀 달라진 것이 없습니다. 나는 젊은 시절부터 고칠 수 없는 인간의 비참한 본성에 대해 혐오감을 느꼈지요. 그리고 지금 다시 생각해도 그것은 결코 착각이 아니었습니다. 대중들, 다수의 집단이란 언제나 늘 가증스러운 존재일 뿐입니다. 중요한 것은 불길에 휘말리지 않고 한결같은 소수의 정신적 지도자뿐이지요. 고급 엘리트 관리에 의해 지배되지 않는 한, 과학 아카데미가 교황이나 정치인 전체를 대신하지 않는 한 이 사회의 장난질에 구역질이 납니다. 우리는 또다시 혁명의 진창 속을 걸을 뿐입니다. 혁명은 유산되었고 하나의 실패작이었습니다. 왜냐하면 그것은 중세와 기독교, 즉 반사회적 종교로부터 나온 것이기 때문입니다. 평등이란(현대 민주주의의 모든 것이라고 할 수 있는) 본질적으로 기독교적인 생각이기 때문입니다. 그것은 정의와 상반됩니다. 지금 모든 것을 지배하는 것은 '하나님의 은총'입니다! 모든 것이 감정이고 법은 온데간데없습니다! 살인자에게도 사람들은 분노하지 않습니다. 파리를 불태운 사람보다 파브르 씨 Mr. Favre를 비난한 칼럼니스트가 더 비난받습니다.
프랑스가 다시 살아나기 위해서는 이런 영성에서 과학으로 나아가야 합니다. 모든 형이상학을 포기해야 합니다. 냉철한 판단의 세계로 들어가야 합니다. 모든 일을 논리적으로 검증해야 합니다.
우리의 후손에게 우리는 완전한 천치로 비칠 것입니다. 공화제냐 군주제냐 하는 싸움은 그들의 비웃음을 살 것입니다. 마치 우리가 실재론이냐 유명론이냐 하는 것을 비웃듯이 말이에요. 사실 나는 그 두 개가 뭐가 다른 건지 잘 모르겠거든요. 현대적인 공화제나 입헌군주제나 그게 그거지요. 사실 아무것이든 상관없습니다! 사람들은 그걸 가지고 서로 싸우고 소리 지르며 난투극을 벌일 테니까요!

좋은 국민은, 무상 교육과 의무 교육이 만들어내겠지요. 모든 사람이 ≪작은 신문Le Petit Journal≫이나 ≪르 피가로Le Figaro≫를 읽게 되면 다른 것은 읽지 않을 것입니다. 부르주아bourgeois와 부자도 더 이상 다른 것은 읽지 않을 것이기 때문입니다. 신문은 바보 학교입니다. 생각을 멈추게 하지요.

병을 고치기 위해 첫 번째 해야 할 일은 보통 선거를 끝내는 것입니다. 이것은 인간 정신에 대한 수치이지요. 보통 선거에서는 오직 한 가지만이 중요합니다. 바로 숫자가 영혼이나, 학식이나, 가문 심지어는 숫자보다 더 가치 있는 돈까지도 지배합니다.

아! 나의 소중한 스승님! 미워하는 법을 배우셔야 합니다! 스승님께 한 가지 부족한 것이 바로 그것이지요. 증오입니다. 스승님은 스핑크스처럼 큰 눈을 가지고도 세상을 황금빛으로 바라보았습니다. 그런데 그것은 오직 당신의 가슴에서 나오는 빛일 뿐이에요. 이제 어둠이 올라오니 당신은 아무것도 분간하지 못합니다. 그러니 이제 소리 지르세요! 당신의 웅장한 시를 읊으세요! 대포의 줄을 당기세요! 괴물은 달아날 것입니다. 상처 입은 정의의 신 테미스Thémis의 피로 우리를 적셔주세요.

…… 역사를 몰라서 우리는 여전히 이 시대를 욕하는 것입니다. 인간은 지금껏 늘 '이랬어요.' 몇 년 평화로웠던 것 때문에 우린 또 속은 겁니다. 그게 다예요. ……

당신이 다시 정신을 차렸다고 말해주세요. 그리고 가끔씩 당신을 사모하는 이 늙은 방랑 시인을 생각해주세요.

귀스타브 플로베르로부터

***

상드가 플로베르에게

노앙, 1871년 9월 14일

어째서 당신은 내가 사랑을 그만두길 바라는 거지요? 당신은 내가 지금껏 믿어왔던 것이 다 허사이며, 인류란 원래가 경멸스럽고 가증스러운 존재였으며 앞으로도 영원히 그것은 변하지 않을 거라고 말하고 싶은 건가요? 그리고 당신은 나의 고통이 환상이 깨진 후에 오는 순진한 후회나 나약함이라고 비난하는 건가요? 당신은 내게 민중은 항상 난폭하고, 성직자는 위선자이며, 부르주아는 비겁자이고, 군인은 강도이며 농부는 어리석다고 못 박는군요? 당신은 이 모든 것을 젊은 시절부터 진작 알았으며, 또 그것을 한 번도 의심하지 않았다는 것이 무척 자랑스러운 모양이에요. 나이가 들어갈수록 세상도 당신을 실망시키지 않았으니 말이에요. 하지만 그렇다면 당신은 예전부터 젊은이였던 것이 아닙니다. 아! 우리들은 얼마나 다른지요. 나는 여전히 젊은이 같거든요. 영원히 사랑할 수 있다는 것이 젊다는 것을 뜻한다면 말이에요!

어떻게 당신은 나에게 내 동족, 내 동포, 내 핏줄로부터 멀어지라고 할 수 있는 거지요? 우리는 하나의 큰 가족이고, 그 거대한 가족 안에서 나의 작은 가족은 광활한 들판에 있는 작은 이삭에 불과한데 말이에요. …… 그것은 불가능한 일이에요. 당신의 명석한 논리는 실현될 수 없는 이상주의일 뿐입니다. 당신은 어느 에덴동산에, 어느 환상적인 엘도라도에 당신의 가족과 당신의 좋은 친구들과 당신의 은밀한 행복을 감추어서 사회적 난도질과 국가적 재난도 침범할 수 없도록 할 수 있나요?…….

그 모든 것에도 불구하고 가족과 함께 행복하게 산다는 건 정말 좋은 일이지요. 우리가 할 수 있고 또 간절히 바라는 유일한 위안일 거예요. 하지만 당신도 잘 알다시피 설사 외부의 악으로부터 가정을 지킬 수 있다 치더라도 불행한 사회에서 혼자만 편안할 수 있다는 건 상상조차 할 수 없는 일이지요.

이렇게 될 줄 이미 알았다고요. 그래요. 물론 그랬겠지요. 나도 마찬가지에요. 결국 이런 일이 벌어질 거라고 진작 예견했지요! 나는 분노의 폭풍이 솟아오르는 것을 보았고, 모든 지각 있는 사람들처럼 나 또한 대재앙을 향한 발걸음에 동조하고 있었지요. 아픈 이유를 속속들이 알고 있는 환자가 고통으로 몸부림치는 것을 그저 보고만 있는 것이 위안이 될 수 있을까요? 천둥, 번개가 대지를 뒤흔들 때 아무리 예전에 여러 번 그 소리를 들었다고 해도, 우리는 과연 평온할 수 있을까요? 아니, 결코 우린 떨어질 수 없어요. 우린 피의 관계를 끊을 수도 없고, 서로 저주해서도 안 되며, 같은 인류를 경멸해서도 안 됩니다. 인류라는 말은 의미 없는 말이 아니에요. 우리의 삶은 사랑이며 사랑하지 않는다는 것은 죽은 것과 마찬가지입니다. 당신은 '민중'을 말하지요! 민중이란 바로 당신과 나를 말합니다. 그들로부터 우리 자신을 떼어놓는다는 것은 말도 안 되는 소리에요 …… 당신은 부르주아 조상을 두었는지 모르지만 나의 어머니 쪽 가계는 완전한 서민이었습니다. 나는 나의 피 속에서 그것이 숨 쉬는 것을 분명히 느낄 수 있어요. 설사 혈통이 어찌되었든 우리 모두 다 마찬가지 아닌가요. 최초의 인류는 사냥꾼 아니면 목동이었을 것이고, 그 후에는 농부였거나 군인이었겠지요. 또 훌륭한 강도짓을 성공적으로 잘해낸 사람들로 인해 신분이 나뉘기 시작했을 거예요. …… 그렇다면 아무리 지각없는 자라 할지라도 증오와 폭력으로 얻은 영광의 트로피로 스스로를 가치 있게 생각할 자가 있을까요? 당신은 "민중은 항상 사납다"라고 말하지만 나는 "귀족은 항상 야만적이다!"라고 말하고 싶네요.

농민이란 분명 진보에 있어 가장 부리기 힘든 계층이지요. 결과적으로 가장 덜 문명화된 계층이고요. 식견이 있는 사람들은 이 점에서 자신이 그렇지 않은 것에 대해 스스로 자랑스러워할 수도 있겠지요. 그러나 만약 우리가 부르주아라면, 그리고 만약 우리가 농노 출신이며 힘든 노역을 하던 집안의 후손이라면 우리는 우리 조상을 짓눌렀던 폭압자들의 자손 앞에서 사랑과 존경으로 무릎 꿇을 수 있을까요? 절대 그럴 수 없을 거예요……. 만약 우리 부르주아들이 하나의 계층이 되려면 우리가 할 일은 오직 한 가지뿐이지요. 우리 스스로를 민중이라 부르며, 하늘에서 권력을 내려 받은 것처럼 우리 위에 군림하려는 자들에게 죽기까지 맞서는 것입니다. 혁명적 임무의 권위를 저버리고, 귀족 흉내나 내면서 그들처럼 행세하고 부끄럽게도 그들의 장난감이 되어 우스꽝스럽고 비겁한 존재가 된다면 우리는 정말 아무것도 기대할 수 없는, 아무것도 아닌 존재가 되는 겁니다. 그렇게 되면 우리와 볼일이 오직 한 가지뿐인 민중은 우리를 거부하고, 우리를 버리고, 우리를 억압할 거리를 찾을 것입니다.

민중이 사납다고요? 아니에요! 그들은 바보가 아닙니다. 그들의 문제는 단지 그들은 무지하며 어리석다는 거지요. 죄수를 학살하고 기념물을 파괴하고 도시를 불 지른 사람들은 파리의 민중이 아닙니다. 파리의 민중이란 파리가 포위된 뒤 그곳에 남아 있던 사람들일 뿐입니다. 조금이라도 방법이 있는 사람들은 포위된 후 정신적·육체적 괴로움을 견디지 못하고 시골의 공기를 마시기 위해, 혹은 잃어버린 가족을 만나기 위해 서둘러 파리를 빠져나갔기 때문입니다. 파리에 남아 있던 사람은 장사나 일을 위해 파리를 떠날 수 없었던 상인이나 노동자인데, 이들이 없었다면 파리는 존재하지 않았을 테지요. 파리의 민중이란 바로 이들이었습니다. 그리고 그들은 아무리 정치적 견해가 다르다 해도 결코 그 결속감과 유대감을 깰 수 없는 유일하고 한결같은 집단이지요. 이제 이번 폭동의 압제자들이 소수였다는 것이 밝혀진 지금 파리의 민중은 폭력에 가담하지 않았던 것을 알 수 있습니다. 대부분의 사람은 두렵고 약한 모습만을 보였기 때문입니다. 폭동은 이미 부르주아가 된 사람들, 그러니까 더 이상 프롤레타리아로서의 필요를 느끼지 못하고 더 이상 그 습성도 가지고 있지 않는 사람들에 의해 주도된 것이지요. 그들은 증오심, 좌절된 야망, 잘못된 애국심, 이상도 없는 극단주의, 유치한 감정놀음 때문에, 혹은 근본적으로 삐뚤어진 성격 때문에 들고 일어난 것입니다. 어떤 점에서 보면 위험 앞에서 결코 물러서지 않아야 한다는 명예의 논리를 부추기는 사람들 때문이기도 하지요. 그들은 분명 두려움에 떨며 도망치거나 숨어버리는 중간 계층 사람들에게 기대를 걸지는 않았을 거예요. 그들이 움직이게 한 것은 잃을 것이 하나도 없는 진짜 프롤레타리아들이었지요. 하지만 대부분의 프롤레타리아도 그들과 생각이 같은 것은 아니었습니다. 그들이 모인 데에는 가지각색의 이유가 있었지요. 어떤 사람은 혼란을 틈타 뭔가

이득을 보기 위해 모였고, 어떤 사람들은 그들의 결속이 어떤 결과를 가져올까 기대하는 마음에서 모였지만, 대부분의 사람은 아무 생각 없이 모였습니다. 그들의 고통이 극에 달했고, 일거리마저 없어진 마당에 하루에 30수(sou)를 받으며 전투에 나설 수밖에 없었던 겁니다.

최상의 부르주아가 글을 읽을 줄 알고 학식 있는 사람들이며, 가장 형편없는 프롤레타리아가 야만적이고 거친 사람들이라면 그 사이에 더 많은 계층이 있지요. 글을 읽고 학식 있는 프롤레타리아가 있는가 하면, 전혀 현명하지도 똑똑하지도 않은 부르주아도 있지요. 이른바 깨어 있는 많은 시민도 그렇게 된 것이 바로 얼마 전부터이며 읽고 쓸 수 있는 사람들의 부모님 대다수는 겨우 이름 석 자만 쓸 정도이지요.

그러니 인간을 두 부류로 나눌 유일한 기준은 뭘까요? 도대체 민중이란 어디서부터 어디까지의 사람을 말하는 걸까요? 왜냐하면 부라는 것은 매일 이리저리 움직이는 것이어서 오늘은 이 사람이 파산하고 내일은 저 사람이 큰 부자가 되는 세상이니까요. 그러면 역할은 하루아침에 뒤바뀌지요. 오늘 아침에 부르주아였던 사람이 저녁에는 프롤레타리아가 되고 프롤레타리아였던 사람도 떼돈을 벌거나 먼 친척으로부터 유산이라도 상속받게 되면 하루아침에 부르주아가 되기도 합니다.

그러니 이런 식의 분류는 의미 없는 일이며, 신분을 나눈다는 것은 어떤 방식으로 한다 해도 풀 수 없는 문제입니다.

사람은 단지 그 사람에게 있는 이성과 도덕성에 의해서만 높고 낮음을 나눌 수 있습니다. 자기중심적인 욕구만을 부추기는 학식이란 본성적으로 정직한 습성을 가진 프롤레타리아의 무지보다 못한 것입니다. 우리는 인간적인 법을 존중하도록 가르치는 의무 교육을 원하지만 그것이 만병통치약이 될 수는 없습니다. 그런데도 사람들은 그것이 우리에게 기적을 가져다줄 것처럼 떠벌리지요. 본성이 악한 사람들은 단지 그것을 통해 자신의 악을 더 잘 감추고 더 잘 실행할 수 있는 방법만을 찾을 뿐입니다. 그것은 인간이 남용하는 모든 것처럼 병도 주고 약도 주지요. 우리의 악에 대한 단 하나의 확실한 치료제를 발견한다는 것은 공상에 불과합니다. 우리 모두는 지금 당장 실현할 수 있는 방법을 찾아야 합니다. 실제 생활에 적용하기 위해 우리가 생각할 것은 오직 도덕성을 고취시키고 각자의 이익을 중재하는 것입니다. 프랑스는 죽어가고 있습니다. 이것은 너무나 확실합니다. 우리 모두는 병들었고, 부패했고, 무지하며, 좌절했습니다 …… . 대재앙이 닥치고 죽음이 우리를 사로잡을 것입니다. 당신은 신중하게 물러나 있으라고 하지만 다 소용없는 짓입니다. 당신의 안식처도 차례가 되면 피할 수 없을 것입니다. ……
나는 달리 다른 방법을 모르겠습니다. 사랑은 논리적으로 설명될 수 있는 것이 아닙니다. 당신에게 공부가 즐거운 이유를 물으면 무위도식을 즐기는 자가 자기의 게으름을 논리적으로 설명할 수 없듯 당신도 설명할 수 없을 것입니다.
그러니까 당신은 내가 흔들리고 있다고 생각하고 나에게 좀 더 떨어져 생각하라고 충고하는 건가요? 당신은 신문이 나를 전향자로 부르며 어떤 신문에서는 그 말을 인용해 나를 새로운 빛처럼 여기고, 또 다른 신문에서는 나를 외면하고, 나를 미래의 꿈을 저버리게 하는 사람으로 말한다고 했지요. 정치인더러 마음대로 생각하고 떠들라고 하세요. 그들 좋을 대로 비판하라고 하세요. 나는 할 말도 대답할 것도 없습니다. 민중의 관심은 내가 어떤 사람인가에 있지 않아요……. 그러나 만약 당신이 나의 생각이 틀렸다고 한다면 나는 당신과 내게 관심이 있는 다른 사람들에게 이렇게 말할 거예요. "나의 생각 전체를 읽어주세요. 내가 한 몇 마디 말만 듣고 판단하지는 말아주세요. 당 따위에 구애받지 않는 영혼은 오직 옳은지 옳지 않은지만 생각할 뿐입니다. 진정한 작가는 욕이나 칭찬에 상관없이 자신의 할 말을 할 뿐입니다." 내 안의 이성과 감정은 우리를 다시 유아적인 수준으로 돌아가게 하려는 모든 것을 거부합니다. 정치나 종교 혹은 철학이나 예술에서도 말이지요. 나의 감정과 이성은 항상 허황된 편 가르기와 싸웁니다. 그 어느 때보다 나는 낮은 곳에 있는 것을 들어 올리고 넘어진 것을 일으키고 싶은 욕망으로 가득 차 있습니다. 심장이 멈출 때까지 가슴은 동정심으로 활짝 열려 약한 자의 편에 서고 조롱받는 자들을 변호할 것입니다. 만약 오늘날 짓밟히는 자가 민중이라면 나는 그들을 도울 것이고, 만약 그들이 압제자이며 사형집행인들이라면 나는 그들이 비겁자이며 가증스럽다고 말할 것입니다. 사람들이 어떤 정당을 만들건 그게 나와 무슨 상관입니까? 무슨 깃발을 들었든 어떤 인간성이라고 떠들어대든 그게 무슨 상관입니까? 나는 오직 현명한 자와 미친 자 그리고 결백한 자와 죄인만을 구별할 뿐입니다. 나는 친구와 적이 어디에 있느냐고 묻지 않습니다. 고통으로 던져진 자들이 바로 나의 친구들입니다……. 이 마음은 자기애를 초월해서 정의와 사랑이 깨어나기를 기다릴 줄 아는 그런 마음입니다.

이것이 바로 당의 이익도 개인의 이익도 초월한 양심이 해야 할 가장 쉽고 올바른 역할입니다…….

프랑스인들이여, 서로 사랑합시다. 오, 하나님! 오, 하나님! 우리 서로 사랑합시다. 그렇지 않으면 우린 모든 것을 잃게 될 것입니다. 정치 따위는 죽이고, 거부하고, 없애버립시다. 그것은 우리를 편 가르고 서로에게 총을 들이대게 할 뿐입니다. 아무에게도 전에 자신이 어떤 사람이었으며, 무엇을 원했는지 묻지 맙시다. 어제까지 우리 모두는 잘못 알았고 이제 우리는 지금 우리가 원하는 것이 무엇인지 알아야 합니다. 모두를 위한 자유, 모두를 향한 형제애가 아니라면 평등에 관한 문제를 해결할 생각도 하지 맙시다. 우리는 그것을 논할 자격도 없고 그것을 이해할 능력도 없으니까요. 평등이란 강요되는 것이 아닙니다. 그것은 건강한 대기와 기름진 땅에서만 자라나는 자유로운 식물입니다. 그것은 바리케이드에 뿌리를 내리고 자라나지 않는다는 것을 우리는 이제야 알았습니다! 그렇게 피어난 꽃은 곧 승리자의 발아래 짓밟힐 뿐입니다. 그가 누구건 간에 말입니다. 우리는 그것이 우리의 아름다운 미풍양속 그 자체가 되게 해야 하며, 굳은 의지로 그것을 생각 속에 주입시켜야 합니다. 하지만 먼저 조국애에서 우러나는 긍휼한 마음, 곧 사랑에서부터 시작합시다! 폭력을 통해 인간의 권리에 대한 존중을 깨닫게 된다고 믿는 것은 미친 생각입니다. 모든 시민전쟁은 그 대가를 치렀거나 치러야만 합니다. ……

'국제적 연대'란 것도 불행한 일일 뿐입니다. 정말 당신은 법 위에 존재하는 힘이 있다는 거짓말을 믿는 건가요? 정말 그렇게 상상하듯 모두 뭉쳐서 하나가 되면 파괴와 증오를 의무처럼 가르칠 수 있는 건가요? 아니오, 당신의 힘이란 공포의 유령일 뿐입니다. 모든 나라의 수많은 사람이 모여 부패한 원칙에 대해 논의하고 행동할 수는 없는 것입니다. 유럽 민중을 대변한다고 하면서 마치 맹스터 Minster의 재침례교파anabaptisme같이 폭력적인 당에 당신이 속해 있다면 당신도 그들처럼 당신 손으로 스스로를 죽여야 할 것입니다. 만약 반대로 당신이 위대하고 합법적인 형제애로 만들어진 모임에 속해 있다면 당신의 의무는 당신의 추종자들을 계몽시키고 당신의 원칙을 타락시키며 위태롭게 하는 자들을 축출하는 것입니다. 나는 당신이 여전히 인간미를 잃지 않은 많은 노동자에 대한 믿음을 마음속에 품고 있으리라 믿고 싶습니다. 그리고 그들이 당신의 이름을 도용하는 범죄자들을 괴로워하고 부끄러워한다는 것 또한 알고 있겠지요. 만약 그렇다면 당신의 침묵은 어리석고 비겁한 짓입니다. 당신이야말로 저 무지한 시도들, 저 어리석은 원칙들, 저 사나운 미친 짓들에 대항할 수 있는 유일한 사람이 아닌가요? 당신의 선출자들, 당신의 행정가들, 당신의 정신적 지주들은 모두 불한당들이고 바보천치들인가요? 아니요! 그럴 수는 없습니다. 어떤 그룹에서도, 어떤 클럽에서도, 어떤 거리에서도 진실이 통하지 않는 곳은 없습니다. 그러니 말하세요. 당신 자신을 변호하세요. 당신의 복음을 전파하세요. 만약 당신 안에 불화가 있다면 다시 당신을 녹여 새로 일어나세요. …… 여전히 민중을 사랑하는 자들에게 그들을 위해 무엇을 해야 하는지를 말해주세요. 그리고 만약 아무 할 말도 없고 어떤 생명의 말도 해줄 수 없다면 …… 아름답고 숭고한 마음을 주고받는 것은 포기하고 정직한 영혼들로부터 경멸을 받아먹으며 경찰과 근위대 사이에서 투쟁이나 계속해보세요.

애초에 이 전쟁은 극단적 애국심으로 시작된 것 같습니다. 민주주의 군대로 모였지만 길을 잃어버린 아이들은 결국에는 받아들여야 할 평화를 거부했을 것입니다. 그들에게 그것은 수치스러운 일이었을 테니까요. 파리는 도시가 다 허물어질 때까지 투쟁하리라 맹세했고 민주 투사들은 부르주아 시민에게 약속을 지키라고 강요한 거지요. 그들은 대포를 탈취하고 프로이센에 총포를 겨누었습니다. 그것은 미친 짓이었지만 위대하게 보였던 것입니다. …… 그들은 모든 것을 보통 선거의 빛나는 위력으로 해치웠는데, 파리에서의 보통 선거는 그들의 조직을 재편하기 위해서도 필수적이었습니다. 하지만 그들은 그 정도를 넘어 보통 선거라는 명목으로 자신을 합법화했고 코뮌과 함께하지 않는 모든 자를 경멸하고 증오하도록 하는 야만적 힘을 스스로에게 부여했던 것입니다. 그들은 소위 '실증적인 사회 과학'을 부르짖으며 오직 자신만이 그것을 행할 수 있는 자라고 소리치지만 정작 그것에 대한 자신의 견해는 한마디도 내보인 바 없고 어떤 선언도 한 바 없습니다. 그들은 인간을 억압과 편견으로부터 해방시키겠다고 하면서 동시에 무소불위의 힘으로 그들에게 동조하지 않는 모든 자를 죽이겠다고 협박합니다. 그들은 어이없게도 자코뱅파Jacobins와 교황, 독재자들이 하던 짓을 하고 있는 것입니다. 거기에 무슨 공화정이 있습니까? 거기에는 어떤 생명력도, 어떤 이성적인 것도, 어떤 조직, 아니 조직될 만한 어떤 것도 없습니다. 그것은 이른바 개혁자인 척하는 자들이 벌이는 광란의 파티일 뿐입니다. 거기에는 어떤 이념도, 원칙도, 어떤 진정한 조직도 국가적 연대도 미래에 대한 열림도 없습니다. 무지와 추잡스러움과 야만성이 소위 혁명이라는 것의 전부인 것입니다. 가장 저급한 본능의 발로, 부끄러움도 모르는 야망의 불능, 수치심도 없는 횡령의 스캔들, 이것이 우리가 목격한 광경의 실체인 것입니다. 이 코뮌은 민주주의를 향한 열망이 가장 뜨거우며 가장 헌신적인 정치인들로 하여금 가장 치명적인 구토를 하게 했습니다. 여러 번 노력해보았지만 결국 그들은 원칙이 없는 곳에는 타협도 없다는 것을 깨닫게 되었습니다. 그들은 망연자실해서 고통스러워하며 코뮌을 떠났고, 다음날 코뮌은 그들을 배신자로 몰아붙이며 그들의 체포를 공포했습니다. 만약 그들이 파리에 머물러 있었다면 아마도 코뮌은 그들을 총살했을 것입니다.

그리고 당신, 나의 친구여, 당신은 내가 이 일련의 사태를 냉정한 무관심으로 바라보길 원하나요! 당신은 내가 "인간은 다 그렇게 생겨먹었어요, 그들의 표현수단은 범죄이며 원래 비열한 본성이지요"라고 말하길 원하나요?

아니요, 백 번이라도 아니에요. 내 안의 인간은 내 안에서 나와 함께 분노합니다. 이 분노는 가장 뜨거운 사랑의 또 다른 표현이지요. 그것은 감추어서도 안 되고 잊으려 해서도 안 됩니다. 우리는 형제애를 위해 거대한 노력을 해야 합니다. 그래서 증오의 참극을 치료해야 합니다. 이 재앙을 앗아내야 합니다. 이 치욕을 짓밟아 경멸하고, 신념으로 조국을 다시 일으켜 세워야 합니다.

조르주 상드로부터

제8장

생존 페르스의 '아시아에서 보낸 편지'

오정민 | 덕성여자대학교 교양학부 강사

본명이 알렉시 르제Alexis Leger인 생존 페르스Saint-John Perse는 1887년 5월 31일, 카라이브Caraïbes 해 프랑스령 열도 과들루프 섬Guadeloupe에서 태어났으며, 1975년 9월20일, 88세의 나이로 프랑스 프로방스Provence에서 별세했다. 프랑스의 시인이자 외교관이었던 그는 1960년 노벨문학상을 수상했다. 그의 성에는 악상accent이 없으며 발음도 레제Léger가 아닌 '르제Leuger'로 할 것을 고집했다. 그뿐 아니라 그의 필명(Saint-Leger Leger, Saint-John Perse)을 둘러싸고도 이설이 많다. 생존 페르스는 개인적으로, 혹은 친구들 사이에서 여러 이름으로 불렸다(알란Allan, 디에고Diego, 피에르 프네스트르Pierre Fenestre 등).

변호사 아버지와 대농장 주인의 딸을 어머니로 둔 생존 페르스는 1899년까지 푸앵트아피트르Pointe-à-Pitre에서 아동기를 보냈다. 이후 포Pau로

와서 고등학교(Lycée Louis-Barthou)를 다니며, 1904년부터 보르도Bordeaux에서 법학 공부를 했다. 1902년에는 시인 프랑시스 잠Francis Jammes을 만나는데, 그를 통해 폴 클로델Paul Claudel을 소개받는다. 또한 잠 덕분에 생존 페르스는 앙드레 지드André Gide와 프랑스의 새로운 잡지 ≪신프랑스 평론La Nouvelle Revue Française: NRF≫지와 친분을 맺는다. 지드와 자크 리비에르Jacques Rivière는 그에게 첫 시집을 출간하라고 격려한다.

생존 페르스의 시는 여러 기술적 용어가 등장하기 때문에 읽기가 수월하지는 않지만, 시적 이미지나 풍부한 리듬에 몰입하는 데 지장이 없다. 오래된 시어에서 끌어온 그의 작품은 아르투르 랭보Arthur Rimbaud와 말라르메를 잘 조화시킨 20세기 프랑스 시라는 평을 받기도 한다. 상징주의의 흔적이 남아 있는 초기 시 「엘로쥬Eloges」와 그것을 초월한 작품 「아나바즈Anabase」를 비롯해 이후에는 미사여구가 풍부한 문체에 서정성이 부각된 스타일의 시 「에그질Exil」, 「방Vents」, 「아르네Amers」가 자리 잡는다.

여기에서는 생존 페르스가 외교관으로 중국에 체류할 당시 가족에게 쓴 편지를 소개하고자 한다. 이 편지에는 여러 개인적 메시지도 많지만, 서양인으로서 보는 동양인에 대한 시각, 발견과 성찰 등이 구체적으로 드러나 있다. 번역된 문장으로는 생존 페르스 특유의 깊고 격조 있는 문체가 살아나는 것 같지 않아 유감이지만 내용은 전달될 수 있으리라는 점으로 위안을 삼아본다.

이를 위해 생존 페르스의 수많은 편지 중 20세기 초에 쓰인 「아시아에서 쓴 편지」를 살펴볼 것이다. 이미 100년이 다 된 글인 만큼 그 시대의 정치 상황을 담고 있지만, 문화나 사고방식의 영역은 시대의 변동에 그리 민감하게 변하지는 않는 것 같다. 그만큼 오늘날의 시각에서도 공감할 부분이 많다고 할 수 있다.

생존 페르스의 시는 진귀하고 희귀한 용어로 가득해 읽어나가기 수월치 않은 작품으로 정평이 나 있다. 그의 편지에도 그런 특징이 드러나 있다. 그러나 그의 시가 그런 특성만으로 축소되어 정의될 수는 없다. 격조 높은 어법과 시세계의 자취 역시 그의 편지에서 찾아볼 수 있는 특징이다.

여기서는 생존 페르스의 문학성보다 동양에 대한 서양인의 시각에 주목하고자 한다. 동양인과 서양인은 각자의 기준으로 서로의 문화를 해석한다. 한쪽의 의견이 상대방의 귀에는 낯설게 울릴 때가 있다. 그것은 바로 상대방에게는 낯선 기준이 그 한쪽에게는 당연한 문화라는 증거이다. 그러므로 동양인의 입장에서 서양을 평가할 때 그것은 서양인에게는 이상한 해석으로 비칠 수도 있다. 그것은 동시에 그 서양인에게는 과연 어떤 면이 문화를 해석하는 당연한 기준이었는지를 연구할 수 있는 좋은 기회가 된다. 우리는 그런 작업을 거꾸로 하고자 한다. 즉, 서양인의 눈으로 본 동양인의 모습에서 바로 우리에게는 익숙하지 않지만 서양인에게는 당연한 세계가 무엇인지 엿보고자 하는 것이다.

한국은 지리적으로 반도이다. 북쪽으로는 정치적 장벽으로 막혀 있고, 동쪽으로는 오래된 민족감정이 이어져왔으며, 서쪽은 바다로 막혀 있다. 외국인과의 거래가 빈번하지 않았던 것은 바로 이러한 지형학적 조건에서 기인한다. 그래도 이제는 외국 여행이 빈번해지면서 스스로의 기준과 다르거나 상반되는 체계의 사고방식도 존재한다는 인식이 보편화되었다. 정반대의 사고가 존재한다는 것은 누군가에게는 당연한 기준이 일반적이고 절대적인 사실이 될 수 없다는 것을 의미한다. 다음에 소개하는 편지를 통해 서양인의 기준으로 동양을 대할 때 사물이나 사람 등과 관련된 현상이 어떻게 보이는지 엿볼 수 있을 것이며, 이를 통해 정신 작용의 유연화에 조금이나마 보탬이 되길 기대한다.

***

쥘 다무르께 보내는 편지

중국 주재 프랑스 공사관, 북경, 1917년 11월 28일

파리, 리스본 거리rue de Lisbonne 16번지
쥘 다무르 귀하

삼촌께

위대한 역사의 이 나라에 온 지 벌써 일 년이 넘었습니다.

어릴 적 제게 많은 도움을 주신 삼촌을 생각하니 온정이 스며듭니다. 상당히 예외적인 상황에서 갑작스레 파리에서 이곳 북경으로 파견된 저는 황송하게도 제 계급에 걸맞지 않은 직무를 수행하게 되었습니다. 일단 저는 중국인의 중증 히스테리(프랑스령 토지에 대한 폭동[1]) 발작에 대처하기 위한 제대로 된 장비도 갖추지 못한 공사관과 대리 공사를 보좌하는 임무를 맡게 되었습니다. 처음으로 수행하는 직무치고는 나쁘지 않은 것 같습니다. 외교계가 어떤 곳인지 아무것도 모른 채 완전히 새로운 시각으로 접근하는 것이었기 때문입니다. 도착하자마자 닥친 시련은 매우 흥미로웠습니다. 판단력이나 능력 면에서 부족할 것 없는 제 상관은 여러 모로 비판받았고 파리의 시각은 그리 호의적이지 않았습니다. 불행히도 우리 유럽인 상관들의 심리나 생리生理는 중국인의 그것과 완전히 다릅니다. 양쪽은 시간 개념이 전혀 다릅니다. 중국인들과 진행하는 일을 권위적으로 강행하면 염증만 악화, 연장시킵니다. 일을 성급하게 하지

말고 염증이 없어진 후 처리해야 함을 저는 본능적으로 알고 있었습니다. 즉, 서두르지 말고 일정한 기간에 맞추는 것입니다. 처음부터 좀 덜 노골적으로, 좀 더 유연하게 대응했더라면 위기가 한층 신속하고 쉽게 해결되었을 것입니다.

그 와중에 보잘것없는 제 역할이 어떻게 제 본연의 모습 이상으로 높이 평가되었는지 모르겠습니다. 어찌 되었든 간에 저는 이제 직무상 자리를 굳혀가고 있고, 파리 본부의 상관과도 뜻이 잘 맞습니다. 저는 쇄신된 중국에 관심이 많고 이 나라 앞날의 발전에 대해 예견할 수 있는 모든 것에도 흥미를 느끼기에 직업상의 이 안정을 흔쾌히 받아들이고 있습니다. 또한 프랑스 외무성이나 유럽 대사관 근무보다는 중국에서의 이 활동적인 일상이 훨씬 더 좋습니다.

이곳의 공사관은 여전히 직원이 부족한 상태입니다. ……

이제부터 제 인생은 여행자이자 동시에 부재자의 인생입니다. 현재 저는 완전히 프랑스의 입장에 입각한 업무를 수행해야 합니다. 그것은 주로 정치에 관련된 광범위한 부분이므로 상당히 심혈을 기울이고 있습니다.

생각보다 시간적 여유가 없습니다. 그래도 개인적으로는 중국이란 나라와 많이 접촉하고 있습니다. 여기서 용인되는 정도 이상으로 저는 중국인을 많이 만납니다. 특히 영국인 친구들의 오래된 편견을 알고 계시겠지요. "토착인과 어울리지 말 것." 이곳에서 외국인인 외교관들은 외교 공관 구역 내에서 끼리끼리 어울리며 매번 해묵은 이야기를 되풀이합니다. 그것은 어디를 가나 똑같습니다.

밤이 오면 저는 중국 정치인들과 중국 장기를 둡니다. 이들은 쾌활하며, 나에 대해 경계한다거나 거만한 자세를 취하는 법이 없습니다. 그러니 공사관의 통역에게 들은 것보다 이런 만남을 통해서 우연히 더 많은 사실을 알게 되죠. 제가 중국에서 달성해내려는 것에 한해서 말입니다. 어쨌든 중국 정치인들과 같이 있으면 전혀 지루하지 않습니다. 게다가 그들은 잘 의식하지 못하겠지만 제게 인간 내면의 어떤 깊은 것을 전해줍니다. 그 내면의 양상은 뭐랄까…… 매우 다양하다고 말할 수 있을까요. 중국인들의 논리는 우리의 논리와 전혀 다릅니다. ……

즉, 중국인의 정신에는 모순 이상의 어떤 것이 있어 항상 저를 매혹시킵니다.

삼촌의 아버지이자 저의 할아버지께서는 연구원 옛 동료들을 곧잘 성가시게 하셨다고 말씀하셨죠? "자연에는 표준에서 벗어난 것이 꼭 있다. 심지어는 결정학結晶學에서도 그렇다"라고 상기시키셨다고요(할아버지께서는 색이 있는 보석 수집물 중 '잘못된' 것을 가족 중 어린 여인들에게 즐겨 선물하곤 하셨죠. 삼촌 덕으로 저도 색이 없는 이상한 루비 하나를 지니게 되었죠). 위대한 지질학자이자 광물학자이셨던 할아버지께서는 어느 정도 화산학자이기도 하셨던 것 같습니다. 제가 말을 타고 다니는 이 북경 근처의 땅에 대해 할아버지께서는 뭐라고 하셨을까 궁금해집니다. 화성火性암도, 화산의 흔적도 없는 이 온전한 황토에 대해서 말입니다. 이 땅은 화산의 흔적이라고는 없지만 그래도 약한 지진이 있을 때는 있습니다. 과학에 대한 지식이 충분하지 못한 탓에 저는 여기서 비늘처럼 꺼칠꺼칠한 '다무르 석石'을 마주할 기회가 별로 없습니다. 그 돌은 삼촌의 아버지께서 백운모류의 아름다운 운모雲母 가운데에서 찾아내신 반토규산礬土硅酸염입니다. 할아버지이 알렉시 다무르Alexis Damour

에 대해 생각할 다른 기회도 많이 있습니다. 당신께서는 광물학자로서 연구에 전념하고자 외교직을 그만두셨죠.

공사관 업무 외에도 '연합국위원회 서기' 임무와 '외교단의 서기' 임무를 맡고 있기 때문에 저는 외교계 인물들을 많이 만납니다. ……

사랑하는 삼촌, 제 편지가 길어집니다. 저는 지구의 반대편에 살고 있습니다. 여기 사람들은 입을 다뭅니다. 마치 침묵할 권리만 있는 것 같습니다. 삼촌을 생각하는 저의 따뜻한 마음을 받아 느껴주시기만 하면 됩니다. 오래전부터 삼촌은 저의 영혼과 가장 가까운 가슴을 지녔습니다. 어머니와 세 누이는 삼촌을 매우 사랑합니다. 우리 모두는 삼촌과 삼촌의 충고에 행복합니다.

연말연시를 맞아 덕담을 보내드리고자 합니다. 그렇지만 지금 보내드리는 기원이 언제쯤 삼촌 댁에 도착할까요?

충심으로,

나의 삼촌께 보내드립니다.

알렉시 생-L. 레제

동양인들은 지나치게 분명하게 드러내는 것에 거부감을 느낀다. 앞에서 살펴본 편지를 통해 알 수 있듯이 그 점을 생존 페르스는 잘 간파하고 있다. '일을 성급하게 하지 말고 염증이 없어진 후 처리해야 함'이라는 대목에서 동양인은 기분과 뉘앙스를 중시하기에 일의 내용 자체보다는 열기가 가라앉기를 기다린 후에 일을 처리하는 반면, 서양인은 기분과 분위기를 고려하기보다 일이 생겼을 때 곧바로 본질적 내용을 짚고 드러내 모두 외면적으로 표출시킨다는 차이가 내포되어 있다. 또한 서양인인 생존 페르스에게는 동양인과 상반되는 성향이 당연한 기준이라는 점도 읽을 수 있다. '심리, 생리, 시간 개념' 등이 완전히 다른 중국이라는 배경에서는 내세울 수 없는 스스로의 기준이기에 일단 스스로의 기준을 뒤로 하고 상대편의 문화를 받아들이고 소화하려는 노력이 다음과 같은 부분에서 엿보인다. "중국인의 논리는 우리의 논리와 전혀 다릅니다. …… 즉, 중국인의 정신에는 모순 이상의 어떤 것이 있어 항상 저를 매혹합니다."

'이들은 쾌활하며, 나에 대해 경계한다거나 거만한 자세를 취하는 법이 없습니다'라는 문장에서는 서양인의 눈으로 바라본 동양인의 기질, 인간성, 사고방식 등이 드러나 있다. 동양인의 그 점이 눈에 띈다는 것은 반대로 말해, 서양인 사이에서는 경계심을 보이거나 거만한 자세를 취하는 것이 드문 일이 아니라는 사실을 시사한다. 동양인의 경우도 다른 문화에 대해 간접적으로 들은 정보보다는 직접적 만남을 통해 살아 있는 진리를 보는 경우가 흔한 것이다.

***

아메데 생-레제 레제Madame Amédé Saint-Leger Leger 부인께 드리는 편지

중국 주재 프랑스 공사관, 북경, 1917년 1월 27일

사랑하는 어머니,

제 마음은 항상 전쟁 중인 프랑스와 어머니를 향해 있습니다. 그래서인지 이 사적인 편지에서는 중국에 대한 이야기를 좀처럼 하지 않게 되네요. 어머니께 중국 이야기를 해드리기로 약속했는데도 말

입니다.

어머니의 상상을 자극하고 있을 이 나라에 대한 인상을 어떻게 전달할 수 있을까요? 중국에 관해서는 예전에 읽은 소설 속 이야기나 오래된 그림을 통해서 말고는 상상조차 할 수 없으실 테니까요.

중국이라면, 소녀들이 보는 잡지에 실리는 낡은 이미지의 틀에 박힌 그림을 앨범 넘기듯 보면서 상상해보는 그런 나라이거나 아직도 파리의 규방을 채우고 있는 칠기 장식장이나 비단 위의 그림, 혹은 차茶 포장지에까지 인쇄되어 누이를 매혹시켰던 도색 판화 등으로 대표될 수 있는 나라였습니다. 그러나 이제 저는 그 모든 이미지가 얼마나 실지의 중국과는 다른 것인지 알게 되었으니 얼마나 다행입니까. (어릴 적, 열대 섬에서 살 때 어머니도 집의 낡은 다락방에서 중국 고물 수집품 잔해를 저와 함께 찾아내지 않았던가요. 귀한 천 조각, 동인도 회사의 커다란 파란 자기磁器 등…….) 오늘날의 중국은 우리 증조할머니들이 황홀해 빠져들던 에르베 드 생드니Hervé de Saint-Denis의 문학(제임스는 아직도 빠져드는 문학)과 전혀 상관이 없습니다. 제 눈앞에 생생히 전개되는 중국은 현대적 발전이 한창 진행 중인 거대한 인간 벽화입니다. 그것은 너무나도 오랫동안 복종을 강요당했던 위대한 백성의 살아 있는 역동의 역사입니다. 이들은 이제 사회, 정치, 윤리의 모든 면에서 완전한 변화에 몰입해 있습니다. 느린 해방과정 중 상처와 아픔을 딛고 서양의 의회 공화국 모델을 적용하고 있는데, 중국인의 성향이나 역사 어느 부분을 보더라도 그 새로운 문물을 받아들일 준비가 되어 있지 않기에 허식으로 서툴게 흉내 내고 있습니다.

이 모든 일에 생생한 정취나 아름다움이 있는 것은 아닙니다. 하지만 그 광경은 저를 열광시킵니다. 그것은 제 눈앞에서 펼쳐지는 발달의 장이자, 전면적 변화를 겪고 있는 인간사회 — 역사 깊은 사회 — 가 이루어내는 공연입니다. 조금이라도 움직임이 있는 곳은 제 관심을 끕니다.

이제 중국의 물질적 양상에 대해서는 무슨 말씀을 드려야 할까요? 근본적으로 나이가 많고 오랜 사용으로 인해 마멸되어가고 있는 중국은 얼핏 보기에 먼지로만 되어 있는 것처럼 보입니다. 기억에 없는 아득한 태곳적부터의 땅, 편편한 땅이니 조그마한 입김도 새로운 '요소'가 될 수 있습니다(저는 오래 전부터 먼지에 대한 책을 쓰기를 꿈꾸어왔으니 참 잘된 일이죠!). 눈부신 하늘 아래 북중국 전체가 제 삶의 배경인데, 모든 것이 생소한 외국인으로서는 소외감을 느낄 수밖에 없습니다. 빛이 가득할 때에는 대체 어떤 스펙트럼이 이 대지를 덮고 있는지 모를 정도입니다. 그런데 약간의 아시아적 장중함이 서쪽에서부터 내려와 이 중국식 성문 밖 대로大路 — 먼지로 뒤덮인 — 에 닿습니다. 스펙트럼의 대지라고 말씀드렸죠. 그러나 그렇게 비현실적인 베일 밑으로 가장 구체적이고 수다스러우며 활기찬 인류가 전진하고 있습니다. 이 인류는 최고로 모험심이 강하며 가장 쾌활한 것 같습니다. 그 쾌활함이 도대체 무엇으로 이루어진 것인지는 모르지만 말입니다. 이 모든 것은 생生 자체입니다. 펠트 장화를 신고 수북이 쌓인 먼지 속을 달리는 생명입니다. 중국인의 활동은 경탄할 만합니다. 그리고 중국인이 대체 무엇을 대상으로 삼는지가 제일 포착하기 힘듭니다. 열띤 공동체가 항상 어디인지 모르는 곳으로 걷고 있습니다. 허영에 차 있고 탐욕스러운 중국인은 두 가지 정열을 먹고 삽니다. 사회적 지위 쟁취와 돈이 그것이죠. 야채 재배자의 손에 의해 벌채되고 깎인 이 땅에서 거저 얻을 수 있는 것은 하나도 없습니다. 어머니는 제가 꽃을 싫어한다고 나무라셨죠. 그런 점에서 이 땅은 제가 좋아하는 땅입니다.

중국 전체가 동전 소리로 가득합니다. 가게나 은행에서는 철망 친 비좁은 계산대 뒤로 밤낮으로 동전이 오고 갑니다. 중국의 도시는 세계 유일의 완벽한 불면不眠 도시일 것입니다. 주판식 계산 기구, 아이들의 주판모양 계산기 등 계산기 소리가 이 모든 열광 속에 항존해 있습니다. 북에서 남까지 이 민족 전체는 온갖 것을 계산하고, 동전의 소리에 가락을 맞출 때 영혼을 더 잘 표현합니다.

중국 전래 이야기에 따르면 어의御衣를 입은 황제가 어느 날 하늘의 사원에서 근엄하게 돌아오는 길에 이 넓은 성문 밖을 지나게 되었답니다. 그곳은 바로 제가 말을 타고 들어오는 입구입니다. 황제는 갑자기 수행원 행렬을 멈추게 하고 용상에서 내려와 위에서 보던 돈을 몸소 주웠다고 합니다. 그리고는 손가락 사이에 구리 동전을 들고 다시 자리에 올라가서는 군중 위로 그 동전을 상징처럼 잠시 들어 올렸답니다. 그 동전은 폭리를 탐하는 중국의 구리로 된 성체에 해당합니다. 이 이야기는 중국의 물질만능주의를 잘 보여줍니다. 어머니께서 여기 계셨더라면 이 물질만능주의를 매우 싫어하실 것입니다.

"중국은 다행히도(!) 더 이상 소녀들이 보는 잡지에 실리는 낡은 조판 이미지 속 틀에 박힌 그림을 앨범 넘기듯 보면서 꿈꾸는 그런 나라가 아닙니다"라는 문장에서 유럽을 여행한 후 한국에 돌아와 틀에 박힌 서양에 대한 이미지에서 벗어난 여행자의 경험이 떠오르지 않는가. 동양인이 '이런 것은 서양적인 것이다'라고 주로 여기는 것들은 실제의 서양과는 동떨어진 낡은 편견일 때가 많다.

"근본적으로 나이가 많고 오랜 사용으로 인해 마멸되어가고 있는 중국은 얼핏 보기에 먼지로만 되어 있습니다. 기억에 없는 아득한 태곳적부터의 땅, 편편한 땅이니 조그마한 입김도 새로운…… "이라는 문장과 "이 모든 것은 생生 자체입니다. 펠트 장화를 신고 그렇게 쌓인 먼지 속을 달리는 생명입니다"라는 부분은 생존 페르스 특유의 시적 감수성으로 바라본 중국이라고 말할 수 있다. '매우 오래된'이나 '먼지', '편편한 땅', '항상', '걷고 있다'와 같은 용어는 생존 페르스의 시에 자주 등장하는 요소이기 때문이다.

"중국 전체가 동전 소리 속에서 삽니다"라는 문장은 문화와 예술이 사회적·정치적으로 체화되어 있는 프랑스인의 눈에 비친, 오늘날 모든 것이 금전화된 우리 사회에 대한 묘사로 보아도 무방하지 않을까.

제9장

신화의 숲길에서 유르스나르와 제르맹이 나눈 '고전'의 즐거움

박선아 | 연세대학교 불어불문학과 강사

마르그리트 유르스나르Marguerite Yourcenar(1903~1987)는 새로운 시대정신과 문학적 시도에 영향을 받은 20세기 프랑스 문단에서 고전과 역사를 소재로 자신만의 전통적 문학 작업을 이어간 프랑스 여류 작가이다. 그녀의 삶은 크게 두 시기, 즉 프랑스와 유럽에서 지낸 시기(1903~1939)와 제2차 세계대전의 발발로 예기치 않게 미국에 정착하게 된 시기(1939~1987)로 나뉜다. 하지만 그녀가 어디에서 지냈든 그녀는 평생 자신이 좋아하는 프랑스어로 다양한 문학 작업을 시도했으며, 프랑스 국적 회복과 함께 첫 번째 아카데미 프랑세즈Académie française 여성회원이 되는 영광을 얻었다.

유르스나르는 그리스어와 라틴어에 통달해 고전 문학과 고대 철학, 종교에 관한 지식이 풍부했다. 그런 연유로 2세기 로마 황제 하드리아누스Hadrianus의 자전적 회고를 다룬 역사소설인 『하드리아누스 황제의 회상록

Mémoires d'Hadrien』(1951)과, 16세기 인문주의 연금술사인 가상인물의 지적 행보를 그린 『흑의 단계L'Œuvre au Noir』(1968)를 대표작으로 남겼다. 또한 작가 스스로 '신화의 시대'라고 부를 정도로 고대 신화에 빠져 있던 1930~1940년대에 산문시 「불꽃Feux」, 단편집 『동양 이야기들Nouvelles Orientales』, 그리고 차후 희곡집 『연극1 Théâtre I』과 『연극2 Théâtre II』에 묶여 출간될 「알케스티스의 비밀Le Mystère d'Alceste」, 「엘렉트라 또는 가면의 전락Electre ou la chute des masques」, 「인어공주La Petite Sirène」와 같은 극작품을 집필했다.

유르스나르의 작품이 고전과 신화로 넘쳐나는 이유는 유년 시절부터 아버지와 함께 고전 문학 작품을 낭송하거나 유럽 각지와 지중해를 여행하고 유명 박물관의 고대 예술품들을 감상하며 체험한 문화와 축적된 지식 덕분이다. 작가가 되어서도 그리스·로마, 발칸, 북유럽, 인도, 중국 등 세계 신화 문명 발상지를 여행했던 그녀의 경험은 고스란히 작품 속에 녹아 있다. 특히 그녀의 작품에는 유럽문화의 뿌리인 그리스 신화가 차지하는 비중이 큰데, 1938년 「그리스 신화와 그리스의 신화Mythologie Grecque et Mythologie de la Grèce」라는 글에서 밝혔듯 그리스 신화는 유럽의 시인들과 예술가들에게는 개인의 내적 사유를 가장 완전하게 표현할 수 있을 정도로 다채롭고 이해 가능한 보편적 언어를 담고 있기 때문이다. 이는 달리 말하면 그리스 신화 작품이 유르스나르 고유의 내적 사유를 엿볼 수 있는 실마리가 된다는 뜻이기도 하다.

사실 유르스나르는 자신의 사생활이 드러나는 것을 극히 꺼렸기에 생전에 편지들을 직접 정리했다. 특히 평생의 동반자였던 그레이스 프릭Grace Frick과 함께 선별한 편지들을 하버드대학 도서관에 보냈는데, 여기서 소개되는 서간집 『친구들과 몇몇 다른 이들에게 보낸 편지들Lettres à ses amis et quelques autres』은 그중 2,000장의 편지 가운데서 300통을 간추려

갈리마르 출판사에서 출간한 것이다. 일반적으로 서간집은 작가의 내면 일기와 같은 사적 공간이므로 독자의 기대와 호기심을 유발한다. 하지만 이 책의 서문을 통해 편지 속의 유르스나르는 소심할 정도로 상세히 작품을 설명하거나 작품의 숨은 의미가 드러나도록 애쓰는 철두철미한 작가임을 알 수 있다. 이렇듯 이 서간문에서 그녀의 사적 공간을 기대하기에는 마치 흔들린 사진처럼 모호하고 아쉽다. 하지만 앞서 언급한 대로 그리스 신화를 매개로 나눈 편지들이라면 작가의 내적 사유와 그 흔적을 발견해 볼 수 있지 않을까 한다.

바로 그 점에서 가브리엘 제르맹Gabriel Germain(1903~1978)에게 보낸 유르스나르의 편지는 흥미롭다. 사실 수신자 제르맹은 평범한 독자가 아니다. 고전문학 교수 자격이 있는 프랑스 에세이 작가로, 스물네 살에 모로코에 정착해 고등학교에서 문학을 가르쳤고, 훗날 프랑스 렌대학Université Rennes에 출강하기도 했다. 비록 현대 문단에 널리 회자되는 인물은 아니지만 박학한 호메로스Homère 연구가로 알려져 있다. 또한 그리스 신화와 그리스 철학, 인도의 종교적 영성에 관한 무수한 문헌을 모아 집필한 그의 대표적 저서로는 『오디세이아의 기원Genèse de l'Odyssée』(1954), 『살라의 램프La lampe de Sala』(1958), 『호메로스Homère』(1961), 『에픽테토스와 스토아학파 영성Epictète et la spiritualité stoïcienne』(1964), 『내면의 시선Le Regard intérieur』(1968), 『소포클레스Sopocle』(1969) 등이 있다.

유르스나르의 서간집 『친구들과 몇몇 다른 이들에게 보낸 편지들』에는 1966년, 1969년, 1970년에 쓴 세 통의 편지가 소개되어 있는데, 모두 제르맹이 보낸 책과 편지에 대한 유르스나르의 답장들이다. 이 서간집에 제르맹의 편지가 함께 실려 있지 않은 것은 아쉽지만 제르맹은 자신의 작품을 유르스나르에게 보내 그녀의 솔직한 논평을 기대했던 것으로 짐작된다.

유르스나르가 편지에 담은 주요 주제는 대부분 고전 신화에 관한 것으로 신화, 기억, 사회 속 개인의 가치에 대해 동의하거나 반론하기도 하고 부연 설명하기도 한다.

이를테면 1966년의 첫 번째 편지[1]에서 유르스나르는 『오디세이아의 기원』에 대해 언급하면서 제르맹을 성 베드로 성당의 지하 동굴을 탐색하는 고고학자에 비유한다. 그녀는 제르맹의 책을 벗 삼아 읽으면 무언가를 배운다기보다 몽상의 문이 반쯤 열린 전설 속으로 빠져드는 것 같다는 흔치 않은 주관적인 인상 평도 남긴다. 한편 유르스나르는 호메로스 시인의 창작 활동에 절대적 영향을 끼친 기억의 역할을 제르맹이 너무 축소했다고 비판하면서, 고대인에게 깊이 자리한 기억의 역할과 순수한 정신적 구성의 중요성을 강조한다. 그러면서도 유르스나르는 하드리아누스 황제의 이야기를 집필할 때 기억을 토대로 정신적으로 인물을 재구성하려고 무척 고심했다는 후일담을 끼워 넣기도 한다. 두 작가가 지성과 우정으로 나눈 이 편지에는, 유르스나르의 문학세계를 이해하는 열쇠가 되는 일부 개념이 포함되어 있어 눈길을 끈다.

1970년 세 번째 편지[2]에서 유르스나르는 제르맹의 『소포클레스』 중 「안티고네Antigone」 부분에 대한 반론을 제기한다. 안티고네를 그리스세계의 집단의식을 표상하는 인물로, 크레온Kreon을 비정상적인 개인으로 보는 제르맹의 단순화된 시각을 반박하면서 유르스나르는 국가, 개인, 집단의식의 역학관계를 시의적인 관점에서 흥미롭게 설명한다. 이 과정에서 소포클레스의 『오이디푸스 왕Œdipe Roi』, 지드의 『오이디푸스Œdipe』, 장 콕토Jean Cocteau의 『지옥의 기계La Machine infernale』, 장 아누이Jean Anouilh의 『안티고네』와 같은 신화 작품뿐 아니라 독일의 시인인 안겔루스 질레지우스Angelus Silesius(1627~1677),[3] 요한 괴테Johann Wolfgang von Goethe, 아르투르 쇼펜하우어Arthur Schopenhauer, 라스 카사스Las Casas, 헨리크 입센Henrik Ibsen, 공자孔子에 이르기까지 동서양을 막론한 전형적 인물에 관한 무수한 고전 레퍼런스를 펼쳐놓는다.

이처럼 유르스나르는 제르맹이 보낸 책을 읽다가 페이지 한구석에 메모한 것을 편지에 한 올 한 올 풀어내면서 인류 본원의 보편적 기억에 속하는 '고전'이라는 공동의 기억을 통해 '우리'로 묶인 작가와 독자 간의 심층적인 대화를 이끌어낸다. 그들의 편지는 고전 읽기의 즐거움을 나누어 줄 뿐 아니라 고전을 매개로 한 일종의 문학 지도를 그려볼 수 있는 계기를 마련해준다.

> 아무리 사적인 책이라고 해도 어느 정도는 공동의 작품이라고 생각합니다. 즉, 우리 안에 있는 모든 것이 그 책 안으로 들어갑니다. 그뿐 아니라 우리가 언뜻 보았거나 짐작했던 모든 것, 즉 읽은 책과 다녀온 여행, 작가 자신이 살아온 경험만큼이나 타인의 관찰, 교정자가 여백에 쓴 짧은 메모, 호의적이거나 적대적인 독자도 거기에 들어갑니다. 우리는 모두 너무 부족해서 원래 '나'라고 부르는 이 좁은 불모의 땅에서 나오는 소산만으로는 살 수 없지요.[4]

이와 같은 유르스나르의 견해는 제르맹에게 보낸 편지를 통해 더욱 설득력 있게 다가온다. 고전에 대한 취향이 같은 한 독자와의 편지를 주고받으며 유르스나르는 어느덧 '나'라는 좁은 영토를 벗어나 '우리'로 묶이는, 한층 근원적인 문학적 경험과 기억을 공유하게 되는 것이다.

유르스나르가 제르맹에게 보낸 세 통의 편지 중 여기에서는 세 번째 편지를 소개하고자 한다. 이제 그들이 나눈 '고전의 즐거움' 속으로 함께 들어가 보자.

***

가브리엘 제르맹에게[5]

미국 04662 메인Maine 노스이스트하버Northeast Harbor

프티트플레장스Petite Plaisance, 1970년 1월 11일

친애하는 제르맹 씨에게,

『소포클레스』에 관해 감사하다는 말씀을 드리기에는 너무 늦었습니다만 『내면의 시선』을 주제로 전에 당신에게 썼던 것만큼이나 긴 편지는 좀 더 시간을 두고 새로운 소식과 함께 드려야 할 것 같습니다. 이번에는 한층 간결하게 쓰도록 애써보지요.

『소포클레스』는 명철하고 박학한 당신에게 진정으로 기대했던 것 그대로입니다. 그 작품은 유용한 지식으로 가득 차 있고, 당대 사상과 종교 안에 그 시인을 본래의 자리에 아주 정확히 세워놓았더군요. 아스클레피오스Asclépios[6]의 사제 소포클레스에 관한 페이지는 1세기 전만 해도 우리가 합리주의와 인문주의로 이해했던 그리스의 이면에 인도와 더 가까운 그리스가 있다는 사실을 일깨워줍니다. 그것은 적어도 몇 가지 제의의 양상을 통해 오늘날에 가정하기 시작한 것이지요.

특히 여름날 한 극장에서 나일론으로 만든 튜닉을 입고 전자음악 반주에 맞추어 하는 공연이나, 현대식 복장을 입거나 아무런 무대 의상도 입지 않은 채로 리빙시어터[7]에서 상연되는 〈안티고네〉 혹

은 〈오이디푸스 왕〉으로 소포클레스를 접한 호의적인 많은 독자에게는 의미심장한 작품이 될 것입니다. 사물을 존재했던 그대로 보여주는 것에는 언제나 큰 이점이 있지요.

그렇지만 당신이 단 한 줄로 정리해버린 소포클레스의 모방자들에 대해서는 좀 가혹하다는 생각이 듭니다[저야 (소포클레스의 아류들과는) 상관이 없지요. 엘렉트라가 중심인물이니 만큼 내가 쓴 「엘렉트라」는 에우리피데스적euripidienne이니까요]. 반면 소포클레스가 자신과 수세기나 떨어져 있는 극작가들에게 각자 자기 몫의 글을 쓰게 하면서도 노시인의 명망으로 그들을 언제나 보호해주는 백지수표 같은 것을 제공해주었다니 감탄스럽습니다. 지드의 『오이디푸스』(볼테르의 그것보다 더 하지도 덜 하지도 않은)가 매우 부실하다는 당신의 의견에는 동의합니다. 하지만 콕토의 『지옥의 기계』에는 기억할 만한 몇몇 장면이 있고, 아누이의 『안티고네』는 이데올로기적이라서 저는 싫어하는 극이지만 병사들의 대화 장면은 훌륭합니다.

게다가 제가 감히 당신의 책에서 반론하려고 하는 부분은 바로 〈안티고네〉에 관해서입니다. 당신의 글을 다음과 같이 인용합니다.

"오로지 자신의 명성에만 의지해 지나친 권위를 부여받았던 몇몇 현대 해석자들에 대해서는 어쩔 도리가 없다. 하지만 누구인가? 그 젊은 여인과 왕의 갈등은 전혀 국가에 저항하는 개인의식의 갈등이 아니라 단 한 사람의 어리석고 불경건한 결정에 맞서는 신의 정의와 법칙의 갈등이라는 것이다. 그리스세계의 집단의식을 표상하는 여인이 바로 안티고네이고, 이치에서 벗어난 적대적 인물은 바로 크레온이다."

아마도요! 하지만 제가 보기에 당신이 간과하고 있는 것은 개인의식과 국가 간의 모든 갈등에는 정부 권력에 의해 비정상적이라고 규정되는 인물이 있다는 점입니다. 이 인물은 대개 무언無言의 집단의식을 나타내며 '아니오'라고 말할 용기를 지닌 거의 얼마 되지 않는 개인을 통해서만 자신을 표현합니다. 질레지우스, 괴테, 쇼펜하우어가 살았던 고향의 집단의식은 다른 어디서나 두려움으로 침묵할 수밖에 없었고 정치 선동에 취해 있었지만, 그 의식이 존재했던 곳은 바로 히틀러에 맞서 저항한 거의 몇 안 되는 독일인과 함께 있던 집단 수용소 안安입니다. 미국의 집단(기독교)의식이 정부의 공허한 미사여구와 넘쳐나는 자동차, 쉬지 않고 나오는 TV, 헤프게 쓰이는 돈 때문에 멍한 상태에 있어도 '징병카드'를 불태우고 네이팜탄에 반대하는 젊은이들에게는 여전히 존재합니다. 카사스[8]는 스페인, 포르투갈, 다른 몇몇 나라가 신세계 원주민에게 저지른 범죄에 맞서 기독교도의 집단의식을 표상해왔지만 그는 철저히 혼자였지요.

원하든 원하지 않든 당신의 문장은 국가에 대항하는 개인의식의 투쟁과 악과 불의에 대항하는 집단의식(만일 그런 것이 존재한다면)의 투쟁을 서로 분리하는 것처럼 보입니다. 역사에서는 거의 둘 다 겹쳐지긴 하지만 말입니다. 또한 당신은 집단의식이 안티고네 편에 있었기 때문에 결국 그녀의 태도는 전혀 각별할 것이 없다고 하면서 안티고네의 가치를 떨어뜨리는 것 같습니다(곧바로 입센의 우스꽝스럽고 고결한 스토크만 박사[9]가 자신의 뒤에는 '밀집한 군중'이 있다고 그토록 확신했던 모습이 떠올랐습니다). 사실 안티고네는 자신의 집단의식과 함께하면서 철저히 혼자가 됩니다. 그러나 '비정상적인' 크레온에게는 여기저기서 몇 마디 반론을 제기할 만도 하지만 개입을 삼가는 노인들로 대표되는 견고한 대중이 있습니다.

또한 안티고네에게 있어 증오가 사랑의 보완물이라는 점에 당신이 왜 그리 놀라시는지 자문해보았습니다. "사랑과 증오는 덕망 높은 인간의 특권이다".[10] 오로지 순수한 신비주의자만이 더 멀리 나아갈 수 있지요. 더욱이 예수가 그렇지요? 우리 모두에게 신성한 사랑의 상징인 예수는 많은 저주(영벌)를 내렸습니다.

그리고 많은 주석자註釋者가 난관에 부딪히는 유명한 문장에 대한 시론試論에도 감사드립니다. 당신은 이 논쟁에서 이따금 인도 일주를 하는 것이 좋다는 걸 새삼 입증하는 풍부한 자료들을 쏟아냅니다. 사실 내게 그 문장은 그다지 거슬리지 않았습니다. 아마도 너무 많은 플랑드르Flandre 농부 아낙들이나 그리스 재단사들이 "남편은 다시 얻을 수 있지만 아버지나 어머니 또는 형제는 다시 만들지 못한다!"라고 서글프게 말하는 것을 들었기 때문인지, 혹은 일급을 받는 아일랜드 여성 대부분이 "피는 물보다 진하다"라고 흉내도 낼 수 없는 억양으로 강하게 말하는 것을 들었기 때문인지도 모릅니다. 제 생각에는 그 문장이 가족이 무엇보다 소중하다는 점을 꽤나 기이하게[sic][11] 알려주는 것 같습니다. 안티고네가 종족 전통이 남아 있는 이 모든 여성들처럼 생각하는 것이 저는 그리 놀랍지 않군요.

당신의 답신은 정말 흥미롭게 읽었지만 다음의 이야깃거리를 위해 우리의 생각 차이를 남겨두는 편이 좋겠습니다. 다만 저의 주된 반응 중 하나는 소설가의 반응은 아니었다는 점은 믿어주십시오. 영적 질서의 모든 변화, 특히 '해방'이 상징하는 거대한 변화가 모든 행동과 행위 안에서 일어나는, 흔히 감지할 수 없는 무수한 변화에 의해 곧바로 입증되고 확인된다는 것을 점차 확신하게 되는군요.

이 주제에 대해 진솔한 이야기를 나누게 되면 흥미로울 것 같습니다. 당신은 알지 못하지만 내겐 거의 어디서나 보이는 구루guru[12]에 관해 공자를 인용해 다시 말씀드리지요. 요즘 제가 『논어論語』[13]를 읽고 있기 때문입니다. "내가 두 사람과 산책하고 있다면 그 둘 중 하나는 나의 스승이다." 이 많은 스승 중에서 저는 당신을 꼽습니다. 편지 관례에 따른 모든 우정 어린 존경을 담아 당신께 인사드립니다.

마르그리트 유르스나르

그리스 시인에 관한 저의 번역[14]에 대해 물으시다니 참 고마운 분이십니다. 불행히도 이 작업은 다른 작업의 우선순위에 밀려 거의 2년 전부터 필기장을 열어보지도 못했습니다. 하지만 그럭저럭 「엠페도클레스Empédocle」[15]를 수정하는 일이 잘 풀려 ≪르뷔 제네랄Revue Générale≫(데클레 Desclée와 브루어 Brouwer의 새 기획 잡지)에 곧 수록될 예정이므로 이를 당신께 보내드리겠습니다. 저는 과학어휘 개념(역학, 수력학)에 관해서 딜스[16]의 텍스트뿐 아니라 캐슬린 프리먼Kathleen Freeman의 『소크라테스 이전 철학자들의 단편 선집Ancilla to the Presocratic Philosophers』[17]에 나온 아주 밋밋하지만 매우 정확한 번역과 주해들을 이용했습니다. 또한 바다표범들에 대한 오피아누스[18]의 짧은 시편도 아마 곧 출간될 것입니다.[19] 이는 말세末世인 우리 세상에서, 다른 모든 이와 마찬가지로 그렇게 죽어간 동물들을 위한 나의 투쟁과 같은 일입니다.

제10장

'프로방스의 붙박이별' 장 지오노와 뤼시앵 자크

송지연 | 연세대학교 불어불문학과 강사

장 지오노Jean Giono(1895~1970)는 평생의 친구이자 멘토였던 뤼시앵 자크Lucien Jacques(1891~1961)와 40년에 걸쳐 우정 어린 편지를 주고받는다. 자크는 프로방스에서 붙박이별처럼 은거하던 장 지오노의 진가를 알아보고 그를 세상 밖으로 끌어낸 친구였다. 지방의 무명 시인이던 지오노는 1929년 『언덕Colline』의 대성공으로 중앙 문단에 화려하게 데뷔하는데, 이 작품을 파리의 그라세 출판사에 투고한 사람이 바로 자크였다. 이 글에서 소개하는 세 통의 편지는 이 무렵의 편지들이다.

지오노는 20세기의 시인이자 소설가 겸 영화감독이다. 그의 대표작으로는 공동체주의 소설 『영원한 기쁨Que ma joie demeure』(1935), 철학적 심리소설 『권태로운 왕Un roi sans divertissement』(1947), 경쾌한 모험소설 『지붕 위의 기병Le Hussard sur le toit』(1951), 직접 감독한 코미디영화 『백만장자Cré sus』(1960) 등이 있다. 그는 평생 50여 편의 작품을 집필하는 내내 자신의 작품세계를 계속해서 혁신한 놀라운 작가이다. 우리나라 독자에게는 초등학교 교과서에도 실린 『나무를 심은 사람L'Homme qui plantait des arbres』(1953)이라는 생태주의 단편으로 유명하다. 이 소품은 지오노의 작품 중 세계적으로 가장 많이 번역되었으며 프레드릭 백Frédéric Back이 감독한 동명의 애니메이션영화로도 널리 알려져 있다.

지오노는 마노스크Manosque라는 작은 도시의 가난한 가정에서 태어났다. 그는 아버지의 병으로 인해 고등학교도 마치지 못한 채 열여섯 살 때 은행에 취직한다. 단조로운 은행원 생활을 잊으려고 일요일마다 좋아하는 책을 들고 자연으로 나가 프로방스의 투명한 햇살 아래 그리스 고전 작품들을 종일 읽곤 했다. 스무 살에 제1차 세계대전이 발발하자 보병으로 징집되어 전쟁 중 부상을 당했으며, 베르덩Verdun 전투에 참여하기도 했다. 전쟁의 참혹상을 온몸으로 체험한 그는 그 후 일체의 전쟁에 적극적으로 반대하는 평화주의자가 된다. 시적이면서도 인간 심리를 꿰뚫는 독특한 소설로 세계적인 성공을 거둔 그는 1950년대부터 프랑스 작가 중 가장 위대한 작가 중 하나로 손꼽히고 있다.

자크는 지오노보다 네 살 연상으로 미술과 문학, 출판계에서 다양하게 활동한 인물이다. 그는 화가이자 조각가이면서 시인, 소설가, 극작가, 그리고 편집인 겸 출판인이었다. 어린 시절 자크는 파리에서 보석 세공과 직물, 조각 분야의 도제 수업을 받았다. 열여섯 살 때 세계적인 무용가 이사도라 던컨Isadora Duncan의 공연을 보고 깊은 감명을 받아 무용을 배우게 되고, 이사도라의 비서로 근무하기도 한다(사랑하는 사이였다는 설도 있다). 그는 제1차 세계대전 참전 중에도 그림을 그리고 시를 발표했으며 전쟁이 끝난 후에는 파리의 생제르맹데프레Saint-Germain-des-Près 근처에 도예 상점과 더불어 작은 출판사를 연다. 그가 꿈꾼 것은 던컨에 대한 책을 혼자 힘으로 처음부터 끝까지 만드는 것, 즉 원고를 집필하고, 손수 삽화를 그려 삽입한 후 그것을 직접 인쇄하고 출판하는 것이었다. 그는 이렇게 다재다능한 사람인데다 외향적인 성격이어서 파리와 프로방스 문화예술계에서 두루 발이 넓었다. 하지만 결혼도 하지 않은 채 떠돌이별처럼 정처 없는 일생을 살다 간다.

지오노와 자크에게는 공통점이 많았다. 둘 다 구두를 수선하는 장인의 아들이었는데 그 사실을 자랑스럽게 여겼다. 대학 문턱은 밟아보지도 못한 독학자였고 젊은 나이에 제1차 세계대전에 참전해 부상을 입었다. 두 사람 다 농담을 즐겼고, 인생을 낙관적으로 살았으며, 잘난 체하는 속물들과 위선적인 사교계를 혐오했다. 또 두 사람은 책읽기의 즐거움을 알았고 소년시절부터 시를 썼다. 이 둘의 첫 만남은 바로 자크가 지오노의 시를 읽고 보낸 팬레터를 통해서였다.

자크는 1921년 어느 날 마르세유의 지방 문예지 ≪라 크리예La Criée≫에서 '짧지만 놀랍도록 밀도 높은 시' 한 편을 발견한다. 「태양의 뜨거운 발 아래Sous le pied chaud du soleil」라는 이 시의 작가는 지오노라는 무명의 문청文靑이었는데, 이 시인이 미래의 대가임을 직감한 자크가 그의 시에 감탄한 내용의 편지를 부친다. 자크는 지오노로부터 따뜻한 감사의 답장을 받고 자신의 편지가 지오노가 받은 첫 팬레터임을 알게 된다. 이렇게 시작된 두 사람의 편지는 그 후 40년간 계속되었고, 두 사람의 서간문은 두 권의 책으로 묶여 세상에 나온다.[1]

첫 번째 팬레터의 주인공인 자크는 지오노의 첫 번째 비평가이자 첫 번째 출판인이 된다. 자크와 아비뇽Avignon에 사는 문학교사였던 막심 지리외Maxim Girieud는 마노스크의 외톨이 지오노에게 문학적 조언을 해준 최초의 친구들이었다. 지오노는 이 두 사람을 떠올리며 "내 문학에 소재 외에는 제공해주지 않는 마노스크와는 전혀 다른 작은 세계였다. 이 세계는 나에게 비평을 해주었다"라고 회상한다. 자크는 고전 문학만 좋아하던 지오노에게 동시대 작가의 작품을 읽어보라고 권한다. 레프 톨스토이Lev Nikolayevich Tolstoy, 토마스 하디Thomas Hardy, 월트 휘트먼Walt Whitman, 알랭푸르니에 Alain-Fournier, 폴 발레리Paul Valéry 등이 지오노가 자크를 통해 새로 발견한 작가들이었다.

자크는 출판인으로서 자신이 운영하던 소규모 출판사 레카예드라르티장Les Cahiers de l'Artisan에서 지오노의 첫 시집 『플루트 반주에 맞추어 Accompagnés de la flûte』(1924)를 출간한다. 당시의 편지에는 신인에 불과한 지오노의 불안과 그런 그에게 용기를 불어넣어주는 멘토로서의 자크의 모습이 드러나 있다.

> 이 시들은 아직 완벽하지 않은 것 같습니다. 제 마음에 드는 것은 한두 편뿐입니다. 시를 더 잘 쓰고 싶어요. 솔직한 충고가 필요할 때 솔직하게 말해주는 친구가 있어 참 다행이라고 생각합니다(지오노, 1923년 7월 23일).

> 이 시는 완벽하네, 지오노. 정말 순수하고, 아름다운 시야. 우리 시대 최고의 젊은 시인 한 사람을 만났다는 확신이 들 정도야(자크, 1924년 2월 21~25일경)

자크는 지오노에게 시뿐 아니라 소설에도 재능이 있음을 알아보고, 좀 더 호흡이 긴 소설을 한 번 써보라고 충고한다. 그리스 고전 『오디세이

L'Odyssée』를 패러디한 『오디세이의 탄생Naissance de l'Odysée』이 지오노가 그의 조언에 따라 쓴 첫 장편소설이다. 자크에게는 앙리 풀라이Henry Poulaille라는 친구가 있었는데, 그는 파리의 유명 출판사인 그라세 출판사의 홍보부장이었다. 자크가 이 소설을 풀라이에게 보여주자, 풀라이는 다른 작품이 있으면 더 보내보라는 답을 준다. 자크는 지오노가 새로 쓴 산문시 형식의 소설 『언덕』을 그라세 출판사에 보내는데, 이 작품이 그라세 출판사의 원고 심사 위원이던 작가 장 게노Jean Guéhenno의 눈에 띄게 된다. 작품과 작가의 가능성을 알아본 게노의 추천으로 마침내 『언덕』의 출간이 결정된다. 이것이 『언덕』의 화려한 데뷔의 전말이다.

다음에 소개하는 세 편의 편지는 1929년 2월 지오노의 파리 나들이를 배경으로 한다. 지오노가 대형 출판사의 초대를 받아 공적으로 파리를 방문한 것은 이번이 처음이었다. 서른네 살 은행원 신분의 지방 시인이 전격 등단해 1929년의 파리 문단을 처음으로 접하면서 유명 작가들을 직접 만난다는 흥분이 편지에 고스란히 느껴진다.

첫 번째 편지는 지오노가 파리를 잘 아는 자크에게 파리 여행에 관한 여러 가지 조언을 구하는 편지이다. 지오노는 실제로 그가 권한 대로 그라세 출판사에서 멀지 않은 드라공 가rue du Dragon의 한 호텔에 체류한다.

두 번째 편지는 지오노가 파리에서 막 돌아와 거기에서 있었던 일을 자크에게 숨 가쁘게 보고하는 편지이다. 이 편지에는 자크의 도움에 감사하며 그의 작품인 『전원풍Rustique』과 『에스오에스SOS』의 출판을 위해 애쓰는 지오노의 우정과, 자크의 개인적인 관심사(자크를 아는 사람을 만난 이야기, 친형을 만난 이야기 등)를 우선시하는 지오노의 마음이 잘 드러나 있다. 갑작스러운 성공에 도취하지 않고 평정심을 유지하는 지방작가 지오노의 오기와 자존심을 보여주는 흥미로운 대목이 많으며, 특히 미주 9, 12, 15

에서 자세히 소개되는 앙드레 지드André Gide와 다니엘 알레비Daniel Halévy와의 일화가 무척 재미있다. 지오노는 파리에서 만난 세 사람, 대작가 지드, 풀라이, 피에르 막 오를랑Pierre Mac Orlan은 높이 평가하지만, 나머지 문학 출판계 인사들과 그들의 교활함(여우짓)과 오만함에 대해서는 엄청난 실망감을 느낀다. 그라세 출판사 인사들이 서로 지오노를 '발굴'했다며 공을 다투는 모습, 촉망받는 신인의 차기작 출판 문제를 두고 출판사들이 암투를 벌이는 상황이 흥미롭다.

세 번째 편지는 자크가 두 번째 편지에 대해 보낸 답장이다. 그는 자신이 메시아의 등장을 예언한 세례 요한 같은 기분이 들었다고 털어놓으며 지오노가 자신의 책을 출간하는 것에 대해 장난스럽게 감사의 마음을 전한다.

편지에서 드러나듯 지오노는 여행을 무척 싫어했고, 마노스크가 내려다보이는 언덕 위의 집에서 일생을 보낸 붙박이별 같은 사람이었다. 그는 프로방스의 자연풍경과 대비되는 '더러운' 파리를 평생 혐오했다. 파리에서 가장 아름다운 건축물은 에펠탑이 아니라 파리를 떠날 때 보는 기차역의 시계탑이라고 말한 적도 있다. 지오노는 파리라는 공간뿐 아니라 파리가 대표하는 상징 권력, 특히 문단과 출판계를 신뢰하지 않고 평생 거리를 두었다. 그는 당대의 어떤 문학운동에도 관여하지 않은 채 프로방스에 남아 독자적인 문학세계를 개척했다. 다만 이번 파리 체류에서 사귄 지드 등의 작가들과 사적인 우정을 나누었을 뿐이다.

문단의 속물적인 권력 다툼을 경멸하고 문단 정치를 멀리한 결과 지오노는 프랑스의 유수 문학상은 한 번도 받지 못했다. 1928년 그라세 출판사는 지오노의 『언덕』이 공쿠르상Le prix Goncourt을 받을 가능성이 있다고 보고 15부를 급히 인쇄해 후보작으로 제출하지만 수상에는 이르지 못했다.

그해에 공쿠르상을 받은 작품은 첫 번째 편지에 등장하는 (지금은 아무도 기억 못하는) 모리스 콩스탕탱베이예Maurice Constantin-Weyer의 『과거를 연구하는 남자Un homme se penche sur son passé』였다. 지오노가 1929년에 받은 브렌타노상이나 1931년에 받은 노스클리프상은 미국 것이고, 1953년의 모나코 문학상도 모나코 왕국에서 수여한 상이었다. 말년에 종신직인 공쿠르상 심사위원을 지낸 것이 작가로서 유일하게 행한 그의 공적 활동이었다.

지오노는 문청 시절 '서랍에 넣어두기 위해' 시를 썼다고 한다. 어두운 서랍 속에 얌전히 들어 있던 독특한 시와 놀라운 소설을 밝은 곳으로 끌어낸 사람이 바로 자크인 셈이다. 자크는 시골 은행에 파묻혀 평생 지폐나 세고 있었을지도 모를 지오노를 전업 작가의 길로 들어서게 했고, 지오노가 그의 글을 많은 독자와 공유할 수 있도록 이끌어준 혜안의 멘토였다. 지오노는 말년의 한 인터뷰에서 이렇게 말한다. "저한테는 친구가 꼭 한 사람 있어요. 그 사람은 바로 자크입니다. 30년 묵은 친구랍니다."

***

뤼시앵 자크에게

마노스크, 1929년 1월 24일

그라세 출판사에서 받은 편지에 의하면 나의 '존재'가 ― 그들의 표현입니다 ― 파리에 꼭 필요하답니다. 그래서 나하고 지지[2]는 2월 3일 마노스크를 출발해 아비뇽에 들러 지리외와 몇 시간을 함께 보낸 다음 파리로 올라갈 것입니다. 파리에 가야 한다는 것이 정말 귀찮군요. 당신 없이 가려니 정말 싫어요. 전에는 정말 신나는 마음으로 준비했는데 말입니다. 게노로부터 상냥한 편지를 받았는데 『보뮈뉴에서 온 사람Un de Baumugnes』의 원고를 당장 보내라고 하더군요. 그래서 그 원고를 가지고 가려고 합니다. 그분 역시 나에게 파리로 오라고 권하시더군요. 사실 이 이상한 사람들한테 무슨 이야기를 할 수 있을지 모르겠네요.

혹시 게노가 ≪유럽Europe≫ 지의 편집장으로 취임했다는 소식과 리데출판사Editions Rieder에서 콩스탕탱베이예의 신간이 나온 그 시리즈를 책임지게 되었다는 소식은 들었나요?[3] 게노가 그라세 출판사에서 하던 일과 이 새로운 일을 겸직하는지의 여부는 잘 모르겠어요. 잊지 말고 당신의 『전원풍』 원고를 내게 보내주세요.

이제 내가 지지와 함께 체류하면 좋을 만한 파리의 호텔과 식당 주소를 몇 군데 알려주고, 조언도 좀 해주세요. 우왕좌왕하지 않으려면 그라세 출판사에서 별로 멀지 않은 곳이 좋겠어요(여행 참 성가시네요). 당신 어머님을 뵈러가는 게 '가능하다면' 우리는 기쁜 마음으로 갈 것입니다. '가능하다면'이라는 말은 '어머님이 현재 파리에 머무르고 계신지'라는 뜻입니다. 우리 부부는 어머님과의 만남을 이 여행의 낙으로 삼았답니다. ……

우리가 출발하는 2월 3일 전에 당신 몫으로 지지가 타자를 쳐놓은 『보뮈뉴에서 온 사람』의 원고를 받을 수 있을 것입니다. 당신의 평을 기대하고 있습니다.[4]

친구여, 우리가 얼마나 당신을 보고 싶은지, 포옹하고 싶은지 상상도 못할 거예요!

동봉하는 편지에 옛날 주소로(앙티브Antibes 비알 가rue Vial 6번지) 모리에게도 한 줄 썼어요. 그가 혹시 이사를 가지 않았는지 모르겠습니다.

우리 식구들의 사랑을 전하며.

장 지오노

***

소중한 옛 친구 자크에게

마노스크, 1929년 2월 13일

파리에서 이제 돌아왔습니다. 제일 중요한 이야기부터 쓸게요. 당신이 내 전보를 받고 『전원풍』의 원고를 우송했을 거라고 생각합니다. 장 폴랑Jean Paulhan이 ≪신프랑스 평론≫에서 출간하기 위해 원고를 기다리고 있고, 『에스오에스』도 출판해줄 겁니다.[5] 이미 약속을 받았으니 꼭 보내요. 그들이 원고를 기다리고 있습니다. 원고를 읽고, 당신이 집필한 부분을 넘긴다고 약속하면 갈리마르 출판사가 바로 계약을 체결한대요. 이건 이미 합의된 일입니다.[6]
내 이야기로 넘어가면 너도나도 지오노를 발굴했다며 자화자찬하는 그런 세상을 만났어요. 피에르 브랭Pierre Brun,[7] 티네Tisné, 게노 모두 자기들이 나를 발굴했다며 그라세 출판사 내부에서 한바탕 공을 다툰 것 같더군요. 출판사에서 『언덕』 표지의 띠지에 "이 작품은 '푸른 노트les Cahiers verts' 시리즈의 영광이다"라고 써넣었거든요. "아니, 그건 저예요. 저와 '문자' 시리즈Les Ecrits의 공이지요" 하고 게노가 말하자, 그라세 출판사 사장이 이렇게 대답하더군요. "아니지, 이 사람아. 나하고 알레비의 공이지."[8] 그래서 내가 멋쩍게 말했어요. 내 생각엔 그 누구보다 자크의 공이라고요.
그리고 피에르 막 오를랑을 만났는데, 오래도록 담소를 나누면서 마음이 통했어요. 그 다음에 샹송Chamson이 찾아와 지드가 『언덕』의 팬이라면서 나를 만나고 싶어 한다고 전하더군요. 그래서 그날 밤 샹송의 집으로 갔습니다.[9] 그 집에는 지드와 폴랑, 에렌부르그Ilya Grioryevich Ehrenbourg[10], 그리고 이름을 들어보지 못한 다른 사람이 있었어요. 지드는 존경받을 만한 분이었고 샤를뤼스Charlus풍의 목소리로 진귀한 이야기를 들려주더군요.[11] 그는 흥분한 상태였어요. 지드가 어디선가(장소는 잊었어요) 『언덕』을 몇 구절 낭송했는데 반응이 굉장히 좋았대요.[12] 지드가 나의 팬(이시라는) 한 부인을 소개했는데, 마침 당신을 아는 분이었어요. 그녀와 함께 당신 이야기를 했어요. 이름이 아드리엔 모니에Adrienne Monnier라고 하더군요. 이어서 그녀가 밤참을 함께 하자고 우리를 초대했습니다. 같이 간 사람은 샹송, 레옹폴 파르그Léon-Paul Fargue, 모니에 양의 형부였습니다.[13]
파리에 갔던 일은 잘되었습니다. 그라세 출판사 사장이 『보뮈뉴에서 온 사람』에 대해 열광적인 반응을 보이더군요. ≪라 르뷔 드 파리La Revue de Paris≫ 지에서 이 소설을 장별로 내는 조건으로 6,000프랑을 제시했는데, ≪신프랑스 평론≫ 지가 더 높은 가격을 불렀기 때문에 그쪽이 내 원고를 받을 것 같습니다. 알겠죠, 다들 미친 것 같았어요.[14] 이윽고 내가 그 사람들한테 말했어요. "여러분은 대단히 친절하시지만 저는 이만 안녕. 마노스크로 돌아갑니다" 하고는 파리를 떠났어요. 슬슬 신경이 거슬리기 시작했지요. 참, 알레비하고 오찬을 해야 했던 이야기를 빠뜨렸네요.[15] 그래도 친구를 한 사람 — 풀라이 — 사귀었답니다. 이 얘기는 나중에 합시다. 그라세 출판사에 당신이 그려준 내 초상화를 보낼 생각입니다. 출판사 쪽에서 그 그림을 원하더군요. 풀라이는 당신이 나에 대한 평론을 쓰고 싶다면 ≪유럽≫ 지나 다른 잡지에 실어준다고 했어요. 평론은 그 사람에게 보내면 됩니다. 그건 좋을 대로 하세요.
실은 이 모든 일이 정말 귀찮고 피곤했습니다. 이제야 파리 출장이 끝났네요. 정말 진절머리가 났어요. 당신이 '늑대와 여우들의 세상'에 대해 말해준 적이 있었지요. 파리에는 늑대보다 여우가 더 많았는데, 여우 짓도 잘 못하는 주제에 지긋지긋한 여우들이 많더군요. 사실 나는 신참의 눈으로, 흔들림 없는 마노스크 사람의 눈으로 바라본 것이지요. 풀라이 말고는 단 한 사람, 지드만이 언어를 엄밀하게 사용했고, 빈말이 아니라 내용 있는 말을 하더군요.[16]
자크, 이것저것 두서없이 늘어놓아 죄송해요.
아직도 머리가 멍해요.

우리 식구 모두로부터 키스를 보내며.

장 지오노

추신) 파리에 머문 시간 중 당신의 형님을 만났던 그 한 시간이 제일 즐거웠어요.[17]
잊지 말고 장 폴랑에게 『전원풍』 원고를 보내요.

***

1929년 2월 15일경

장 지오노에게

지금 이 순간은 가장 원하고도 기대해왔던 순간이기에 정말 아름답고 감동적이네. 내가 마치 메시아가 오신다는 계시를 받은 그날의 세례 요한이 된 것 같은 기분이군. 하지만 자네가 파리로 가는 것을 지켜보면서 실은 좀 두려운 마음이 들었다네. 그 사람들이 자네를 다치게 할까 봐. 그들의 의도는 대개 절반만 순수하거든. ……
내가 베푼 조그만 은혜를 자네는 백배로 돌려주는군……. 그래도 자네를 따라잡아보겠네. ≪신프랑스 평론≫에서 『전원풍』의 원고를 주의 깊게 읽는다니, 좋지! 하지만 미리 읽어보지도 않고 출간을 결정한다는 것은 좀 지나친 일이야. 그들이 나 때문이 아니라 자네 때문에 내 글을 좋아했을까 봐 겁나는데.

뤼시앵 자크

제11장

영원한 지적 동반자, 사르트르와 보부아르의 편지

윤정임 | 연세대학교 불어불문학과 강사

1929년 철학교수 자격시험 준비를 계기로 만나게 된 장 폴 사르트르 Jean-Paul Sartre와 시몬 드 보부아르Simone de Beauvoir는 서로를 '가장 훌륭한 대화 상대자'이자 '지적인 동반자'로 여기며 '계약결혼'이라는 파격적인 형식의 관계를 시작한다. 이 계약결혼에는 '서로 사랑하는 관계를 지키는 동시에 다른 사람과 사랑에 빠지는 것을 허락할 것, 상대방에게 거짓말을 하지 않으며 어떤 것도 숨기지 않을 것, 경제적으로 서로 독립할 것'이라는 세 가지 조건이 들어 있다.

계약결혼은 순조롭게 이행되었고 해마다 10월이면 그들은 계약 연장과 함께 둘만의 조촐한 기념식을 가졌다. 1939년에 터진 제2차 세계대전은 두 사람을 생전 처음 긴 이별에 처하게 했고 동시에 서로가 서로에게 어떤 존재인지를 분명하게 깨닫게 하는 중요한 사건이 된다. 1939년 기념일에 사르트르는 보부아르에게 "우리에게는 이제 계약이 필요 없으며 우리는 영원히 함께할 것이고 또 그래야만 한다는 것"을 말함으로써 죽을 때까지 사랑과 결혼의 동반자가 될 것을 약속한다.

사르트르가 기상 관측병으로 체험한 제2차 세계대전은 총성이 들리지 않는 '야릇한 전쟁', 즉 전쟁도 아니고 평화도 아닌 '유령 같은 전쟁'이었다. 알자스Alsace 지방에 배속된 그의 임무는 매일 세 시간마다 공중에 빨간 풍선을 띄우고 쌍안경으로 관찰한 뒤 포병대에 풍향을 알려주는 것이었다. 나머지 시간은 자유롭게 보낼 수 있었고 사르트르는 복잡한 인간관계에 묶여 있던 파리에서보다 훨씬 여유롭게 독서와 글쓰기에 집중할 수 있었다.

소설 『자유의 길Les chemins de la liberté』의 첫째 권을 탈고하고 『존재와 무L'Etre et le Néant』의 중요한 윤곽을 완성한 것도 이 기간이며, '실존적 정신분석'의 모델이 될 방법론을 발견한 것도 바로 이때의 우연한 독서를 통해서였다. 징집 당일 기차에서 펼쳐 든 프란츠 카프카Franz Kafka의 소설을 시작으로 사르트르는 전쟁 중 엄청난 양의 독서를 하면서 파리에 있는 보부아르에게 끊임없이 새 책을 보내줄 것을 부탁했다. 또한 평소에는 결코 적지 않던 일기 형식의 『야릇한 전쟁수첩Carnets de la drôle de guerre』을 열두 권이나 써서 지칠 줄 모르는 사유思惟를 펼쳐냈다. 게다가 편지를 하루에 세 통씩 꼬박꼬박 보냈으며 어떤 때는 열두 통의 편지를 쓰기도 했다. 시끄럽고 부산한 병사兵舍 한구석에서 온종일 뭔가를 읽고 써내는 군인 사르트르의 모습은 동료들에게 낯설고도 기이한 모습으로 비춰지기도 했다.

파리에 남은 보부아르 역시 교사생활을 계속하면서 독서와 글쓰기에 박차를 가했다. 소설 『초대받은 여자L'invitée』의 집필에 몰두하고 국립도서관에 들러 틈틈이 헤겔Hegel을 공부했으며, 자신의 『전쟁일기Journal de guerre』 또한 꾸준히 적어나가며 '카스토르Castor'라는 별명[1]에 걸맞은 생활을 이어나갔다. 여기에다 올가Olga Kosakiewicz, 완다Wanda Kosakiewicz, 소로킨Nathalie Sorokine, 비넨펠트Bianca Bienenfeld 등 전쟁 전부터 보부아르와 사르트르 사이에 공존했던 모든 여자의 중심에 서서 그녀들의 '경제적이고 심리적인' 보호자 역할을 떠맡았다. 사르트르를 사이에 둔 연적이기도 했고, 자신을 추종하던 애제자이자 연인이기도 했던 그녀들과의 일상을 사르트르에게 자세히 보고하는 일은 편지의 중요한 부분이었다.

보부아르는 매일 아침 수업이 끝나면 우체국으로 달려가 사르트르와 보스트Bost[2]의 편지를 찾고 곧바로 카페 '돔Le Dôme'으로 가서 답장을 쓰곤 했다. 그들에게 보낼 소포 – 책, 공책, 담배 등 – 를 준비하는 일은 즐거운 일과 중 하나였다. 보부아르는 자전거 여행과 산책 그리고 음악회를 찾아다니며 사르트르가 부재하는 '점령기 파리'의 스산한 생활을 견뎌나갔다. 그리고 이러한 일상을 사르트르에게 매일같이 편지로 적어 보내고 전방에 배치된 또 다른 연인 보스트와의 힘겨운 사랑 또한 지켜나갔다.

살아 있을 때부터 세간의 이목을 받았던 사르트르와 보부아르의 관계는 사후에 발표된 일련의 사적인 기록물로 인해 다시 한 번 사람들의 입방아에 오르내렸다. 그들 주변의 여러 인물들이 얽히고설킨 관계가 들춰지면서 '계약결혼' 이면의 스캔들이 구설에 휘말린 것이다. 보부아르가 『사르트르의 편지Lettres au Castor et à quelques autres』를 출간하려 했을 때는 사르트르의 양녀인 아를레트 엘카임사르트르Arlette Elkaïm-Sartre가 편지의 소유권을 문제 삼으며 분쟁을 일으켜 두 여자 사이의 갈등이 공개적으로 드러나기도 했다.

사르트르에게 편지는 어떤 의미였을까? 그는 전쟁 기간 이외에도 간혹 편지를 쓰긴 했지만 자주는 아니었다. 주로 여행 중에 쓰인 이 편지들의 수신인은 여자들이었고, 대개는 보부아르와 동행한 여행이었기에 그녀가 아닌 다른 '연인'에게 보낸 것이었다. 사르트르에게 편지의 의미는 '삶을 즉각적으로 옮겨 적는 일'이었다. 편지란 낯선 곳에서 보낸 자신의 하루를 고스란히 상대에게 전해주려는 '자발적인 작업'이었고, 그런 면에서 사르트르에게 편지는 '일기의 역할'을 했다. 전쟁 중에 사르트르가 보부아르에게 보낸 편지들에도 이러한 일기의 성격이 짙다. 그는 자신의 하루를 자세히 기록하고, 군대 내의 다른 병사들을 묘사하기도 하며, 『야릇한 전쟁수첩』에 전개된 사유의 단편들을 설명하며 보부아르의 의견을 구하기도 했다.

제2차 세계대전이 끝날 무렵, 포로수용소에 갇혀 있다가 가짜 진단서를 이용해 탈출에 성공한 사르트르는 보부아르가 못 알아볼 정도로 '다른 사람'이 되어 파리에 나타난다. 그는 전쟁을 통해 집단과 사회를 체험했고 역사의 무게를 실감했던 것이다. 전쟁 전의 '무정부적인 개인주의'를 벗어나 이제 그는 레지스탕스 활동을 하고 ≪현대Les Temps Modernes≫ 지를 창간하고 공산주의와 마르크시즘을 받아들이며 '행동하는 지성'을 실천하기 시작한다.

여기서는 두 사람이 전쟁 중 주고받았던 수많은 편지 중 몇 개를 읽어볼 것이다. 파리의 생활을 세세하게 알고 싶어 한 사르트르를 위해 시간대별로 일과를 보고한 보부아르의 편지에는 수많은 인물이 등장해 난맥상을 이룬다. 또한 사르트르의 편지에는 군대 동료 이야기가 자주 끼어드는데, 이런 부분은 편지 전체를 읽지 않으면 갈피를 잡기 어렵다. 그래서 이들의 편지 중 당시 두 사람이 처한 상황을 잘 드러내고 서로에 대한 마음을 보여주는 특징적인 몇 편의 편지에서 일부분만 발췌해 옮기기로 한다.

***

시몬 드 보부아르에게

툴Toul, 1939년 9월 2일

나의 사랑,

이십 분 전부터 기차가 멈춰 서 있는 툴에서 당신에게 편지를 쓰고 있소. 기차가 언제 다시 출발할지는 모르겠소. 지금 사람들이 화물칸에 가스마스크를 싣고 있소. 좀 전에 여자들과 아이들을 가득 태운 기차 한 대가 파리를 향해 출발했소. 우리 칸에 있던 누군가가 그 기차에 대고 "이봐요, 파리에 안부를 전해주쇼"라고 소리치더니 "우리도 파리로 되돌아가면 어떨까?"라고 말하더군. 불행하게도 카프카의 세계 같은 이 여정은 계속되고 있소. 일곱 시간 전에 출발했는데 앞으로 약 50km가 더 남아 있어요. 기차는 모든 역에 다 서고 있소. 급행열차인데도 말이오. 완행열차라면 어쩔 뻔했겠소?……. 아직까지 우리는 개별적인 운명을 가지고 있소. 툴, 레루비유Lérouville, 바르뒤크Bar-le-Duc 낭시Nancy 등 각자 내려야 하는 '자기의' 역이 있으니까. 모두들 평상시의 진짜 여행객처럼 역에서 내리는 거요. 단지 그것이 그들 모두에게 뭔가 조금은 중요한 일이라는 인상을 가질 뿐이오. 모두 자신의 마대자루를 어깨에 지고 야릇한 어조로 말하는 거요. "아, 여기군. 자, 여러분, 안녕히 가세요"라고. 혹은 기차에 남은 사람들은 아직은 낙천적으로 "자, 다시 만날 수 있기를 바랍시다", "아, 그럼요! 그래야죠. 모두 다 죽지는 않을 테니까" 라고 말이오. 게다가 그들은 전반적으로 꽤 명랑하고 강인해요.

걱정하는 분위기가 아니라오. …….

나는 잠을 조금 잤고, 카프카의 『소송Der Prozess』을 다 끝내고, 『감옥에서In der Strafkolonie』를 읽기 시작했고, 기차에 굴러다니는 신문 서너 가지를 읽었소. 그런 다음 기다리기 시작했소. 어느 역에 내릴지는 모르지만, 나는 전쟁이 끝날 때까지 이런 식으로 기다리게 될 거라는 걸 깨달았소. 플랫폼에 서 있는 군인들은 기다리고 있었소. 장교들도 기다리고 있었고, 기관사들도 기다리고 있었소. 모든 사람들이 기다리고 있었던 거요. 그것은 계속될 것이오. …… 이따금 작은 추억이 표면으로 떠오르오. 대개는 당신과 함께하던 산책이 떠올라요. 하지만 나는 그것을 얼른 치워버리고 있소. 나는 아주 평온하오. 빨리 도착했으면 하는 성급한 마음이 좀 들긴 하지만 그건 좀 이상한 기분이라오. 왜냐하면 어쨌거나 성급하게 구는 건 내 몸이기 때문이오. 저린 다리를 좀 펴고 싶어 하는 나의 두 다리, 갈증을 느끼는 내 목구멍. 하지만 '나'로서는 어쨌든 이 기차 안에 있는 시간이 앞으로의 그 어느 때보다도 편할 것이오.

5시 10분. 이건 더 이상 카프카의 세계가 아니라 조르주 쿠르틀린Georges Courteline[3]의 세계가 되어버렸다오. 3시에 나 역시 조그만 마음의 충격을 느끼며 병사에 도착했소. '드디어 도착했다'라는 생각이 들었어요. 사실 도착하긴 했소. 그런데 역에 내리니 3번 전차를 타라는 명령이 들렸소. 나는 다른 세 명의 예비역들과 함께 3번 전차를 탔고, 지방의 여느 마을과 흡사한 어떤 마을을 처음부터 끝까지 관통해 종점에 도착했소. …….

병사에 도착해 마침내 나는 땅바닥에 깔린 짚더미 위에 앉을 수 있었소. 오늘 저녁은 여기에서 자게 될 거요. 몇몇 사람은 테이블 주변에 앉아 정치적 상황을 주고받고 있고, 어떤 사람은 새 군복을 입고 있소. 나는 심하게 부조리하다는 생각, 그리고 내가 아주 왜소해지는 느낌이 들어요. 이런 상태는 오래 지속되지 않을 거요. 나는 여기 혹은 저기로 보내질 것이고 어쨌든 익숙해질 거요. 지금 가장 심각한 문제는 당신이 어느 주소로 나에게 편지를 보내야 하는지 모른다는 거요. 게다가 나는 이 편지를 보낼 봉투도 갖고 있지 않소. 이 문제를 해결하려면 사람들에게 좀 물어봐야 할 거요.

동역東驛의 승강장 반대편에서 당신의 가엾게 망가진 얼굴을 마지막으로 본 이후 내 감정은 변하지 않았소. 하지만 그 모습이 여전히 내 마음을 '점령하고' 있어서 고통스러울 지경이오. 이제 오랫동안, 아주 오랫동안 당신을 보지 못한 채 살아가야 하오. 나의 사랑은 가장 힘겨운 시기를 보내게 될 거요. 당신이 내 곁의 이 좁은 짚더미 위에서 잔다면 나는 아주 편안하고 가벼운 마음이 될 테지. 하지만 당신이 아니라 시끄럽게 코를 골아대는 어떤 작자일 것이오. 아, 내 사랑, 당신을 얼마나 사랑하며 얼마나 당신이 보고 싶은지! 잘 있어요. 내 머릿속에는 당신의 아름다운 하루가 고스란히 있다오. 카페 '돔', 전화벨, 영화관……. 나의 하루는 시간대별로 그곳의 생활을 살고 있소. 이제 부모님과 타니아Tania[4]에게 짧은 편지를 쓸 예정이오. 온 힘을 다해 당신을 사랑하오.

***

사르트르에게

파리, 1939년 9월 7일 목요일

내 사랑,

마침내 당신의 주소를 받아내고, 당신과 연결되어 있음을 느끼고, 당신이 어디 있는지 알게 되고, 지금으로선 당신이 안전한 상태에 있다는 걸 알게 되어 얼마나 기쁜지! 나는 지금 당신이 떠난 이후 가질 수 없었던 행복을 느끼고 있어요. 그래요, 그건 행복이고 우리 사이에서 느끼는 이 사랑의 힘, 그리고 이 모든 음산한 사태 한복판에서 당신과 깊이 연결되어 있음을 느끼는 건 가장 좋은 일이에요. 당신을 정말 사랑해요. 나는 당신을 다시 만나게 될 날을 생각하는 게 아니에요. 나는 우리의 과거도 결코 떠올리지 않아요. 나 역시 모든 추억으로부터 차단되어 있어요. 하지만 나는 당신을 다시 만날 필요가 없고, 당신으로부터 떨어져 있지도 않아요. 나는 언제나 당신과 함께 같은 세상에 있어요. 당신에게 장문의 편지를 쓸 거예요. 나는 지금 카페 '돔'에 있고, 지금 시간은 저녁 8시고, 내게는 세 시간의 자유시간이 있어요. 나는 차분한 상태고, 흥미를 느끼고 있으며, 전혀 불행하지 않아요. 나는 후회도 없고, 욕망도 없고, 아무 희망도 없어요. 당신에 대해 차분한 마음이 되었어요. 만일 당신에게 나쁜 일이 일어난다면 나 역시 더는 살아가지 못할 것이라는 확신을 가지니 차분해졌어요. 단 하나 걱정스러운 일은 보스트가 있는 지역에서 이따금 들려오는 불안한 소식이에요. 너무나 불안해서 거의 미칠 듯한 심정이에요. 특히 밤이면 그래요. 하지만 그것도 조금씩 가라앉는 것 같아요.

당신을 보내고 역을 떠났어요. 역을 나서자마자 무너져버릴 것 같아 두려웠는데 그렇지 않았어요. 나는 울지도 않고, 생각도 하지 않은 채 곧장 앞을 향해 걸었어요. 오직 절대로 멈춰 서지 말아야 한다는 생각, 잠시만 정지해도 끔찍해져 견딜 수 없을 것이라는 몹시 지쳐버린 느낌만 들었어요. 거의 이틀 동안을 너무도 피곤하고 불안한 긴장상태로 있었기 때문에 머리가 너무 아팠어요. 그날 아침의 날씨는 너무 경이로웠고, 나는 양배추와 당근이 엄청나게 쌓여 있는 레알Les Halles을 가로질러 뤽상부르를 지나 호텔까지 걸었어요. 그곳에는 다행히도 기분 전환거리가 있더군요. 나의 매정한 편지에 대한 코스[5]의 답장이었어요. 미친 듯한 자기기만이 드러나는 그 편지에서 그녀는 내가 자신의 거짓말을 비난하고 있다는 사실에 분노하며 자신의 침묵을 해명하고 있었어요. 나는 화가 나면서도 그것이 지금 나의 유일하고 생생한 대상, 어떤 행동이 가능한 대상이라는 생각이 들어서 그 이야기에 거의 온종일 매달렸어요. 나는 즉시 카페 '돔'으로 가서 그녀에게 사태를 분명히 정리하는 편지를 썼어요. 그렇지만 선의와 애정은 가득한 편지였어요. 그 이후 그녀는 나의 친절한 편지에 상응하는 아주 상냥한 답장을 보내왔고요.

…… .

다음날은 일요일이었고, 나는 8시 반에 일어나 우편물을 찾으러 갔지만 아무것도 없었어요. 나는 카페 레이Café Rey에 들러 커피를 마시며 전날 사놓은 지드의 『일기Journal』를 읽기 시작했어요. 당신에게 내일 아침 일찍 이 책을 보내줄게요. 나는 눈가에 폭포수 같은 눈물이 고였고 완전히 가로막힌 느낌이 들었어요. 하지만 울어봐야 소용없을 것 같았어요. 그러고 나면 또다시 똑같은 양의 눈물이 남아 있을 테니까요. ≪파리 미디Paris-Midi≫에서는 '베를린 최후통첩'을 예고하고 있었어요. 이제 완전히 희망이 없어졌어요. …….
호텔에 돌아왔더니 당신 어머니가 전화를 했다고 하더군요. 그래서 어머니에게 전화를 드렸는데 당신 양부가 먼저 받았어요. 그분은 굉장히 정중했어요. 당신 어머니가 한 번 들러달라고 했고, 나는 그렇게 했어요. 어머니는 아주 친절했지만 꽤나 사람을 성가시게 하더군요. 어머니는 나에게 당신 이야기를 했고, 나는 해야 할 말을 잘 해드렸죠. 어머니는 참지 않고 이렇게 말씀하셨어요. "그 애한테 좋은 경험이 될 거다. 인생이 뭔지 알게 될 거야." …… 이제 카페 '돔'은 비어가고 있고 더는 여기 있을 수 없어요. 내일 아침 계속해서 편지를 쓰겠어요. 당신에게 해줄 얘기가 아주 많이 남아 있어요. 지드의 『일기』를 보내줄게요. 원하는 게 있으면 얼른 말해요. 내일 또 쓸게요. 당신을 사랑해요. 당신은 나를 떠나지 않았어요.

당신의 상냥한 카스토르가

***

시몬 드 보부아르에게

1939년 9월 7일 목요일

나의 상냥한 카스토르,

여전히 똑같소. 어쨌거나 오늘은 나의 확정 주소를 알아냈소. 이제부터는 '병사 사르트르, 108소대'로 편지를 보내요. 주소는 그게 다요. 우표는 붙이지 말고 '군사우편'이라고만 표기해요. 또한 월요일에 포병대와 함께 출발한다는 사실도 알아냈소. 내가 하게 될 기상관측은 공군이 아니라 포병대를 위한 것이오. 그건 '탄도기류'를 측정해야 하기 때문에 계산이 복잡해서 더 까다롭소. 사실 풍선을 600m가 아니라 1,000m까지 뒤쫓아야 해요. 나의 생활에 대해 무슨 얘길 해줄까요? 어제는 소령을 만나 우리 소개를 했소. 커다란 흰 턱수염을 기른 소령은 우리의 '전문적' 자질 때문에 우리를 중요하게 취급하더군. ……

그러고 나서 나는 내 소설을 썼소. 마티외Mathieu가 롤라Lola의 집에 들어가 보리스Boris의 편지를 훔치는 장면을 쓰고 있소. 소설 작업은 아주 재미있어요. 관측은 세 시간마다 하니까 일할 시간은 충분히 있을 것이고, 전쟁이 일찍 끝난다 해도 전쟁 중에 이 소설을 끝낼 수 있을 것 같소. 만일 전쟁이 길어지면 둘째 권을 시작할 거요. 이런 측면에서 보면 나는 민간인일 때보다 오히려 시간을 벌게 될 것 같소. 일곱 시 즈음에 우리는 단골 식당으로 저녁을 먹으러 가오. 주인 아주머니가 좀 귀찮게 굴긴 하지만 프리카세와 크림소스닭고

기와 엄청나게 많은 자두 타르트를 해준다오. 유일한 근심은 살이 찔 거라는 거요. 밥을 먹고 나면 어느 서투른 사람이 운영하는 마을 어귀의 카페로 가 커피를 마신다오. 장교들도 드나드는 그곳에서 우리는 진짜 군인들처럼 날짜가 지난 ≪파리스와르Paris-Soir≫ 같은 신문을 읽을 수 있다오. 그런 다음에 캄캄한 어둠을 뚫고 우리가 머무는 사제의 집까지 다시 걸어온다오. 나는 글을 좀 쓰다가 잠들곤 하오. …… 우리는 두 명씩 짝을 지어 매트리스 위에서 자요. 피테르Pieter와 켈러Keller가 한쪽에, 나와 폴이 다른 쪽에서 말이오. 낯선 곳에서의 밤이라 하루에도 열 번씩 잠이 깨긴 하오(자다가 그렇게 자주 소변이 마려운 건 처음 있는 일이오). 캄캄한 어둠 속에서 더듬거리며 창문까지 걸어가 덧창을 걷어 올리고 거리에 오줌을 누는 거요. 밤은 아침 늦게까지 길게 이어지곤 한다오. 우리가 아침 여덟 시에나 일어나기 때문이오. 보다시피 이곳은 아직도 피서지의 생활 같아요. 오늘 아침에는 빵과 거위간과 붉은 포도주를 먹었고, 그런 다음 나는 기상 관측에 관한 설명서를 읽으며 공부를 좀 했고, 『성Das Schloss』을 조금 읽었소. 마침내 나는 이 소설을 아주 좋아하게 되었소. 그리고 내 소설도 조금 썼어요. 동료 병사들은 항상 나를 방해하고 이런 소음 속에서도 일을 하고 있는 나를 보고 몹시 놀라고 있어요. 다행스럽게도 나는 민간인일 때부터 카페에서 작업하는 것이 익숙해져 있기 때문이오. 나는 이 평화로운 주제가 전혀 혐오스럽지 않아요. 이 전쟁이 아직 나에게는 유령 같기 때문이오. 단지 그것이 내 눈에는 희미하게 회고적인 성격으로 비춰지고 있어서 마치 내가 역사소설을 쓰고 있는 듯한 느낌이 들어요. 오늘 아침 나는 기분이 좋았어요. 어제 저녁에 당신에게 말했던 것처럼 말이오. 하지만 조금 신경이 쓰이는 것은 내가 아주 열심히 당신의 편지들을 기다리기 시작했다는 사실이오. 지난 토요일부터 나는 당신의 소식을 받지 못하고 있다오. 이건 당신을 알게 된 십 년 이래 처음 있는 일이라오. 게다가 그러한 고통을 참아내야 해요. 우체국에 다녀온 피테르 말이, 어제도 오늘도 지방에서 온 우편물은 없다더군요. 사랑하는 당신의 소식을 정말로 애타게 기다리고 있어요. 이제 당신의 편지는 바로 당신이오. 하지만 일요일 전까지는 별다른 소식이 없을 거라 생각해요. 적어도 내 편지를 받긴 한 건지요? 이것이 당신에게 쓰고 있는 여섯 번째 편지라는 사실을 알고 있기를.
내 귀중한 사랑, 아주 상냥한 카스토르, '나에게 십 년 동안 행복을 주었던' 카스토르 당신을 아주 많이 사랑하며 힘껏 키스를 보내오.

***

사르트르에게

파리, 1939년 9월 12일 화요일

나의 사랑,
오늘 아침 목요일과 금요일에 보낸 당신의 편지 두 통을 받고 가슴이 메었어요. 당신은 물론 내 편지를 받지 못했을 거예요. 당신 주소를 금요일에야 알았거든요. 서로 연락하는 데 시간이 너무 많이 걸리고 너무 멀리 있네요. 당신을 보고 싶다는 절망스러운 바람에 생전 처음으로 너무나 큰 고통을 느끼고 있어요. 당신이 포병대와 함께 떠난다는 일에 신경이 쓰이네요. 당신의 상태가 전혀 안전하지 않은 듯해요. 당신이 위험에 처할지도 모른다는 생각에 견딜 수 가 없어요. 당신이 어떤 상태에 처해 있는 건지 정확하게, 진지하게 편지로 알려줘요. 나는 몹시 불안해요. …….

전쟁 속에 완전히 가라앉아버린 온통 음산한 거리들을 돌아다녔어요. 그러고 나서 카페 '돔'으로 갔어요. 코스Kos는 자기 역시 아주 슬픈 마음이면서도 나에게 잘 해주었어요. 코스에게 보스트 얘기는 한마디도 안 했어요. 쓸데없는 일이라서. 우리는 밥을 먹고 샹젤리제로 갔어요. 그곳 역시 꽤나 황량하고 음울해요. 우리는 샹젤리제 거리를 쏘다니다 어떤 극장에 들어갔어요. 형편없는 탐정영화와 아주 낡은 미키마우스 만화영화, 그리고 전쟁 선포에 대한 뉴스까지 합해 1시간 15분짜리 영화였어요. 그러고 나서 우리는 렌 가rue de Rennes의 내 집에 들러 옛날 물건과 책들을 뒤지며 한참 동안 시간을 보냈어요. 잠시 즐겁긴 했지만 그런 것들에 얽힌 과거에는 더 이상 조금의 미련도 없어요.

헨리 제임스Henry James의 『여인의 초상The Portrait of a Lady』을 읽어 볼래요? 아주 괜찮아요. 과거의 꾸러미 속에서 그 책을 찾아냈어요. 그러고 나서 코스와 바뱅 가rue Vavin에서 저녁을 먹고 집으로 돌아왔어요. 우리는 이유를 알 수 없는 피곤으로 기진맥진했고, 나는 슬픔 때문에 더 기진맥진했어요. 나는 기다리고 있어요. 뭔지는 모르겠어요. 나는 전쟁의 끝까지 기다릴 거라는 생각을 해요. 과거로부터 가로막혀 있지만 이따금 모로코, 므제브Mesève의 여행 한 자락이 떠오르고 그것이 가슴을 아프게 해요. 하지만 그런 건 아무것도 아닐 것이고, 가장 나쁜 것은 두려움이에요. 오늘 저녁 그 두려움은 낙담과 두통으로 뒤섞여버렸어요. 당신의 편지에서는 당신의 사랑이 너무 잘 느껴져요. 나는 당신과 하나임을 느껴요. 당신을 많이 사랑해요. 나의 사랑 당신에게 온 힘을 다해 키스를 보냅니다.

당신의 상냥한 카스토르

***

시몬 드 보부아르에게

1940년 3월 6일

나의 상냥한 카스토르,
오늘은 별다른 얘기가 없어서 짧은 편지가 될 것 같소. 하지만 마음은 담겨 있다오. 지금 이곳에서의 나의 삶을 뭐라고 해야 할지 잘 모르겠소. 나 혼자 테이블을 독차지하는 일은 아주 드문데다, 탁구공 소리를 포함한 온갖 소음을 들어가며 이곳 휴게소에 묶여 있는 삶을 말이오. 이것은 수도사나 고행자의 삶도 더는 아니라오. 그리고 휴게소 자체가 나에게는 아주 불안정한 모습으로 비춰진다오. 때로는 기분이 좋을 때도 있지만(사람들이 많지 않은 아침 시간에는 그래요) 집다운 분위기는 완전히 배제되고 사방에서 소리가 울려올 때는 좀 괴롭소. ……
책은 많이 읽었지만 오늘 한 일이라고는 『야릇한 전쟁수첩』에 다음과 같이 멋진 글을 적은 것밖에 없어요. "나는 자본주의, 의회주의, 중앙 집권화 그리고 관료주의의 산물이다." 가장 믿기 어려운 건 그게 사실이라는 거요. 나는 루드빅Emil Ludwig의 『기욤 II Guillaume II』

에 푹 빠져버렸다오. 아주 잘 쓰인 책이고 굉장히 흥미로워요. 당신이 아직 이 책을 안 읽었다면 『비스마르크Bismarck』와 함께 이것도 보내주리다. 『코뮌Commune』은 읽기 시작했는데 좀 실망스럽소. 하지만 당신은 카수Jean Cassou의 『48Quarante-huit』을 좋아했으니 아마 이 책도 좋아할 것 같소. 어쨌든 이 모든 책은 역사가 어떤 것이어야 하는가를 엿보게 해주긴 해요. 예컨대 『코뮌』에는 대도시 파리의 신화가 코뮌주의자들에게 어떤 영향력을 미쳤는지를 보여주는 적절한 시도가 있어요. 내 소설 진도도 좀 나가긴 했는데 그리 서두르고 있지는 않아요. 어쨌거나 내가 보낸 원고가 타이핑되어 돌아오기 전까지 써야 할 분량은 충분히 끝낼 수 있으니까. 자, 이렇소. 시간은 아코디언을 좀 닮았어요. 때로는 휙휙 빨리 지나가고 때로는 지루하게 늘어지기도 해요. 나는 얼마 전에 끝난 휴가와 내 앞에 3주나 남은 다음 휴가 사이에서 전쟁 중의 균형을 되찾지 못하고 있소. 전쟁의 기운은 거의 느껴지지 않는 이 노인 요양소에서 말이오. 정말이지 이곳에는 느낄 게 너무나 없다오. 정말 묘한 삶이오. 나는 친구를 하나 사귀었어요. 신문을 파는 열네 살 난 아이인데, 언제나 나에게 담배를 구걸해요. 녀석은 내 주변을 어슬렁거리다가 도통 알아들을 수 없는 표현으로 말을 걸어와요. 게다가 나는 그 녀석이 이곳의 군인들에게 매춘부들을 소개해주는 것 같다고 의심하고 있소.

자, 사랑하는 다정한 카스토르, 오늘 편지는 이게 다요. 당신의 편지들이 충분히 길지 않은 건 사실이지만, 그건 당신 탓이 아니라오. 사실은 내가 그 편지를 읽을 때면 너무 좋아서 짧은 순간으로 느껴지기 때문이오. 당신이 열다섯 장의 편지를 쓴다 해도 나는 더 많이 원할 것이고 그걸 언제나 3~4번은 다시 읽을 것이오. 나는 당신을 그토록 사랑하고 있소.

다정하고 사랑스러운 나의 카스토르, 당신을 깊이 사랑하오.

***

사르트르에게

파리, 1940년 7월 14일 일요일

나의 사랑에게,

오늘 아침은 날씨가 좋고 선선해요. 7월 14일이라는 날짜를 적다 보니 기분이 묘하네요. 여느 해라면 휴가를 떠나는 날, 세상을 보기 위해 많은 시간을 함께 보내려고 떠나는 시간을 의미했잖아요. 때로는 아주 쾌활한 파리를 산책하는 길고 즐거운 시간을 의미하기도 했고요. 오늘은 여름이라는 계절에서 벗어나 있는 날씨에요. 여름도 아니고 계절의 어디에도 끼지 않을 그런 날씨거든요. 날씨가 정말 제멋대로에요. 자전거를 타고 한 바퀴 돌아볼 생각을 했지만 그러기에는 기운이 너무 없네요. ……

카페 '돔'에 앉아 헤겔 선집을 읽었어요. 그 책에서 내 소설의 제사題詞로 쓰일 훌륭한 글귀를 발견했어요.

"타자가 행동하는 한, 각각의 의식은 타자의 죽음을 추구한다 …… 두 자의식의 관계는 그러므로 이렇게 규정된다. 의식은 스스로를 체험하며 서로서로 죽음의 투쟁을 겪는다. 의식은 이러한 투쟁을 피할 수 없다. 의식이란 이 자아의 확신을 진실의 수준으로 고양하는 힘이기 때문이다 …… 각각의 자의식은 타자의 죽음을 추구한다 …… 타자의 본질은 하나의 의식에 타자로서, 즉 외부로서 나타나며 의식은 이러한 외재성을 극복해야 한다.”

갑자기 나는 지적인 열기의 짧은 순간을 경험했고 철학을 하고 싶은 욕망, 당신과 이야기하고 싶은 욕망, 내 소설을 다시 쓰고 싶은 욕망이 일었어요. 하지만 다시 소설에 착수하기에는 내가 너무 결단력이 없어요. 당신을 만나기 전까지는 소설을 건드릴 수 없을 거예요. 나는 점심을 먹고, 코스에게 편지를 쓰고, 일기를 쓰고, 책을 읽고 5시에는 자전거를 타고 긴 산책을 했어요. ……

그런데 내 편지를 받긴 했나요? 당신으로부터 아무 소식이 없으니 너무 힘들어요. …… 당신이 오늘 저녁에라도 돌아올 듯이 초조하게 기다리고 있어요. 몇 시간만 기다리면 당신이 돌아올 것처럼요. 하지만 내일 다시, 그리고 그 후에도 많은 날을 기다려야 한다는 걸 알아요. 나는 전적으로 당신을 위해서만 살고 있어요. 키스를 보냅니다. 내 사랑 당신을 꼭 안아주고 싶고 영원히 간직하고 싶어요.

***

시몬 드 보부아르에게

1940년 7월 28일[6]

내 상냥한 카스토르,

당신은 내가 충분히 친절하지 않으며 편지를 자주 쓰지 않는다고 생각할 거요. 하지만 그건 내 탓이 아니라오. 공식적으로 일주일에 두 번, 수요일과 토요일에만 그것도 우편엽서만 보낼 수 있도록 제한하고 있기 때문이오. 당신에게 좀 더 긴 편지를 보내려면 민간 우체국을 통해야 하는데, 그러려면 술수를 써서 기회를 엿봐야 해요. 그러니까 당신은 이전처럼 매일 보내는 짧은 편지들은 받을 수 없을 거요. 그렇지만 당신에게 편지를 쓰고 싶은 마음은 너무도 간절하고 당신을 열렬하게 생각하고 있으며, 다정한 당신을 너무나 사랑하고 있소. 당페르로슈로 가Boulevard Denfert-Rochereau에 살고 있는 지금 당신의 그 기묘한 파리생활이 나에게는 아주 시적으로 보인다오. 그것은 너무나 오래전의 아주 매력적인 과거를, 아직은 작은 희망에 불과했던 시절을 떠오르게 하고, 조금은 폐허가 된 파리를 느끼게 한다오. 내게 편지를 써주기 바라오. 당신에게서 아무것도 받지 못한 지 벌써 엿새나 되고(지난 19일 아홉 개의 편지 이후로) 당신의 편지를 받을 수 있는지 모르는 상태라 혹시 당신이 나한테 편지 쓰는 일에 지친 건 아닌지 정말로 두렵소. 부모님으로부터는 여전히 아무 소식이 없어서 좀 걱정이 된다오. 이곳의 다른 사람들 모두 차츰 자기 가족의 편지를 받고 있는데, 나는 아무것도 받지 못했기 때문이오. …… 내 가엾은 어머니가 그토록 오랫동안 내 소식을 받지 못한 채 있다는 것이 좀 곤혹스럽소. 그럼에도 보스트부터 소로킨에 이르는 우리의 작은 그룹이 모두 무사하다는 생각만은 기쁘다오. 그 그룹은 어떻게 될까요? 그거야 또 다른 문제이고 아무튼 존재하고 있으니 다행이오. 게다가 나는 우리가 다 '함께' 계속해서 살아갈 거라고 생각하며 어려운 시기에 당신과 내가 아주 무거운 짐을 지게 될 것이라는 생각이 들어요. 하지만 그런 생각이 나를 낙담시키는 것은 절대 아니고, 나는 어려운 시간 못지않게 강인해지려고 하오. 나는 앞날에 대해 관심이 있고 희망으로 가득하다오. 보편적인 것과 개별적인 것에 관해 당신이 한 말은 대단히 흥미롭지만, 나는 그렇게 생각하지 않아요. 그건 너무 관조적이오. 당신이 너무 보고 싶고, 이 모든 얘기를 당신과 나누고 싶다오. 어쨌든 나는 굉장한 호기심과 기쁜 마음으로 그 새로운 세계를 다시 보고 싶어요.

글을 쓸 수 있게 된 후 이곳에서의 나의 처지는 아주 많이 좋아졌소(전혀 나쁘지 않아요). 나는 『존재와 무』에 온통 사로잡혀 있고 모르스브론Morsbronn에 있을 때처럼 매일 저녁, 다음 날 아침을 기다린다오. 내일 아침이면 '부정'에 대해서 혹은 '대자'에 대해서 한 부분을 쓰게 될 거라는 희망이 있기 때문이오. 하지만 내가 생각했던 수많은 것이 있었는데, 그것은 『야릇한 전쟁수첩』 안에 있소. 그걸 잊고 있었던 거요. 그것들을 어쩌면 되살려낼 수 있을 거란 생각에 즐거워진다오.…….

해방이 시작된 듯하오. 이곳은 아니고 다른 수용소에서 말이오. 센Seine, 센에마른Seine-et-Marne 등이라고 하오. 물론 다 소문이긴 하지만. …….. 나는 희망이 있어요. 참고 기다려주오. 나는 분명 평화협정 전에 돌아갈 거요. …… 두 달 전만 해도 3년을 걱정했는데, 한두 달 늦어지는 것이 대수겠소? 우리는 다시는 헤어지지 않을 것이고 '행복'할 거요. 이제 우리에게 남은 일은 행복일 테니까.

우리의 사랑이 온갖 다양한 색채를 띠고 있다는 당신의 말은 정말 옳아요. 하지만 그것은 그 어느 때보다 온유하고 견고하다오. 이 모든 일을 견뎌내고 있는 것만 봐도 그렇소. 사랑하오. 언제나 당신을 생각하고 있소. 당신을 곧 만날 것이며 우리가 영원히 함께 하리라는 사실을, 조급해하지 않고 온유하고 강한 마음으로 믿고 있소.

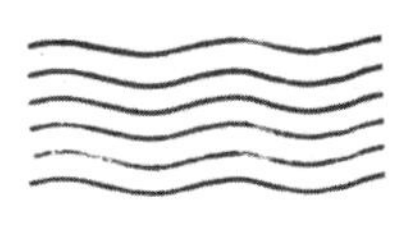

제3부

문학과 자아를 꿈꾸다

제12장

출판인 바니에에게 보낸 멜랑콜리의 시인 베를렌의 편지

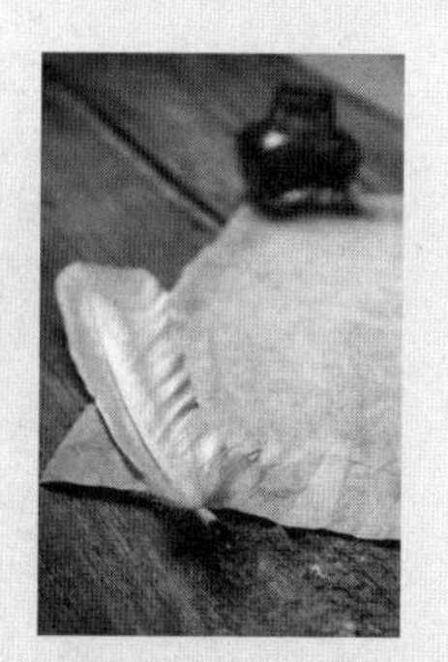

박혜정 | 연세대학교 불어불문학과 강사

폴 베를렌Paul Verlaine(1844~1896)은 스테판 말라르메 Stéphane Mallarme, 아르투르 랭보Arthur Rimbaud와 더불어 19세기 프랑스의 상징주의 시인 중 한 사람이다. 우수 어린 어조로 나직하게 노래하는 멜랑콜리의 시인이자 아름다운 시어와 운율을 지닌 음악 같은 시를 통해 많은 사람에게 사랑받는 시인이다. 또한 프랑스 문학사에서 너무나 유명한 일화인 천재 시인 랭보와의 연애 사건으로도 잘 알려진 시인이기도 하다.

1872년 28세에 이미 세 편의 시집을 출판한 베를렌은 자신을 만나러 파리에 상경한 18살의 랭보를 만난 후 아내와 갓난아이였던 아들을 버리고 방랑생활을 시작했다. 부유한 집안의 외동딸이었던 아름다운 외모의 마틸드 모테Mathilde Mauté와 결혼한 가난한 베를렌은 사위를 못마땅하게 여기던 장인의 눈치를 보며 처가살이 중이었다. 랭보에게서 전대미문의 천

▸ 베를렌

재성을 발견하고 강한 문학적 자극을 받은 베를렌은 안온한 가정생활을 과감히 포기하고, 벨기에, 영국 등지로의 모험을 감행한다. 베를렌은 새로운 곳에서 신선한 공기를 마시고, 문학적으로도 도약을 경험한다. 하지만 언제나 마음 한구석에는 파리에 남겨둔 아내와 아들이 있었던 것도 사실이다. 베를렌이 안정된 결혼생활로 되돌아가고 싶은 마음과 랭보와 함께함으로써 경험할 수 있는 문학적 삶 사이에서 심한 양가감정兩價感情을 느꼈음은 이해할 만하다. 결국 이러지도 저러지도 못하면서 정신이 쇠약해진 베를렌은 마침내 아내에게 돌아가려 결심하나, 이를 거부하던 랭보에게 권총을 발사하는 과오를 저질러 벨기에 감옥에 갇힌다. 두 시인이 결별한 이때, 베를렌은 30세, 랭보는 20세였다.

랭보에 대한 총격 사건으로 벨기에의 감옥에 1년 반 동안 수감된 베를렌은 감옥에서 가톨릭에 귀의해 신앙을 되찾는다. 랭보와의 추문 사건 때문에 프랑스 문단은 베를렌을 받아들이지 않았다. 그는 할 수 없이 영국과 프랑스를 오가며 교사생활을 하며 틈틈이 시를 쓰고 다시 파리 문단에 돌아갈 것을 희망하면서 10년의 시간을 보낸다.

베를렌의 편지 중에서 여기서 살펴볼 출판인 레온 바니에Léon Vanier에게 보낸 편지들은 바로 랭보와 헤어진 지 10년이 되는 1884년부터 쓰인 것이다. 그의 나이 40세였고, 그가 파리 문단으로 다시 돌아온 시기이기도 하다. 베를렌의 생애에서 랭보는 누구보다도 중요한 인물이지만 베를렌이 랭보와 교환한 편지는 많지 않다. 두 사람은 1년 반을 같이 살았으나 그 흔적은 시 작품을 통해서 문학적으로만 짐작해볼 수 있을 뿐이다. 두 사람이 같이 생활했기 때문에 편지가 별로 없는 것은 어쩌면 당연한 일일 것이다. 또한 랭보는 베를렌과 결별한 후 절필해 두 사람의 관계에 대한 글을 남기지 않았고, 베를렌 역시 여러 자전적인 글이나 강연에서 둘의 관계에 관해서는 한사코 입을 다물었던 것이다.

베를렌이 파리 문단에서 다시금 유명해진 이유는 그가 랭보의 미발표 원고들을 소유하고 있었고, 랭보의 증인이었기 때문이었다. 1881년 시집 『예지Sagesse』가 발표되자 파리의 생미셸 거리Boulevard Saint-Michel에 있는 출판사 사장 바니에는 베를렌의 편집인이 되고 싶어 했다. 베를렌과 알게 된 바니에는 당시 37세로 베를렌보다 3살 연하였다. 베를렌은 랭보와 말라르메 등에 관한 평론집인 『저주받은 시인들Les poètes maudits』을 그의 출판사를 통해 발표하면서 다시금 문단의 주목을 끌고 유명해진다. '저주받은 시인'이라는 단어는 탁월한 재능은 있지만 인정받지 못하던 시인에게 베를렌이 붙인 명칭으로, 랭보와 말라르메, 그리고 베를렌 자신을 포함해 5명의 시인들이 소개된 이 평론집은 당시에 많은 관심을 끌었다.

이때부터 베를렌이 사망하기 직전인 1895년까지 바니에와 계속 편지를 교환하던 12년간 베를렌은 문필생활을 새롭게 다시 시작했으며, 이 시기를 베를렌의 만년에 해당하는 시기로 볼 수 있다. 나이로는 40세에서 51세까지이다. 비교적 젊은 나이라고 할 수 있지만 베를렌은 무릎에 생긴 매독성 류머티즘으로 인해 이때부터 여러 병원을 전전하면서 불우한 삶을 살았다.

『저주받은 시인들』을 출판한 다음 해인 1885년에는 마침내 오랫동안 끌어오던 이혼 소송이 끝났고, 류머티즘이 악화된 그는 파리의 한 병원에 입원한다. 1886년에는 어머니가 돌아가시고, 이때부터 베를렌은 바니에로부터 많은 도움을 받는다. 다리가 불편해진 베를렌은 병원 침대에서 글을 쓰면서 돈을 벌어야 했는데, 바니에 출판사Librairie Léon Vanier éditeur가 교정을 맡고 있었던 『오늘날의 사람들Les Hommes d'aujourd'hui』을 위한 평론을 쓰면서 두 사람은 더욱 가까워진다. 이들은 작품에 대한 견해와 이해가 상반될 때에는 논쟁을 벌이곤 했지만, 서로 진실하고 친밀한 우정을 나누었다는 사실이 편지를 통해서 오롯이 느껴진다. 문단의 많은 사람을 상대하는 출판인이었지만 바니에에게 베를렌은 다른 문인과는 달랐다. 그는 이 시인에게 자유와 권한을 충분히 부여했다. 매달 월급 형식으로 돈을 지급하거나 미리 지급하기도 했고, 베를렌이 후원금을 요구하면 상당량의 돈을 보내곤 했다. 베를렌이 퇴원할 때에는 새 바지를 보내고, 책을 빌려주었으며, 잡지와 신문들을 보내주곤 했다. 베를렌은 계약에 불만이 있을 때는 바니에 출판사를 떠나고 싶어 하기도 했지만 결국 그와 결별하지는 못했다.

베를렌은 산문집 『홀아비의 비망록Les Mémoires d'un veuf』을 출판한 후 여러 병원을 전전하는 중에도 『사랑Amour』, 『평행으로Parallèlement』, 『헌정시집Dédicaces』, 『여인들Femmes』, 『행복Bonheur』, 『그녀를 위한 노래Chanson pour elle』, 『내면의 예배Liturgies intimes』, 『애가Élégies』, 『촌철시Épigrammes』 등 많은 작품을 연이어 출간한다. 시집 이외에도 『나의 감옥Mes Prisons』을 비롯해 벨기에, 네덜란드, 영국 등지에서 강연한 연설을 모은 『네덜란드에서의 2주일Quinze jours en Hollande』과 『고백록Confessions』 같은 산문집도 활발하게 발표한다. 베를렌이 이토록 많은 글을 쉬지 않고 썼던 이유는 생활고 때문이었다. 그는 작가로서의 존엄함을 지니고 오로지 글을 써서 먹고 살기로 결심했고, 작품은 그 결과물일 뿐이었다. 12년간 바니에에게 일상적으로 보냈던 편지에서는 꼼꼼하게 교정 작업을 지시한 작가의 깐깐한 태도와 더불어, 시를 행으로 세어 가격을 매기는 등 문필 활동으로 하루하루의 생계를 이어가야 했던 고단하고 힘겨운 모습이 안타깝게 그려져 있는 것이다.

베를렌이 바니에와 교환한 편지는 220통이 남아 있는데, 베를렌의 서신을 정리해 발표한 반 브베르Van Bever에 의하면 아주 중요한 편지들은 소실되었다고 한다. 베를렌이 1896년 1월 사망한 후 얼마 지나지 않아 같은 해 9월 바니에도 사망한다. 시인과 그토록 가까웠던 편집인을 시인이 무덤으로 데려갔다고 말하는 사람도 있었다고 한다. 베를렌의 사망을 바니에보다 더 애통해 한 사람은 없었던 것이다. 1896년 시인의 전기를 처음 출판한 사람은 바니에의 미망인이었다.

***

쿨롬, 1884년 4월 4일

친애하는 바니에 씨,

시집 『말없는 연가Romances sans Paroles』에 대한 설명이 늦어져서 미안하오. 나는 극도로 힘들다오. 『말없는 연가』를 2프랑으로 가격을 매기면 결정적인 오식들이 있기는 하지만 잘 팔릴 것이라고 생각하오. 『저주받은 시인』들에 대해서는 비교적 상황이 좋으면 내일 반드시 편지를 쓰겠소. 잡지사 목록을 보내겠소.

안녕히.

추신) 『말없는 연가』를 31부 받았겠지요(한 부는 당신 것이고, 또 한 부는 위스망스Huysmans[1] 것이오. 그에게는 속히 편지를 쓰리다). 하루 이틀 뒤면 그 책의 사본 20부를 받을 수 있을 것이오.

1883년부터 어머니와 함께 쿨롬이라는 지방의 농가에 살고 있던 베를렌은 가끔 파리를 오가는 생활을 하다가 1884년 3월부터 바니에 출판사와 적극적으로 관계를 맺기 시작한다.

『말없는 연가』는 벨기에와 런던 등지에서 랭보와 함께 생활하며 완성한 시집으로서 1874년에 출판되었지만 10년이 지나서야 주목을 받았다. 문단에서 사라져 전설이 되어버린 시인 랭보와 관련된 작품이기에 다시금 사람들의 관심의 대상이 되었던 것으로 보인다. 1884~1885년에 베를렌에게는 여러 가지 힘든 일이 닥친다. 그는 지방에 거주하면서 때때로 과음하는 버릇을 다시금 보이고 있던 중 아내와의 이혼 소송이 완결되고 매년 아들의 양육비를 지불하라는 판결을 받는다. 그는 마음의 고통을 이기지 못한 듯 술을 마시고 이웃과 어머니를 폭행하는 사건으로 고발당해 1년간 구금형과 500프랑의 벌금형을 선도받기도 한다. 간신히 풀려난 그는 고향을 정처 없이 여행하고, 어머니가 사주신 쿨롬의 농가를 절반 가격에도 못 미치는 가격으로 팔아버린 후 파리로 상경한다. 가지고 있던 금화 40만 프랑은 어느덧 2만 프랑으로 줄어 있었다고 한다. 그가 숙소로 잡은 곳은 파리 제12구에 있는 미디호텔hôtel du Midi이라는 싸구려 하숙집이었다. 직공, 넝마장수, 퇴직자, 윤락녀들이 거주하던 곳으로 술집을 통해 하숙집으로 드나들어야 했으니 술꾼이었던 베를렌에게는 안성맞춤이었을지도 모른다. 이즈음 과음과 하숙방의 습기 때문인 듯 류머티즘 발작이 시작되었다. 그는 매독성 류머티즘으로 인해 왼쪽 무릎이 굽혀지지 않아 깁스를 하고 누워 있어야 했다.

***

1885년 10월 1일

친애하는 바니에 씨,

나는 지극히 기쁘다오. 아주 많은 것을 다시 찾았소. 잃어버렸다고 생각했던 산문들과 시들이오. 이장바르Izambard[2]를 만났는데, 랭보가 어린 시절 쓴 시들을 나에게 빌려주었다오. 『오뱅부인Madame Aubin』에 대해서는 집필 계획이 다 끝났는데, 단막으로 만들 것이오. 『홀아비의 비망록』 두 편은 간신히 탈고했소. 원고료를 지불할 만한 비중 있는 잡지에 실을 시들을 썼고(그 잡지들은 의리가 있어서 원고료를 지불할 것이오), 매우 멋진 전기적 시들이 잡지 ≪뤼테스Lutèce≫에 실릴 것이오. 제기랄! 나는 배를 전부 불살랐소![3] 내가 좀 과장을 하고 있나요?

***

1885년 10월 2일

(병원) 출입증을 동봉하오. 너무 늦어 미안하오. 뜻밖의 일이 많이 생겼고 게으름을 피웠소. 당신도 알게 되리다.

우리는 서신을 계속 교환할 수 있겠지요. 난 무릎 관절에 류머티즘이 생겨서 침대에 누워 앓고 있소. 좀 짧게 쓰겠소. 글 쓰는 것이 피곤하오.

추신) 랭보의 되찾은 시들을 동봉하오.

다음 해에 베를렌의 어머니가 사망한다. 심한 관절염으로 고생하는 아들의 간호를 위해 고향에서 상경한 어머니는 겨울의 혹독한 날씨에 아들이 부탁한 담배를 사러 나갔다가 폐렴에 걸린 것이었다. 여전히 침대에 꼼짝없이 누워 있어야 했던 베를렌은 어머니를 간호할 수 없었고, 돌아가신 어머니의 관이 2층에서 내려오는 것을 1층 창문으로 바라만 보고 있어야 했다. 베를렌의 전 부인 마틸드가 베를렌을 대신해 어머니의 장례식에 참석했다. 다음의 편지는 베를렌이 어머니의 병환 중 급박하게 바니에에게 보낸 글이다.

***

1886년 1월 20일 저녁

친구여, 내일 아침에 올 수 있겠소? 아주 중요한 일이오. 어머니가 돌아가실 것 같소. 아마도 내일 아침을 넘기지 못할 듯하오. 몇 파운드의 돈과 용기가 필요하오. 어쨌든, 무엇보다 말이오. 부디 와주오.

어머니의 사망 보름 후에 바니에에게 보낸 편지를 보면 베를렌은 집필 작업을 재개한 듯하다. 산문집을 완성해 보냈고, 다른 글에 대한 집필 계획도 알리고 있다. 어머니가 몰래 카펫 밑에 감춰둔 2만 프랑은 베를렌 아들의 양육비로 지불되고, 그에게 남은 돈은 800프랑뿐이었다. 더는 신문과 잡지에 무료로 기고할 수 없었다. 1887년 한 해 동안 다섯 차례 입원과 퇴원을 반복하면서 힘든 삶을 산 그는 몸이 아픈 가운데에도 생계를 위해 집필 활동을 계속할 수밖에 없었던 것이다. 다음의 편지들에는 바니에에게 경제적 도움을 요청하는 절박한 베를렌의 심경이 잘 나타나 있다.

***

파리, 브루세 병원hôpital broussais, 폴랭 홀salle Follin, 6번 침대,

1887년 1월 13일

친애하는 바니에 씨,

여기 두 편의 시가 있소. 하나는 『사랑』에 넣을 것이고, 다른 하나

는 『평행으로』에 실을 것이오. 잘 분류해주시오. 200행짜리 시와 여러 작품에 대해 여전히 많이 생각하고 있는데, 곧 완성되리라 보오. 작품 카탈로그와 다른 책의 표지에 미리 예고해도 좋을 듯하오. 콩트들과 회고록은 진행 중이오. 그리고 『오뱅부인』과 『서로서로 Les Uns et les Autres』라는 작품이 머지않아 상연된다면 내겐 돈이 될 듯도 하오. 어때 방법이 좀 있겠소?

내 건강은 회복되고 있소. 병원에서 한 3주 전에 나더러 석 달 동안 입원하라고 말했는데, 부활절까지 있을 것 같소. 그런데 의사가 새로 배정되었지. 역시 오래갈 것 같지요? 무엇보다 재정 문제가 확보된다면 그 이전에 퇴원해 집에서 간호 받고 싶다오. 치료는 아주 간단하고 비용이 들지 않을 것이오. 하지만 내게 보험이 필요할까요? 생활이 힘들 듯하오. 하지만 불운이 날 놓아준다면 — 내 생각대로 — 궁지에서 당당하게 벗어날 수 있으리라 생각하오. 가난이 내 건강을 위협하진 않을 것이오. 난 용기 있게 문학작품을 쓸 것이고, 그것이 내 노후생활을 보장해주리라 보오. 오, 내 아들, 언젠가 내 아들을 위엄 있게 다시 볼 날이 올 것이오. 1875년부터 1880년까지는 돈 문제가 극도로 심각했다오. 이제 모든 일이 다 잘 되어갈 터인데, 왜 나는 지난날의 영광과 관심, 그토록 부드러운 혈육의 정을 되찾지 못하는 것일까요?

난 도움이 필요하오. 출판사 사장으로서 그대를 믿소. 그리고 친구로서 그대를 믿소. 그렇지 않소? 내가 어떤 사람이 될 수 있을지 그대는 알 것이오. 순수하고, 자부심 강한 나를!

르 브랭Le Brun은 여전히 내 채권을 맡고 있소. 내 채무상태는 좋소. 900프랑이 있지만, 그것은 1882년에 매각한 가격의 미불금 담보이고, 1887년 11월 15일에 공증인을 통해 상환할 수 있는 금액이오. 그때까지 450%의 이자도 받을 수 있소. 필요하다면 이자를 받지 않을 수도 있겠고, 늘 그렇지만 그 외 다른 손실이 있을 지도 모르겠소. 어쨌든 잘 될 것이오. 이러한 채권을 사는 사업가들도 있다고 합니다. 타협할 만한 구매자는 아니라도 누구 없겠소? 그 구원자를 내게 좀 알려주시오 !

***

꼬샹병원hôpital Cochin, 보이어 홀salle Boyer, 13번 침대,

1887년 3월 20일

친애하는 바니에 씨,

나는 구제원으로 돌아갈 것 같소. 내일 자리를 잡으려 합니다. 일단 그 장소를 곧 알려드리겠소. 난 단지 몸을 좀 추슬러서 약간은 존경받을 만한 사람이 되고 싶을 뿐이라오. 양말 한 켤레와 모자 비슷한 것이라도 있다면 이 슬픈 광경에서 그다지 나쁘지는 않을 것이오. 게다가 4월의 입원비 30프랑, 곧 있을 이사 비용 약간, 최초의 정착 비용 약간이 필요하오. 가능하다면 보내주거나 가져다주시오(수표로 보내주시오). 가능하면 빨리. 빚을 지고 있는 이런 상황이 지겹다오. 배고픔과 추위라는 대가를 치르면서 존엄성을 유지하는 것은 끔찍하게 피곤한 일이라오.

어쨌든 일을 할 수는 있을 것이오. 안녕히, 그리고 즉시 '빵'을 좀 보내주시오. 그래주겠소?

***

뱅센Vincennes 요양원, 생모리스(센) Saint-Maurice(Seine),

1887년 6월 7일 화요일

친애하는 바니에 씨,

부탁건대, 이 편지를 받는 즉시 우편환이나 50프랑짜리 지폐를 좀 보내주시오. 그게 없으면 난 조만간 내쫓길 처지라오. 얼마나 부당한 처사인지! …… 지난번에 보낸 편지 두 통에서도 계속 당신에게 간청하고 있는 것처럼 그 돈만을 기다리고 있다오. 시일을 지켜 주리라 믿소. 이 편지를 받는 즉시, 제발.

그대의 P. 베를렌

***

1887년 11월 9일 수요일

친애하는 바니에 씨,

어제 내 편지에 대해서 적어도 조금은 잘 생각했겠지요. 좋은 결과가 나오리라 희망합니다. 내일, 목요일에 안심하고 당신을 기다리고 있겠소. 가능하다면 좋은 쪽으로 생각해주고, '종이'[4]를 기대하고 있겠소.

≪새로운 잡지La revue nouvelle≫에 실린 나에 대해 그다지 친절하지

않은 기사를 읽었소. 난 압생트absinthe를 마시지 않고, 더 이상 염세주의자도 아니며, 신비주의 같은 비현실적인 생각을 하지 않는다는 것이 알려지길 바라오. 오히려 지나친 섬세함 때문에 비참해지기는 했지만, 매우 존엄한 사람이고, 나약함과 순박함을 지닌 남자이며, 어쨌든 신사이고 귀족 같은 사람임을 알아주었으면 하오. 이렇게 쓸 수 있는 누군가를 찾아내야 할 것이오. 그 반대로 써서 인쇄했다니 잘못이오! 내가 "존엄성이 결여되었다"라고 하는데, 돈 문제로 나를 공격할 사람은 나와 한판 맞붙게 될 것이오. 마음의 문제에 관해서는 난 신경 쓰지 않소.

아직 출판되지 않은 내 산문들을 잘 정리해주시오. 내게 도움이 될 것 같소. 모리스의 책과 『사랑』에 대해서는 뭐 새로운 것이 없소? 그 두 책이 중요하오. 『저주받은 시인들』의 교정쇄를 수정하겠소. 말라르메에 대한 부분 중 잘못된 문장 하나를 수정하고 있소. 그건 불쌍한 카즈Caze[5]가 예전에 내게 사인해준 것이라오.

그럼 내일, 목요일에 봅시다.

***

1887년 12월 6일 목요일

친애하는 바니에 씨,

난 도무지 이해하지 못하겠소. 다르젠Darzens이 어제 목요일에, 바쥐Baju는 일요일에 나에게 말했소. 당신이 내게 환어음이나, 담배나, 실내화 같은 것을 즉시 보내줄 생각이 있다고 말이오. 그런데 아무것도 없었소, 아무것도! 난 내 신발을 신고 있다오. 나가게 되면 바지도 필요하오. 구멍이 났소. 그러니 난 어떻게 해야 하오? 난처한 일이오. 제발, 부지런을 떨어서 빨리 그것들을 보내주시오. 난 한 푼도 없다오. 이 상황을 모면하려면 빌려야만 하오.
한 번 더 부탁하오. 내 재정적인 문제를 빨리 생각해주시오. 날 위해 아무것도 해줄 수 없다면 다른 곳에서 찾아볼 수도 있을 것이오. 성공할 희망이 있는데 굶어 죽을 것을 걱정하리라곤 생각도 해보지 못했소.
문자 그대로요.
즉시 답장을 주시오.

추신) 그렇지만 나는 여전히 일하고 있다오. 하지만 사실 낙담하고 있고, 불길한 생각에 사로잡혀 있소. 뒤자르댕Dujardin에게서는 소식이 없는데, 서신으로 25프랑을 약속했다오.
애원하건대, 즉시 답신해주시오.

***

1888년 1월 20일

동봉하는 『사랑』의 마지막 작품은 '뤼시앵 레티누아Lucien Létinois'[6] 시리즈에 넣을 것이오(이 작품을 계속 쓸 수 있다면 『사랑』은 본질적으로는 『일리아스』와 같은 대단한 작품이 될 것이오). 이 시와 함께 시리즈 목차도 같이 보내오. 시집 『사랑』 전체 목차에 '뤼시앵 레티누아' 시리즈의 목차도 포함시켜 순서대로 인쇄해야 하오. 인쇄할 전체의 목차 속에 이 시리즈의 목차를 순서대로 덧붙여야 하오.
나는 어제 포랭Forain과 레가미Régamy에게 편지를 썼소. 『저주받은 시인』들을 위한 랭보와 나의 초상화를 포랭에게 부탁했고, 짤막한 글은 레가미(그는 아내 델포르트Delporte의 손에 붙잡혀 있지요)에게 부탁했소.
당신이 토요일에 소포로 보내온 두 개의 우편 봉투 속에 랭보의 교정 원고와 당신에 대한 상당히 긴 편지를 넣어서 일요일에 텔리에Tellier에게 보냈소. 월요일에(내가 잘못 생각하지 않았다면), 적어도 당신의 심부름꾼이 왔던 화요일 아침이 가기 전에는 교정된 새로운 원고들이 우체국에 도착할 것이오. 원고 전체가 필요하오? 아니면 부분이면 되오? 수정한 원고들을 잊지 말고 나에게 보내주시오.
또한 테오도르 아농Théodore Hannon에게 『평행으로』 출판 작업에 롭스Rops와 같이 참여해달라고 편지했소. 뒤죽박죽인 것도 있고 깔끔한 것도 있는 원고들과 산문과 시들이 있소. 그리고 당신이 몹시도 보고 싶어 참지 못하겠다오. 둘이 있을 수 있는 시간을 한 시간이라도 가질 수 있도록 와주시오. 우편엽서도, 그리고 쌈짓돈 몇 푼과 우표도 있다면 좋겠소. 르무안Remoyne과 테리에Theuriet에 관한 평론은 거의 완성되었소.
불편하지 않다면 이장바르 씨에게 랭보의 시들을 잘 가져다주시오. 불로뉴 숲bois de Boulogne 근처, 프장드리Faisanderie 가 46번가요. 랭보의 그 시들은 이장바르 씨의 소유요.
① 「대장장이Le Forgeron」(미완성), ② 「오펠리아Ophélie」, ③ 「세 키스의 연극Comédie en trois baisers」, ④ 「음악에게À la musique」, ⑤ 「니

나를 사로잡은 것Ce qui retient Nina」, ⑥ 「바다에서 나오는 비너스 Vénus Anadyomène」, ⑦ 「새로운 야수: 법복 속의 심장La Bête nouvelle : Un coeur sous une soutane」으로 되어 있소.

나는 「음악에게」, 「오펠리아」, 「니나를 사로잡은 것」을 다시 베껴 써야 했소. 이 복사본들을 간직해두시오. 이장바르 씨는 언젠가 이 모든 걸작을 나에게 돌려줄 것이오. 그는 이 시들을 이용해서 ≪푸른 잡지Revue Bleue≫에 추억에 관한 글을 썼소(그는 샤를르빌 고등학교에서 랭보의 수사학 선생이었다오).

나는 편집인과 정확하고 분명하게 작업하는 시인이기를 바라오. 그러니 급한 사람인 나에게 보상을 해주는 시늉이라도 좀 하시오. 좋은 소식을 가지고 가능하면 빨리 오시오. 『사랑』이 곧 나오기를, 그리고 세상에서 가장 위대한 시인이 배고픔과 추위에 죽지 않고 이 집트에서 무사히 탈출하기를! 아멘.

***

1891년 1월 23일

친애하는 바니에 씨,

당신에게, 그리고 사빈Savine[7]에게 동시에 편지를 쓰고 있소.

그에게 그와 나 사이의 모든 특별한 것에 대해 말했다오.

『행복』에 관해서는 좀 잘 말해둡시다. 특히 돈 문제에 대해서는 말이오.

오래전부터 완성된 이 책은 『예지』 정도의 분량이오. 지금 바니에 출판사는 내게 그대로 500프랑을 제시하지만 당신은 그 분량이 좀 더 늘어나기를 바라지요? 진지한 시작품에서는 분량을 결코 담보할 수가 없다오. 일반적으로 철자법상의 기술이 허용되는 시에서는 말이오. 그리고 무엇보다 되풀이하지만 내 작품에서 중요한 책인 『예지』는 『행복』보다 분량이 더 많지는 않다오. 1400행 정도?
바라건대 『행복』에 대해 내게 편지를 해주시오. 진정으로 어떤 발(운각pied)로 춤을 추어야 할지를…….
당신이 답장을 주지 않아도 여기 내 계획이 있소. 이건 단호하다오. 변호사에게 자문을 구하고 내 원고를 요구할 것이오. 이 두 가지 일은 내가 해보지 못한 어려운 일이오. 최선은 아니라도 거기에 매달릴 것이오. 그리고 출판할 것이오. 다른 제목을 붙여서라도 말이오. 『희망』은 다른 세 작품의 결과물이오.
당신에게 있는 690행에 덧붙여 649행을 실제로 더 썼소. 다 합해서 1,330행이고 거의 완성된 두 시를 더하면 1,400행이 넘어갈 것이오. 나는 당신 요구대로 모두 다시 베껴 썼소. 1899년 ≪검은 고양이Chat noir≫의 크리스마스 호에 다시 수록될 쉬운 작품 한 편을 제외하면 말이오. "안개 속에 눈이 …… "로 시작하는 시인데, 당신이 오면 주겠소.
나는 사빈의 답장을 기다리고 있겠소. 그대도 받는 즉시 나에게 답해주오. 너무 늦을 것 같으면 알려주고, 같이 상의합시다.
자, 말을 너무 많이 한 것 같소.

1892년 8월부터 넉 달간 베를렌은 네덜란드의 헤이그Hague에서 여러 차례 강연을 한다. 주로 자신의 문학관, 랭보의 작품에 대한 증언, 당시에 유행하던 상징주의와 데카당티슴décadentisme에 대한 자신의 견해를 피력한 것이다. 1893년에는 2월부터 석 달간 벨기에에서 강연한 후 류마티즘이 다시 발병해 입원해 있다가, 11월 영국 런던, 옥스퍼드, 맨체스터 등지에서 젊은 문인들과 만나 강연을 이어간다. 그는 이때 상당한 강연료를 받았으나, 그를 간호해주며 마음에 위안을 주던 윤락녀 출신의 두 여인, 위제니 크란츠Eugénie Krantz와 필로멘 부댕Philomène Boudin에게 돈을 주어 거의 탕진한다. 1894년에는 일 년 내내 병원에 입원해 있으면서 여러 작품을 탈고한다. 1895년 병원에서 나와 크란츠와 부댕의 집을 전전하며 지냈고, 두 여인의 도움을 번갈아가며 받다가 병세가 악화되어 1896년 1월 크란츠의 품에서 사망한다. 1895년 10월의 편지가 바니에에게 보낸 베를렌의 마지막 편지이다. 이 편지를 통해 베를렌이 마지막까지 원고를 쓰고 수정하면서 출판을 준비했음을 알 수 있다. 베를렌의 장례식은 바니에의 주도로 치러지고, 국가는 바니에에게 장례금을 지급했다. 마지막 시집인 『욕설 Invectives』은 베를렌 사후 바니에 출판사에서 출판되었다.

***

1892년 12월 31일

친애하는 바니에 씨,

내가 비비[8]에게는 순전히 기회주의적으로 필요한 편지만 맡기고 금전에 관한 편지는 맡기지 않지만, 바라건대 금전에 관한 편지는 필로멘에게도 읽어주지 말았으면 하오. 필로멘 역시 위제니 크란츠의 염탐활동을 도처에서 보고 있으니 말이오.[9] 그 스파이 짓이 바보스럽게 진행되지는 않는다 해도 말이오. 알게 뭐요! 난 그 선량한 여인을 사랑하고 있고, 무슨 일이 있어도 그녀를 잃고 싶지 않다오(즉, 화나게 하고 싶지 않다는 말이지요).

***

1895년 10월

바니에 씨, 내가 보기에 잘 쓴 것 같고, 수정도 잘 된 서문이 여기 있소. 어쨌든 교정쇄를 가질 방법이 있다면 더 좋겠소. 그런데 그 책은 교정되었소?

시집 『유작Le Livre Posthume』은 진행할 것이오. 나는 거기서 작시법의 엄청난 모험을 시도했소. 특히 『욕설』에서 말이오. 하지만 훨씬 더 우아하고 무례한 시들도 끼워 넣었지! 진행 상황은 여전하지만 2주일 후면 좀 나아질 것이오. 그러니 아무것도 결정되지 않은 지금 만나러 오시오. 오겠소?

『고백록』을 계속할 생각이오. 두 번째 권이 제일 재미있을 것이오. 읽고 싶소? 몇 달 전에 내 시를 출판했던 팡 출판사Editions Pan의 프랑스어 부록 교정쇄를 부탁할까요? 『나의 감옥』을 가져다주시오. 안녕히, 곧 만나기를 기대하오.

위의 책들과 모든 편지를 위제니 양에게 일임했소.

제13장

소설가와 출판인으로 교류한 프루스트와 지드*

유예진 | 숭실대학교 불어불문학과 연구중점교수

20세기 프랑스 문학의 두 거장인 앙드레 지드André Gide(1869~1951)와 마르셀 프루스트Marcel Proust(1871~1922)는 서로 많이 닮은 듯도 다른 듯도 하다. 이 둘의 관계는 매우 아리송하다고 할 수 있는데, 여러 공통점에도 불구하고 둘이 교환한 편지가 그리 많지 않다는 점에서 서로를 열렬히 응원하거나 애정을 가진 사이는 아니었다는 사실을 짐작할 수 있다. 『지상의 양식Nourritures terrestres』(1897), 『좁은 문La Porte étroite』(1909), 『전원 교향곡La Symphonie pastorale』(1919) 등의 소설로 제도와 전통에서 해방된 자아를 노래한 지드와 『잃어버린 시간을 찾아서』(1913~1927)라는 방대한 소설을 통해 현대 문학의 새로운 장을 열었다고 평가되는 프루스트의 관계를 그들이 주고받은 편지를 통해 살펴보는 일은 매우 흥미로운 일이다.

지드와 프루스트는 태어난 시기도 참 비슷한데, 1869년에 태어난 지드가 2살 연상이다. 둘 다 재정적으로 여유롭고 사회적으로 덕망 받는 가정에서 태어나는 복을 누린다. 지드의 아버지는 법학과 교수이자 개신교 신자였던 반면 프루스트의 아버지는 유명한 위생학자이며 의사였으며 가톨릭 신자였다. 이렇듯 엄격한 종교적·가정적 분위기에서 두 소년은 파리와 시골을 오가며 유년기를 보낸다. 지드는 외가댁이 있는 노르망디 지방의 루앙에, 프루스트는 중부 지방에 위치한 아버지의 고향인 작은 시골마을 일리에Illiers를 왕래하며 별다른 근심, 걱정 없이 책들에 파묻혀 지내는 생활을 한다.

▸ 30세의 프루스트(1900)

또한 두 소년은 육체적으로 허약하다는 공통점이 있었다. 지드는 신경쇠약을 동반한 만성 두통 때문에, 프루스트는 호흡 곤란을 일으키며 언제 터질지 모르는 천식의 발작 때문에 정상적인 학업생활을 유지할 수 없었다. 주로 가정교사 등을 통해 집에서 수업을 받았던 이 둘은 어쩌면 그들을 평생 괴롭힌 이러한 질병이 수반하는 결과를 자연스럽게 따른 것이 아닐까. 다시 말해 외적인 활동을 방해하는 한편 내적인 사고를 강요하는 만성 질환 때문에 작가가 될 수밖에 없는 여건에 놓였던 건 아닌가 싶다. 지드의 어머니는 종교적인 엄격함과 순종을 강요한 반면 아버지는 어린 아들과 자연 속에서 산책을 함께 즐기고 다양한 문학작품을 소개하고 읽기를 권장했다. 따라서 지드가 11살이 되던 해 아버지를 잃은 상실감은 매우 컸다. 한편 프루스트에게 권위를 상징하는 인물은 아버지였다. 유대인이었던 어머니에 대한 어린 프루스트의 애정은 절대적이었는데, 어머니의 잘 자라는 입맞춤 없이는 결코 잠자리에 들 수 없는, 그야말로 어리광으로 똘똘 뭉친 아이였다. 어린 프루스트는 어머니의 고전문학 작품에 대한 독서 취향을 그대로 물려받았다.

지드와 프루스트를 관통하는 또 하나의 커다란 공통분모는 동성애자라는 사실이다. 그러나 이를 깨닫고 받아들이고 작품 속에 표현하는 방법은 이들처럼 서로 다를 수 없다. 우선 지드의 경우 10대 청소년 시기에 자신의 성 정체성이 다른 이들과는 다르다는 것을 어렴풋이 느끼고 있었지만 그것이 동성애라는 것을 비로소 깨달은 때는 24세 때 떠난 아프리카 여행 때이다. 화가 친구인 장 폴 로랑스Jean-Paul Laurens와 함께 튀니지와 알제리 등을 9개월에 걸쳐 여행하는 과정에서 지드는 다양한 만남을 갖고 새로운 경험을 한다. 그중에는 삶의 절정기에 있었던 영국인 작가 오스카 와일드Oscar Wilde(1854~1900)도 있었는데 이 둘은 아프리카 소년들의 육체를 사기도 했다.

지드는 이렇듯 자신의 동성애를 깨닫지만 프랑스에 돌아와서는 이미 오래전부터 열렬한 감정을 품었던 외사촌 누이인 마들렌 롱도Madeleine Rondeaux와의 결혼을 추진한다. 마들렌이 어머니의 외도를 알고 그에 괴로워하는 모습에 지드는 예전부터 그녀에게 사랑을 표현하고 자신의 독서세계에 그녀를 동참시키고는 했다. 사촌이라는 사실 때문에 모든 가족이 반대하지만 결국 지드의 어머니가 사망한 1895년, 지드는 결혼한다. 그에게 어머니의 죽음은 개인적인 고통이자 동시에 커다란 해방감을 안겨준 것이 사실이다. 지드는 결혼한 이후에도 마들렌과 한 번도 육체적 관계를 갖지 않았다고 한다. 마들렌에 대한 그의 감정은 거의 여신 숭배에 가까웠다. 반면 다양한 작품에 동성애라는 주제를 긍정적으로 다루면서 동성애에 대한 사회적 편견을 없애려 노력했다. 그는 동성애는 죄악이 아니며 인간이 존재하는 한 언제나 함께했고 앞으로도 그럴 것이라고 이야기한다. 또한 오히려 미적·정신적으로 뛰어난 사람 다수가 동성애자일 수 있다고 주장하기도 한다. 이렇듯 지드는 자신의 동성애를 완전히 받아들이고 이를 문학작품 속에 표현한 것처럼 보이지만, 다른 한편으로는 아이를 갖고 싶어 했고, 동시에 마들렌에 대한 숭배를 포기할 수 없었기에 자신의 친구이자 벨기에 신인상주의를 대표하는 화가인 테오 반 리셀베르그Théo van Rysselberghe의 딸과 합의해 그녀와의 사이에서 여러 시도 끝에 마침내 아이를 갖게 된다. 그렇게 해서 태어난 딸의 존재를 지드는 마들렌에게 철저히 숨기다가 아내가 사망한 후에야 마침내 공식적으로 인정한다.

자신의 동성애를 인지하면서도 사촌과 결혼하고 아내 외에 다른 여자 사이에서 아이를 낳기도 하는 등 참으로 뭐라 정의할 수 없는 모순과 다양성을 안고 있는 지드에 반해 프루스트는 자신의 성 정체성에 대해 매우 일관된 삶을 살았다. 학창 시절 일찌감치 자신의 동성애에 눈을 뜬 프루스트는 중학생 때 이미 남자 학우에게 반해 그에게 감정을 고백하는 편지를 썼다가 거절당하는 것을 시작으로 그의 애정의 대상은 한결같이 남자들이었다. 청년 프루스트는 알퐁스 도데Alphonse Daudet의 아들인 뤼시앵 도데Lucien Daudet와 남다른 우정을 자랑했는데, 그것을 장 로랭Jean Lorrain이라는 평론가가 빈정거리는 글로 표현하자 프루스트는 그에게 결투를 신청하기도 한다. 결국 그 결투는 프루스트와 상대방이 각각 하늘을 향해 총을 한 방씩 쏘는 해프닝으로 무사히 끝났지만, 이렇듯 자신의 동성애적 경향에 대해서 누가 언급하기라도 하면 프루스트는 극구 부인하거나 극단적으로는 결투 신청까지 했던 것이다.

평생을 독신으로 살았고, 그가 드나들던 사교계의 살롱에서는 그가 동성애자라는 소문이 자자했지만 그는 그 사실을 그 누구에게보다 어머니에게 숨기려 했다. 그러다가 그녀가 사망하자 마침내 그의 삶에 바탕을 둔 소설인 『잃어버린 시간을 찾아서』의 집필을 시작할 수 있었던 것이다. 소설 속에서 프루스트는 동성애를 옹호하거나 미화하지 않는다. 소설 속 거의 모든 동성애자 인물은 우스꽝스럽거나 변태적이거나 악랄하거나 조롱의 대상이다. 『잃어버린 시간을 찾아서』는 작가인 프루스트와 이름이 같은 마르셀Marcel이라는 한 소년이 작가로서의 소명을 되찾아가는 일종의 성장소설이다. 따라서 작가 프루스트의 많은 자전적인 요소, 가령 인물들이나 에피소드들이 소설 속에 그대로 녹아 있는 것이 사실이다. 소설 속에서 마르셀은 감수성이 풍부하고 섬세하며 문학을 좋아하는 소년으로서 여러 소녀와 사랑에 빠지고, 우정도 경험하며, 꿈에 그리던 귀족 사교계에 입문하고, 전쟁을 겪기도 하지만 그 과정 끝에 이러한 모든 것들의 허망함을 깨닫고 결국 삶이 끝나도 영원한 것은 예술뿐이라는 결론에 다다른다. 마르셀이 소녀들의 품에서, 살롱 등에서 보낸 '잃어버린 시간'은 사실 소설을 집필하기 위해 필요한 시간이었던 것이다. 머리가 희끗하게 세기 시작한 중년의 마르셀은 자신에게 얼마 남지 않은 시간을 평생의 대작인 소설을 쓰는 데 모두 할애하기로 결심하면서 소설은 끝난다. 그런데 마르셀이 쓸 것이라 결심하는 미래의 소설이 사실 독자의 손에 쥐어져 있는 바로 그 현재의 책이며, 프루스트가 13년에 걸쳐 완성한 과거의 책인 것이다.

기록에 의하면 프루스트와 지드가 처음 만난 것은 1891년이라고 한다. 그 당시 이 두 청년은 모두 문학에 대한 열망으로 가득했으며, 귀부인들 및 예술가들의 살롱에서 다양한 사람과 만나던 시기였다. 지드는 상징주의 시인 말라르메가 주최하는 '화요회Les Mardis'를, 프루스트는 마들렌 르메르Madeleine Lemaire 및 작곡자 조르주 비제Georges Bizet의 미망인이 주최하는 살롱을 출입했다. 그러한 다양한 모임 중 한곳에서 만났던 이 두 사람은 환경도, 나이도 비슷하고 문학적 열정도 나누었을 법하지만 그것에 그칠 뿐 더 이상 생산적인 대화나 문학사에 남을 우정을 나누지는 않았다. 이들은 놀라울 정도로 많은 부분에서 닮았지만 최종적으로 추구하는 문학적 이상은 달랐던 것이다.

이 둘의 첫 만남으로부터 25년이 지난 1916년, 지드가 먼저 프루스트에게 편지를 쓴다. 당시 지드는 ≪신프랑스 평론≫을 창간해 편집인으로 활발히 활동하고 있었다. 지드를 비롯, 자크 코포Jacques Copeau 등 젊은 문인들이 합세해 창간한 월간지 형식의 이 새로운 동인지는 당시 전통적이며 보수적인 주류 문단에 대항하고자 젊고 유망한 신진 작가들을 발굴해 그들의 새로운 목소리를 실음으로써 프랑스 문단에 신선한 바람을 몰고 왔다. 이후 문화부 장관이 되는 『인간의 조건La Condition humaine』의 작가 앙드레 말로André Malraux나 장 폴 사르트르Jean-Paul Sartre의 초기 글들이 이 문예지를 통해 발표되기도 한다. 1911년 가스통 갈리마르Gaston Gallimard가 편집인으로 합세하면서 실질적인 운영자가 되고 ≪신프랑스 평론≫은 갈리마르 출판사의 원조가 된다. 당시 지드는 『좁은 문』의 성공으로 작가와 출판인으로서 유명세를 누리고 있었다.

반면 프루스트는 영국의 대문호 존 러스킨John Ruskin의 책 두 권을 번역하고, 문예지나 일간지 등에 다양한 형태의 에세이를 발표했다. 그러나 이렇다 할 대표적인 작품 없이 중년을 보내고 있었고, 그는 지인들에게 돈 많고 시간 많은, 글 좀 쓰는 멋쟁이 한량으로 인식되어 있었다. 그러다가 자신의 삶을 담은 소설을 쓰기로 결심하고, 점점 더 심해지는 천식 때문에 코르크 마개로 모든 구멍을 막아 외부의 먼지와 소음으로부터 완전히 차단된 방에 숨 막힐 듯이 진한 향을 피워놓고, 그 안에 자신을 가둔 채 밤낮이 바뀌는 생활을 하면서 집필 활동에만 전념하기를 수년, 마침내 『잃어버린 시간을 찾아서』의 제1권을 구성하는 『스완네 집 쪽에서 Du côté de chez Swann』를 완성한다. 그러나 이 책을 출간하기란 쉬운 일이 아니었다. 프루스트는 자신의 작품이 거대한 구조로 되어 있으며, 분량 또한 방대할 것임을 알고 있었기에 작품의 전체적인 구조를 1권의 마지막 부분에 예고한다. 하지만 독자 입장에서 그 첫 권만 읽었을 때는 명확한 줄거리도 없고, 인물들은 일관성이 없는 듯하고 문장은 또한 지나치게 길어 어디서 끊어 읽어야 할지 모르겠으니 출판사 측에서는 참으로 난감한 작품이었던 것이다. 따라서 프루스트가 여러 출판사 및 문예지에 원고를 보냈을 때 모두에게 거절을 당하는데, 그 중에는 지드의 ≪신프랑스 평론≫도 있었다. 결국 프루스트는 자비를 들여 지인인 그라세가 운영하는 출판사를 통해 『스완네 집 쪽에서』를 출간하지만, 대중은 물론 평단은 무관심으로 일관한다. 간혹 이 소설에 대해 언급하는 몇몇 평론이 있기도 했지만, 그런 경우는 혹평에 가까웠다. 어떤 이는 "점잖은 신사가 잠이 오지 않아 침대에서 뒤척거리는 모습을 왜 수 쪽에 걸쳐 글로 표현했는지 도저히 이해가 되지 않는다"라고 하거나 또 다른 이는 "이 책을 읽는 것은 제목처럼 '잃어버린 시간'이다"라고 신랄히 비난하기도 했다. 그럴 때마다 프루스트는 자신의 작품을 옹호하고 이해시키고자 그런 혹평을 쓴 평론가에게 편지로 일일이 답변했다.

프루스트가 ≪신프랑스 평론≫에 보낸 원고를 지드가 거절한 사실은 프랑스 문단에서 유명한 에피소드로 남는데, 지드가 거절한 이유가 흥미롭다. 지드가 25년 전 프루스트와의 첫 만남을 기억하는지는 모르겠지만 이후 지드가 『배덕자L'Immoraliste』, 『좁은 문』 등을 통해 젊은 나이에 이미 활발한 작품 활동을 하고 세습과 규범에서 벗어나 완벽한 자유를 찾는 자아의 목소리를 내는 실험적인 작품세계를 구축했다면, 그런 지드에게 프루스트는 여전히 귀부인들의 살롱을 출입하면서 그들의 마음에 들고자 아부하고 시류에 편승하는 글이나 쓰는 그런 한심한 작가로 보였던 것이다. 그런데 그런 프루스트가 자신이 창간한 ≪신프랑스 평론≫에 원고를 보냈으니, 지드는 그것을 읽어보지도 않고 거절했던 것이다. 프루스트 또한 그 사실을 알고 있었던 것으로 보인다. 당시 프루스트에게는 니콜라 코탱Nicolas Cottin이라는 개인 비서가 있었는데, 그에게는 아무도 흉내 낼 수 없는 매우 특이한 방식으로 매듭을 짓는 방식이 있었다. 그런데 ≪신프랑스 평론≫이 자신의 원고가 담긴 소포를 거절의 편지와 함께 돌려보냈을 때, 소포를 묶은 코탱의 매듭이 그대로 있었다는 것이다. 즉, ≪신프랑스 평론≫ 측 관계자들이 투고한 원고를 읽는 출간인으로서 최소의 의무도 이행하지 않았다는 사실을 증명하는 것이다. 지드도 그 중 한 명으로서 프루스트에게 그러한 점을 인정하는 편지를 쓴다. 그러나 『스완네 집 쪽에서』가 1913년에 출간된 후 우연한 기회로 그것을 읽게 된 지드는 그 순간 바로 자신이 얼마나 큰 실수를 했는지 깨닫는다. 여기서 처음 소개할 편지는 1914년 1월 11일자 편지로 지드가 직접 프루스트에게 사죄하고 용서를 구하는 내용을 담고 있다. 지드는 프루스트의 첫 권을 읽은 뒤 그 작품의 시대를 앞선 독보적 가치를 간파한 몇 안 되는 이들 중 한 명이 되었고, 프루스트가 쓸 다음 권의 가치를 믿어 의심치 않게 된 것이다.

***

지드가 프루스트에게[1]

1914년 1월 11일

친애하는 프루스트 씨,

며칠 전부터 저는 당신의 책을 손에서 놓지 않고 있습니다. 온통 당신의 글들로 저의 생활을 채우며 포만상태로 며칠째 보내고 있습니다. 하지만 당신의 소설을 좋아하게 된 만큼 한편으로는 괴로움을 느끼는 이유는 무엇일까요?

이 책의 출판을 거부했다는 사실이 ≪신프랑스 평론≫의 가장 커다란 오명으로(여기에 저의 책임이 컸다는 사실에 부끄러움을 느끼는 바입니다), 또한 제 인생에 지울 수 없는 후회와 자책감을 남기게 될 것입니다. 제가 그러한 치욕적인 결정을 내린 것은 불가피한 숙명이라고박에 할 수 없을 것 같습니다. 20여 년 전 몇 차례에 걸친 모임에서 당신을 만났을 때 저는 당신에 관해 X부인이나 Y부인이 주최하는 사교모임에나 드나드는 그렇고 그런, 할 일 없는 사람이라는 고정 관념을 가지고 있었음을 고백합니다. 저는 당신이 그런 살롱에 초대되어 그곳에 왔던 사람들이며, 오갔던 대화들을 모아 ≪르 피가로Le Figaro≫ 등의 신문에 게재했던 기사들을 종종 대했었기 때문에 신통찮은 글쟁이라고 생각했던 것이 사실입니다. 베르뒤랭Verdurin 쪽 인물로 못 박음질을 했던 것이지요. 따라서 어떻게 보면 우리 출판사가 가장 꺼리는 성향의 작가였던 것입니다. …… .

그런데 이제는 당신의 책을 좋아한다고 표현하는 것만으로는 부족할 정도입니다. 저는 당신의 소설에 완전히 빠져 있습니다. 이 소설의 작가인 당신에 대한 애정과 존경은 이루 표현할 수 없는 바입니다. 더 이상 무슨 말을 할 수 있을까요. 제가 당신을 억울하게 판단했던 것처럼 당신 책의 출판을 거절하는 데 큰 목소리를 냈던 저를 언짢게 여길 수 있다는 사실에 생각이 미치면 너무나 후회스럽고 괴롭습니다. 제 과거의 선택을 스스로 용서하게 될 날이 오지는 않을 것입니다. 다만 제가 얼마나 후회하고 있는지를 오늘 아침 당신에게 고백함으로써 조금이나마 마음의 위안을 얻고, 또한 제 스스로 못하는 대신, 당신이 저를 조금이라도 너그러이 용서해주기를 바라는 마음입니다.

앙드레 지드

앞에서 살펴본 편지에서 지드가 언급하는 '베르뒤랭 부부'는 프루스트의 소설에 등장하는 인물로, 그들은 그들의 주택에서 정기적으로 사교모임을 주최한다. 그들은 교양이라고는 찾아볼 수 없고, 매우 속물적인 근성의 인물로 묘사된다. 특히 베르뒤랭 부인은 그녀의 살롱에 출입하는 손님들, 소위 '베르뒤랭 패거리'가 즐기는 저속한 농담에 하도 크게 웃는 바람에 턱이 빠지는 수모를 겪기도 한다. 그런데 지드가 프루스트를 그런 인물 중 한 명이라고 생각했다는 자체를 고백하는 것이 어떻게 보면 프루스트에게 큰 모욕이라고 할 수 있는데, 그것을 감수하고서라도 고백하는 이유는 지드가 프루스트의 원고를 거절할 수밖에 없었던 이유를 납득시키기 위한 노력이라고 생각된다. 이 편지에 직접적으로 나타나 있지는 않지만 지드는 이미 출판인으로서 프루스트가 쓰고 있을 소설의 다음 권을 ≪신프랑스 평론≫을 통해 출간할 바람이 있었던 것이다.

***

프루스트가 지드에게[2]

1914년 1월 12일(혹은 13일)

친애하는 지드 씨,

예전부터 종종 느껴오던 바이지만 거대한 기쁨을 느끼기 위해서는 그전에 사소한 기쁨을 누릴 수 있는 기회가 박탈되어야 하는 것 같습니다. 그러한 기쁨이 박탈되지 않았더라면 다른 기쁨, 즉 더욱 아름다운 기쁨을 느끼지 못했을 것입니다. 여러 차례에 걸친 ≪신프랑스 평론≫의 거절이 없었더라면 저는 당신의 편지를 받지 못했을 것입니다. 한 책의 글자들이 완전히 침묵하지는 않는다고 하더라도, 만약 (제가 믿는 바처럼) 책의 글자들이 광선을 분석하는 것과도 같고 타인이라는 멀리 떨어진 세계의 내적 구성에 대해 가르쳐준다면 당신의 편지를 받는 즐거움이 ≪신프랑스 평론≫을 통해 책을 출간하는 것보다 훨씬 크다는 것을 제 책을 통해 저를 이해하고 있는 당신이 모르지 않을 것입니다.

≪신프랑스 평론≫이 제 소설의 출간을 거부했다는 사실을 받아들일 수 없던 저로서는 여러 차례 그곳 관계자와 접촉을 시도했었음을 고백합니다. 당신이 잘 알고 있는 코포 씨께 이를 확인할 수 있을 것입니다. 마지막으로 다시 한 번 당신의 ≪신프랑스 평론≫에서 거부당한 후 한참 지난 어느 날, 코포 씨가 새로운 연극을 무대에

올린다는 사실을 알고는 그에게 다음과 같은 편지를 보낸 적이 있습니다. "당신의 연극을 비평가들이 이해하지 못하더라도, 기대했던 사람들이 제 소설을 저버렸을 때 제가 느낀 고통처럼 당신은 기대했던 사람에게 외면당할 때의 고통을 이해하지 못할 것입니다. 저는 제 소설이 최대한 빛을 발하기 위해서는 그에 어울리는 문예지를 통해 출간되어야 한다고 믿었고, 저의 글을 실어주던 신문사와 편집인이 있었지만 그들을 떠난 후 자존심을 버리고 결심을 단단히 한 채 당신께 편집인과 발행처를 문의했습니다. 하지만 당신 측에서는 제 소설을 어떤 형태로도 받아들이지 않았습니다. 성서에 그릇된 말이 하나도 없습니다"(그는 자신의 무리 속에 들어가려 했으나 그들은 그를 받아들이지 않았다). 코포 씨께 이런 문구를 인용한 것이 기억납니다. 통속극을 쓰는 작가들을 비난하는 것은 쉬운 일이며, 또한 통속극을 쓰지 않는 작가들까지 그들처럼 취급해서는 안 된다고 말한 적이 있습니다. 이들은 문예지에 게재하는 것이 더 어울림에도 불구하고 문예지에서 그 작가를 원하지 않기 때문에 신문에 글을 쓸 수밖에 없는 것입니다.

제가 이렇게까지 솔직하게 말하는 이유는 지금 이 편지를 쓰는 제가 당신께 무조건적인 감사의 마음을(물론 당신에 대한 존경을 포함해서입니다만) 느끼고 있다는 사실을 말씀드리기 위함입니다. 제 마음을 상하게 했다고 염려하신다면 그러지 않아도 된다고 당장 말씀 드리고 싶습니다(비록 당신의 편지를 통해 당신은 느끼지 못한 채 무의식적으로 제게 또 한 번 아픔을 느끼게 했을지라도 말입니다. 편지의 어떤 부분이 그렇게 느끼게 했는지는 제가 더 기력을 찾은 후에 말씀드리겠습니다). 당신이 준 아픔보다는 당신의 편지 하나로 인해 제가 느낀 기쁨이 천 배 더 크답니다. 당신이 다른 사람에게 한 일 때문에 괴로워하거나 기뻐하는 유형이라면(저는 당신이 그렇다는 사실을 당신의 뛰어난 『한 배심원의 노트Notes d'un juré』를 통해 알고 있습니다) 저는 당신께 기뻐하라고 하겠습니다. 당신이 제게 느끼게 한 기쁨을 제가 누군가에게 느끼게 할 수 있다면 얼마나 좋을까요.

아, 다음과 같은 사실이 기억나는군요. ≪신프랑스 평론≫에 제 소설의 출판을 요청한 이유는 저의 책에 어울리는 고귀한 느낌을 당신의 문예지가 갖추고 있기 때문이라고 판단해서라는 사실은 이미 앞서 말씀 드렸습니다. 하지만 전적으로 그 이유 때문만은 아닙니다. 오랜 고심 끝에 미지에 대한 두려움에도 집을 떠나 긴 여행을 갈 수 있도록 만드는 것은 가령 어떤 날, 어떤 시간에 포도송이를 먹는 것과 같이 과거 추억에 의해 임의적으로 선택된 아주 사소한 기쁨인 것입니다. 하지만 여행을 마치고 다시 집에 돌아오면 그것을 맛보지 않았다는 것을 깨닫게 됩니다. 그런데 제가 정말 솔직하게 말씀드리면 제가 이렇게 아픈데도 갈리마르 씨께 질릴 정도로 고집을 피우게 만든 그 작은 기쁨이 무엇인지 저는 잘 기억합니다. '당신이 제 소설을 읽게 될 것'이라는 기쁨 때문이었지요. "만약 ≪신프랑스 평론≫에서 출간된다면 그가 읽게 될 가능성이 클 텐데"라고 제 스스로에게 말했던 것입니다. …… 그런데 그 기쁨을 마침내 저는 그 여행가보다도 더 행복하게 누릴 수 있었습니다. 예상했던 바와는 다르게, 예상했던 순간과도 다르게, 하지만 더 뒤늦게, 다른 형태지만 더욱 강렬하게, 당신이 보낸 편지 하나로 느낄 수 있었습니다. 당신의 편지를 통해 저는 '잃어버린 시간'을 '되찾을' 수 있었던 것입니다.

이만 편지를 줄입니다. 이렇게 저는 비록 당신 곁을 떠나지만 당신의 『교황청의 지하실Les Caves du Vatican』은 오늘 저의 긴긴 밤을 옆에서 지켜줄 동무가 될 것입니다.

마르셀 프루스트

프루스트는 이처럼 편지를 통해 ≪신프랑스 평론≫에 여러 차례 출간을 부탁한 일, 하지만 그때마다 매번 거절당한 일이 자신에게 얼마나 큰 상처였는지를 약간은 책망 담긴 목소리로 전달한다. 하지만 프루스트의 특성 중 하나인 상대방의 마음에 들고자 하는 욕망이 여기에도 드러나는데, 그 결과 지드의 비위를 맞추는 말을 하는 것도 잊지 않는다. 가령 자신이 ≪신프랑스 평론≫을 통해 소설을 출간하려 했던 근본적인 이유가 바로 지드가 그것을 읽어보도록 하기 위함이었다는 말 등은 그 진실성을 의심하게 만든다. ≪신프랑스 평론≫의 명성이 프루스트를 유혹한 가장 큰 이유였을 것이다. 프루스트의 위 편지를 통해 알 수 있는 또 하나의 사실은 마지막 부분에서 알 수 있듯이 서로의 작품에 대한 문학적 교류이다. 지드와 프루스트는 이때부터 때로는 출판인 대 작가로서, 때로는 작가 대 작가로서 각자의 작품에 대해 설명을 하고 상대방의 의견을 구하는 모습을 보인다. 당시 지드는 『교황청의 지하실』에 대해 부정적인 반응을 보이던 평단 때문에 의기소침해져 있었다. 그런데 이 편지 이후 프루스트와 편지를 몇 번 더 교환하면서 자신의 책에 대해 프루스트가 긍정적으로 평가하는 것을 알게 된 지드는 프루스트에게 그 책에 대한 평론을 써달라는 부탁을 간접적으로 하기도 한다. 하지만 이미 프루스트는 자신에게 시간이 얼마 남지 않음을 알고 있었고, 온 신경이 자신의 소설을 완성하는 데 향해 있었기에 건강상의 이유를 핑계로 지드의 청을 거절한다.

이렇듯 지드와 프루스트는 ≪신프랑스 평론≫을 통해 출판인과 작가라는 관계를 유지하면서 편지 교환을 이어간다. 주로 프루스트의 소설에 대한 의견을 나누지만 지드는 자신의 책을 편지와 함께 동봉해 프루스트가 그것을 읽게 하고 다음 편지에는 그 작품에 대한 의견을 구하기도 한다. 두 작가의 거대한 공통점인 동성애라는 주제도 이 둘의 편지에서 중요한 자리를 차지하는데, 이번에 소개할 두 통의 편지는 그 주제를 다룬 것이다. 일단 프루스트의 편지는 '한 젊은 청년의 죽음'을 언급하며 시작하는데, 그 청년은 알프레드 아고스티넬리Alfred Agostinelli라는 모로코 출신의 개인 비서 겸 운전사였다.

둘의 만남은 프루스트가 노르망디의 해변가 마을에서 아고스티넬리가 운전하던 택시를 타면서 시작된다. 아고스티넬리의 이국적인 용모와 소박한 출신에 어울리지 않는 날카로운 지성에 매료된 프루스트는 일방적으로 사랑에 빠진다. 프루스트는 아고스티넬리에게 애인이 있다는 것을 알면서도 두 사람을 함께 고용해 자신의 파리 아파트에 거주하도록 한다. 이후 세 사람의 불편한 동거가 시작되는데 아고스티넬리에 대한 사랑과 질투의 감정을 프루스트는 소설 속에서 마르셀과 알베르틴Albertine의 관계에 그대로 투영시킨다. 소설의 제5권 『갇힌 여인La Prisonnière』에서 마르셀은 자신보다 신분이 낮은 알베르틴이라는 여인을 해변가에서 만나는데, 여름 휴가철이 끝나자 그녀와 함께 파리로 온다. 알베르틴에게는 동성애적 경향이 있었는데, 그것을 알게 된 마르셀은 파리의 아파트에 그녀를 가두다시피해 그녀의 일거수일투족을 감시하는 것이다. 소설의 제6권 『사라진 알베르틴Albertine disparue』에서는 그러한 생활을 견디다 못한 알베르틴이 친척 아주머니 댁으로 도망치는데, 그곳에서 낙마 사고를 당해 사망한다는 비극적인 이야기를 담고 있다.

실제로 아고스티넬리도 프루스트의 감시와 참견을 견디다 못해 프루스트가 많은 돈을 주었는데도 고향인 모로코로 도망치다시피 해서 돌아온다. 택시 운전이라는 직업이 보여주듯이 아고스티넬리는 각종 새로운 기계에 관심이 많았는데, 비행기 조종에도 열정을 보였던 그에게 프루스트는 비싼 비행 수업료를 지불하기도 했다. 프루스트의 비서 역할을 하며 그가 쓴 자필 원고를 타이핑하면서 프루스트의 소설과 친밀해진 아고스티넬리는 비행 수업에 등록할 때 소설 속 두 등장인물의 이름을 빌려 '마르셀 스완Marcel Swann'이라는 가명을 사용하기도 한다. 그러나 아고스티넬리는 모로코에서 비행기를 조종하다가 비행 미숙으로 추락사를 당한다. 프루스트는 지드에게 보낸 편지 서두에서 아고스티넬리를 잃은 슬픔과 고통을 표현한다.

***

프루스트가 앙드레 지드에게 보낸 편지[3]

1914년 6월 10~11일

…… . 저의 개인적인 슬픔과 근심을 염려해주신 점 감사드립니다. 아, 한 젊은 청년의 죽음이 저를 이렇게 불행하게 하는 것으로 보아 그 청년은 저의 어떤 친구보다도 제게 소중한 존재였던 것 같습니다. 비록 소박한 태생이었고, 교육도 제대로 받지 못했지만 그가 제게 보낸 편지들은 그가 작가로서 큰 재능이 있었다는 것을 증

명하고 있습니다. 그는 매우 달콤한 지성의 소유자였습니다. 그러나 제가 그를 좋아한 이유가 비단 이 때문은 아닙니다. 그는 자신의 이러한 점을 깨닫지 못하고 있었고, 저 또한 그 사실을 발견하는 데 오래 걸렸습니다. 그의 뛰어난 지성은 그의 다른 특성과는 놀라울 정도로 어울리지 않는 것이었습니다. 제가 그의 이런 특성을 발견했을 때의 놀라움은 이루 말할 수 없었고, 저는 그에게 부분적으로나마 그 사실을 깨닫게 했습니다. 하지만 그는 자신이 진정으로 누구인지 알기 전에 죽음을 맞았고 미처 자신을 완성하지 못한 채 이 세상을 떠난 것입니다. 이 모든 것이 너무나 끔찍한 상황에서 벌어진 참이라 이미 약해질 대로 약해진 저는 그 이상의 고통을 어떻게 인내하고 있는지 모르겠습니다.

샤를뤼스Charlus를 너그럽게 봐주신 점 또한 감사드립니다. 저는 그 자신이 여자라는 사실을 모른 채 남성미에 매료된 동성애자를 그리고자 했던 것입니다. 모든 동성애자가 그와 같다는 것은 절대로 아닙니다. 하지만 제게는 이런 유형이야말로 흥미롭게 다가왔고, 제가 알기로는 여태껏 한 번도 그려진 적이 없었기 때문입니다. 나머지 동성애자들과 마찬가지로 그는 나머지 인간들과도 다릅니다. 어떤 면에서는 더 나쁜 쪽으로, 또 어떤 면에서는 훨씬 좋은 쪽으로 말입니다. 우리가 일반적으로 "관절염이나 신경쇠약을 앓고 있는 사람은 다른 사람들보다 민감하다"라고 하는 것처럼 저는 샤를뤼스가 동성애자이기 때문에 그의 형제인 게르망트Guermantes 공작에 비해 더 많은 것을 이해할 수 있고 더 섬세하며 민감하다고 믿습니다. 그 사실을 저는 처음부터 이해하고 있었습니다. 불행하게도 샤를뤼스에 관한 것뿐 아니라 다른 부분에 있어서도 제가 객관적으로 묘사하려는 노력은 많은 사람이 이 책을 미워하게 만드는 것 같습니다. 소설의 제3권에서 실제로 샤를뤼스는 중요한 부분을 차지할 텐데 동성애 혐오자들은 제가 묘사할 장면에 경악할 것입니다. 동성애 혐오자들이 아닌 다른 사람들도 동성애자를 여성적인 취향의 결과로 묘사한다는 것 자체를 싫어할 것입니다. ……

『잃어버린 시간을 찾아서』라는 제목에 대해 앙리 게옹Henri Ghéon 씨가 한 해석은 저를 정말 슬프게 했습니다. '잃어버린 시간'이라는 표현이 '과거'를 의미함은 분명합니다. 제가 이미 발표했다시피 제3권의 제목은 『되찾은 시간Le Temps retrouve』[4]이고 제가 무엇인가로 '향해'가고 있다고 명확히 표현한 바 있습니다. 제 글이 단순히 시간 많은 한량의 넋두리가 아님은 분명해졌다고 생각했던 것입니다. 그럼에도 오해를 일으키는 것을 보니 마지막에 발견되어야 할 진리를 아예 처음부터 알리고 시작했어야 하는 것일까요? 저는 그렇게 해야만 한다고 보지 않습니다. 스완이 오데트Odette를 샤를뤼스에게 맡긴 이유는 샤를뤼스가 학창 시절 스완을 짝사랑했다는 사실을 잘 알고 있었기에 경계할 필요가 없던 것입니다. 그런데 그러한 사실을 처음부터 밝히는 것이 작가의 임무는 아니라고 확신하는 것과 같은 이치입니다.

선생님과 이야기를 나누는 것이 너무 즐거워 피곤함을 무릅쓰고 이렇게 긴 편지를 씁니다. 이만 줄이며 애정과 존경심을 담아 다시 한 번 감사의 말씀을 드립니다.

마르셀 프루스트

***

지드가 프루스트에게 쓴 편지[5]

1914년 6월 15일

친애하는 프루스트 씨,

제가 마지막에 파리에 들렀을 때 당신을 방문하지 않았던 것을 너무나 후회하고 있습니다. 저를 마비시키고 제 삶을 완전히 망가뜨리는 제 지나친 신중함을 저주하고 있습니다.

제가 찾아갔더라도 당신을 만났을 가능성은 희박하지만 비록 그 확률이 1%였더라도 시도는 했어야 했는데 말입니다. 친구의 죽음으로 인해 당신의 상태가 더욱 악화되었다는 말에 제가 당신을 찾아가지 않았다는 사실이 더욱 고통스럽게 다가옵니다. 이미 여러 번 말했고 다시 한 번 강조합니다만, 만약 당신이 원한다면 당장 제게 연락을 주십시오. 저는 환자라면 익숙하답니다. 제 자신이 오랫동안 병을 앓았습니다. 저는 조용한 목소리로 이야기할 수 있답니다. 그리고 무엇보다도 경청할 줄 아는 능력이 있답니다. 당신에 대한 제 우정을 최대한 활용하십시오.

샤를뤼스의 훌륭한 초상은 사람들이 일반적으로 동성애자와 변태성욕자를 혼동하는 것에 부채질을 할 것 같습니다. 당신이 제게 보낸 편지에 밝힌 동성애에 관한 뉘앙스와 차이점을 사람들은 당신의 책에서 발견하지 못할 것입니다. 샤를뤼스는 단순한 한 개인에서 정형화된 하나의 유형으로 인식될 것입니다. 이는 당신의 작품을 칭찬하는 차원에서 하는 말입니다. …… .

객관성을 유지하려는 당신의 노력이 이해받지 못한다는 사실에 실망하거나 놀라지 마십시오(제가 최근에 문예지 ≪자유 노력L'Effort libre≫에서 읽은 기사는 통찰력이 떨어지는 것이었습니다). 당신의 책이 짊어진 운명은 『배덕자』나 『좁은 문』의 운명과 같은 것입니다. 저의 이 두 책에서 평론가들은 제 개인적인 고백의 흔적을 발견하려고 애썼지요. 제가 자서전이 아닌 소설을 쓴 것이라는 사실을 무시하고 말입니다. 당신과 제 소설들이 잘못된 해석을 뛰어넘어 생존할 수 있도록 충분히 강하고 지속성이 있기를 바랄 뿐입니다. 이 점에 대해서는 당신도 확신을 갖기를 빕니다.

그럼에도 『교황청의 지하실』에 대한 여러 좋지 않은 평이 이 책에 대한 평가를 오랫동안 잘못된 방향으로 몰고 가지 않을까 염려됩니다. 내가 보기에도 이 책은 그러한 오해를 불러일으킬 소지가 다분하다는 것을 인정합니다. 당신께 ≪르 피가로≫에 실을 저의 책에 대한 기사를 써주십사 하고 부탁하고 싶지만 당신이 요즘 많이 지쳤고 슬픔에 빠져 있다는 사실 때문에 망설여집니다. 저는 당신이 통찰력 있는 독자들 사이에서 높이 평가받고 있다는 사실을 잘 알고 있고 바로 그러한 독자들을 겨냥하고 싶은 것입니다. 그뿐 아니라 예전에 제게 보낸 편지들을 통해 당신이 내 소설을 얼마나 깊고 섬세하게 이해하고 있는지 알 수 있었기 때문입니다.

당신이 말하는 것처럼 게옹 씨가 쓴 당신의 소설에 대한 평론이 그렇게 심각한 영향을 주었고 다른 평론가들도 그를 따라서 같은 방향으로 글을 쓰고 있다고 생각되지는 않습니다. 당신의 책이 잘못된 방향으로 오해를 받고 있다면 그렇게 이해하는 것이 더 쉽고 어떤 면에서는 당신의 책 스스로가 그런 오해를 불러일으키고자 하는 경향이 있기 때문입니다. 하지만 소설의 전체적인 제목은 절대로 바꾸지 마십시오. 훌륭한 제목입니다. 또한 책이 진행되면서 서서히 진실을 밝히도록 하십시오. 독자들은 처음에 좋아하지 않았다는 이유로 오히려 나중에 더 열광할 것입니다. 만약 당신이 각 권의 소제목을 바꾼다면 그 또한 애석할 것입니다. 그 제목에 이미 얼마나 많은 독자가 친숙해져 있는지 당신은 잘 모르실 것입니다.

당신의 작품에 대해 더 많은 이야기를 할 수 있기를 바랍니다. 하지만 이제부터는 소설의 2권이 출판되는 날을 손꼽아 기다리겠습니다. ≪신프랑스 평론≫의 다음 호에 샤를뤼스가 어떤 모습으로 등장할지 기대해봅니다. 제가 그에 대해 할 말이 많을 것 같습니다.

이만 줄입니다. 당신이 제 편지에 답장이라도 하려고 한다면, 저는 당신께 편지를 보낸 사실을 후회할 것입니다

앙드레 지드

위 편지에서 지드와 프루스트는 『잃어버린 시간을 찾아서』의 대표적인 동성애자인 샤를뤼스라는 인물에 대해 언급하면서 다시 한 번 동성애에 대한 서로의 상반된 입장을 확인한다. 사실 샤를뤼스는 소설의 제1권에서부터 등장하지만 프루스트는 그가 동성애자임을 제4권 『소돔과 고모라 Sodome et Gomorrhe』에 이르러서야 밝힌다. 그전까지 독자는 샤를뤼스가 등장하는 부분에서 그의 의심쩍은 말이나 행동을 작가의 미숙함으로 치부하고는 했다. 그런데 『소돔과 고모라』에서 마르셀은 샤를뤼스와 조끼 재단사인 쥐피앵Jupien이 처음으로 만나는 장면을 목격하는데, 동성애자였던 두 사람은 서로의 성 정체성을 단번에 알아보고 한마디 말도 없이 몸짓

만으로 서로를 유혹한다. 쥐피앵을 오랫동안 자신을 수정시킬 꿀벌을 기다린 난꽃으로, 샤를뤼스를 오랜 비상 끝에 마침내 수정시킬 귀한 난꽃을 발견해 주변을 놀람과 희열에 차서 맴도는 꿀벌에 비유한 묘사는 프루스트의 뛰어난 문장력을 보여주는 대표적인 부분이다. 이 모든 광경을 먼 발치에서 목격하는 마르셀은 마침내 샤를뤼스의 동성애를 깨닫고 그때까지 의심스러웠던 샤를뤼스의 지나간 행동을 모두 이해하게 되는 것이다. 그런 샤를뤼스에 관해 프루스트는 그 어떤 미화도 하지 않는다.

소설의 마지막 권인 제7권 『되찾은 시간』에서 마르셀은 다시 한 번 우연치 않게 샤를뤼스의 동성애 행위를 목격한다. 이번에는 제1차 세계대전 중 독일 비행선의 폭격으로 폐허가 된 파리의 시내를 배회하던 나이 든 마르셀이 잠시 숨을 고를 겸 알지 못하는 어느 호텔로 들어간다. 그런데 바로 그 호텔 방에 난 작은 구멍을 통해 옆방을 엿보게 되는데, 그곳에는 두 손 두 발이 사슬에 묶인 샤를뤼스가 젊은 남창이 휘두르는 채찍질에 피투성이가 되어 고통과 희열에 몸을 내맡기고 있었던 것이다. 이러한 묘사는 프루스트가 지드에게 보낸 편지에 썼듯이 동성애 혐오자들은 물론 그렇지 않은 사람들까지도 동성애자에 대한 부정적인 이미지를 갖게 만들 수 있다. 동성애자였던 프루스트 자신이 동성애자를 이렇게까지 묘사한 데 대해서 지드는 자신의 동성애를 숨기기 위한 안전장치라며 비겁하게 여긴 반면, 프루스트는 그저 사랑의 다양한 형태 중 하나를 보여주고자 한 것이라고 주장한다. 『잃어버린 시간을 찾아서』에서 사랑은 양성애든 동성애든 하나같이 소모적이며 실현 불가능한 모습으로 그려진다. 프루스트는 지드와 달리 소설을 통해 자신의 동성애를 옹호하거나, 이를 사회적으로 관대하게 받아들여야 한다는 논지를 펼치지 않는다. 그저 인간사회에서 벌어지는 현상 중 하나로 인식해 관찰하고 분석하고, 그것을 글로 표현함으로써 소설의 다양한 주제 중 하나로 다루었다.

지드는 프루스트의 그러한 문학적 선택을 이해할 수 없었고, 그러한 선택은 동성애에 대한 사회적 편견을 더욱 굳힐 뿐이라고 믿었다. 그럼에도 그 밖의 다른 사항에 대해서, 가령 프루스트 소설의 전체적인 제목이라든지 그것을 이루는 각 권의 소제목들에 대해서는 편집인으로서 공정한 의견을 전한다. 프루스트와 지드가 편지 속에서 언급하는 게옹이란 인물은 지드의 오랜 친구이자 ≪신프랑스 평론≫의 또 다른 편집인 중 한 명인 게옹을 말하는데, 그는 1913년 프루스트가 제1권을 출간했을 때 ≪신프랑스 평론≫에 매우 비판적인 평론을 쓴 적이 있었다. 그 사실에 대해 프루스트는 지드에게 평단의 몰이해에 대한 불만을 토로하듯 이야기한 것이었고, 지드는 프루스트를 안심시키기 위해 답변한 것이었다. 제1차 세계대전이 발발하면서 출간이 중단되었다가 전쟁이 끝나고 1919년이 되어서야 제2권인 『꽃 핀 처녀들의 그늘에서A l'ombre des jeunes filles en fleurs』가 발행된다. 이번에는 물론 ≪신프랑스 평론≫을 통해서 출간된다. 제1권에 대한 전체적인 몰이해와 혹평에 대조적으로 제2권은 출간되자마자 그해 가장 권위 있는 문학상 중 하나인 공쿠르상을 수상한다. 드디어 많은 이가 프루스트 소설의 예술적 가치를 인정하게 된 셈인데, 넘치는 축하 메시지와 편지에 일일이 답변할 수 없음에 프루스트는 행복한 비명을 지르기도 한다. 그러나 그 이후에도 프루스트의 칩거생활은 계속되어 마침내 숨을 거두는 순간까지 소설 집필에 전념하고 대작을 완성한다. 프루스트의 소설은 작가가 사망한 뒤 1927년에야 출간이 완성된다.

지드와 프루스트의 만남은 계속되어 프루스트가 거동이 자유롭지 못한 순간까지도 이어지는데, 지드는 침상에 누워 있는 프루스트를 찾아갔고 그러한 만남과 그 당시 대화를 지드는 일기에 기록하기도 한다. 그때의 만남에서도 두 사람의 대화의 주제는 동성애였으며 의견차는 좁혀지지 않았으나 지드는 프루스트의 미학을 어느 정도 이해하는 모습을 보인다. 프루스트는 평생의 대작을 완성하고 1922년 숨을 거두는 반면, 지드는 1951년에 사망할 때까지 왕성한 집필 활동을 하며 노벨문학상을 수상하기도 한다. 19세기 후반과 20세기 중반에 이르기까지 프랑스 문단에서 거장으로 떠오른 이 두 작가가 그들을 잇는 여러 공통점이 있었음에도 서로 다른 문학관을 추구하며 각자의 자리에서 고유의 작품세계를 구축한 것이다.

제14장

뒤라스와 얀 안드레아의 '불가능한 사랑의 항해'

박금순 | 연세대학교 번역문학연구소 전임연구원

마르그리트 뒤라스 Maguerite Duras(1914~1996)는 프랑스 문단에서 손꼽히는 작가이다. 대표작 『연인L'Amant』으로 공쿠르상을 수상하면서 세계적으로 유명해진 작가이기도 하다. 평생 글쓰기의 광기에 사로잡힌 뒤라스의 작품에는 얀 안드레아 슈타이너Yann Andréa Steienr라는 젊은 남자가 있었다. 얀 안드레아를 처음 만났던 1980년 여름, 그 당시 잡지에 기고하면서 이미 쓰고 있던 『80년 여름L'Eté 80』은 얀 안드레아에게 바쳐지며 1981년, 암흑으로만 구성된 매우 특이한 영화인 〈대서양의 남자L'Homme atlantique〉에서 얀 안드레아는 주인공으로 등장한다. 또한 1986년 호모 남자를 주인공으로 한 작품인 『푸른 눈 검은 머리Les Yeux bleus, cheveux noirs』에는 얀 안드레아의 모습이 좀 더 상세하게 드러난다. 1982년에 출간된 『죽음의 병La Maladie de la mort』 역시 호모인 얀 안드레아를 염두에 둔 작품이다. 이후

1992년에는 『얀 안드레아 슈타이너Yann Andréa Steienr』라는 제목으로 한 권의 책을 출간한다. 이 작품에는 40살 이상의 나이 차이가 나는데도 운명적으로 서로 얽히는 두 인물의 상황이 잘 드러나 있다.

얀 안드레아의 원래 이름은 얀 르메Yann Lemée이다. 뒤라스는 얀이라는 이름만 남겨둔 채 그의 성을 박탈하고 그의 어머니의 이름인 얀 안드레아라는 이름을 붙여준다. 얀 안드레아는 노르망디의 작은 도시 캉Caen에서 철학교수 자격시험을 준비하던 젊은 청년이었다. 어느 날 트루빌Trouville-sur-Mer에서 열린 영화 〈인디아 송India Song〉에 대한 토론이 있던 자리에서 두 사람은 처음 만난다. 그러나 얀 안드레아는 이미 뒤라스의 작품 『타르키니아의 망아지들Les Petits chevaux de Tarquinia』을 읽고 그녀의 작품에 열광하던 청년이었다. 얀 안드레아는 뒤라스를 만난 후 그녀에게 수많은 편지를 쓰기 시작하고 결국 이 편지가 매개체가 되어 두 사람은 상식적으로는 이해하기 힘든 운명적인 삶을 살게 된다.

얀 안드레아가 보낸 편지들에 대해 뒤라스는 그가 보낸 편지들에 대해 "사막 같은, 삶이 존재하지 않는 죽음의 장소로부터 외치는 편지들", "너무나 완벽하게 아름다운 외침"[1]이라고 말한다. 그로부터 수십 통의 편지를 받았지만 뒤라스는 읽기만 할 뿐 답장을 쓰지 않는다. 그러던 중 몇 달 동안 편지가 끊기자 뒤라스는 그에게 편지를 쓴다. 뒤라스는 얀 안드레아의 편지에서 한 청년의 고통을 읽어내는데, 이는 자신 역시 고독한 생활을 하고 있었기 때문이었다. 얀 안드레아에게 보낸 편지에는 당시 뒤라스의 고독한 상황이 고스란히 담겨 있다.

***

> 어딘가, 끝에 서 있다는 느낌이 들 뿐 그냥 그런 기분입니다. 술을 또다시 마시기 시작했어요. 겨울 저녁에 마시는 술. 주말마다 찾아오는 친구들이 몇 년 전부터는 발길을 끊었습니다. 내가 오지 말라고 했거든요. 그래서 나는 10명이 충분히 살 수 있는 노플르샤토 Neauphle-le-Château의 이 커다란 저택에서 홀로 살아가고 있어요. 방 14개가 달린 집에서 혼자 말입니다. 텅텅 비어 있는 저택에서는 모든 소리가 울립니다.

1980년 여름, 당시 뒤라스는 로슈누아르 호텔Les Roches noires에서 혼자 살고 있었다. 그녀는 글을 쓰는 홀로 된 여인처럼 외부 사람과의 관계를 차단한 채 스스로 고독 속으로 도피한 여인이었다.

얀 안드레아가 편지를 쓰기 시작한 지 몇 년이 지난 뒤 어느 여름날, 그는 뒤라스에게 찾아가겠노라는 편지를 쓴다. 뒤라스는 왜 오느냐고 묻고, 그는 서로를 알기 위해서라고 대답한다. 그녀의 집 안뜰로 키 크고 깡마른 체구의 얀 안드레아가 들어선다. 뒤라스는 자신이 머물던 방의 발코니에서 그가 안뜰을 가로질러 오는 것을 바라본다. 얀 안드레아가 그녀의 집을 처음으로 방문하던 모습을 뒤라스는 다음과 같이 상세히 묘사한다.

> 그때가 그러니까 7월 초, 아침 11시였습니다.
>
> 1980년 여름이었지요. 바람과 비가 있었던 여름이었습니다. 간스크의 여름이었죠. 울고 있는 어린아이의 여름이었어요. 젊은 여교사의 여름이죠. 우리의 이야기가 있었던 그 여름, 여기 이 책에 쓰

인 이야기의 배경이었던 여름 말입니다. 얀 안드레아 슈타이너라는 아주 젊은 청년과 책을 쓰던 늙고 홀로 된 여인과의 이야기가 쓰이던 여름이요. 유럽이 그러했던 것처럼 그 젊은이는 위대했던 여름에 홀로였으며 그 늙은 여인 역시 혼자였습니다.

당신이 날 찾아오겠다고 했을 때, 난 내 방을 찾을 수 있도록 미리 호수를 가르쳐주었지요.

그리하여 글을 쓰고 싶어 하는 청년이었던 얀 안드레아는 뒤라스의 글쓰기의 삶 속으로 들어선다. 그 후 얀 안드레아는 캉으로 돌아가지 않는다. 1996년 3월 3일 일요일 오전 8시, 뒤라스의 마지막 호흡이 끊기는 순간까지 뒤라스 곁에 머무른다.

뒤라스는 얀 안드레아의 차분하면서도 부드러운 목소리에 매혹된다. 문을 노크해도 문이 열리지 않자 얀 안드레아는 "저예요, 얀이에요" 라고 대답한다. 뒤라스는 이 목소리를 잊지 못한다. 인간의 목소리에 민감했던 뒤라스는 얀 안드레아가 처음 나타났던 날의 목소리를 "믿지 못할 정도로 부드러운 목소리, 우아하고 세련된 목소리, 당신의 편지와 같은, 내 인생과 같은 목소리"라고 표현한다.

엄청나게 부드러우면서도 겁먹은 듯 냉정한 목소리는 겨우 감지할 수 있을 정도로 미세했고, 어찌 보면 마치 표현되고 있는 그 음에서 다른 방향으로 낯설게 새어나가는 것 같기도 했어요. 그때부터 12년이 지난 지금도 난 당신이 냈던 그 목소리를 듣고 있어요. 내 육체로 흘러 들어온 그 목소리를. 그 목소리는 형상을 지니고 있지 않았죠. 중요하지 않은 사물에 대한 이야기를 소리 없이 표현하는 목소리였어요.

그날 밤 두 사람은 쉴 새 없이 글 쓰는 일에 대해, 작품에 대해 이야기를 나눈다. 뒤라스는 바다를 향해 창문이 나 있는 아들 방에서 그가 자고 가도 된다고 허락했고, 두 사람은 포도주 두 병을 마시며 밤을 샌다. 얀 안드레아는 트루빌에서의 첫 번째 밤을 뒤라스가 그토록 좋아하는 바다가 보이는 방에서 보낸다. 뒤라스는 자신의 방에서 그의 방에 귀를 기울이고, 아무 소리도 들리지 않는 그의 방에서 '청춘의 욕망이 담긴 고독감과 고통의 나날, 미래에 대한 중압감이 주는 무미건조한 나날, 하루 이틀, 한 달, 일 년, 납덩이같이 무거운 그런 세월, 그의 텅 비어 있는 듯한 눈길'을 읽어 낸다.

얀 안드레아가 도착한 다음날, 두 사람은 푸르고 어두운 달밤 아래에서 아무 말 없이, 아무런 입맞춤도 없이 사랑을 나눈다. 그리고 두 사람은 뒤라스의 가슴속 깊은 곳에 묻혀 있는 '테오도라 카츠Théodora Kats', 푸른 눈빛에 아름다운 육체, 흰색 원피스를 입고 흰색의 장갑과 신발을 신고 화장터로 갈 죽음의 기차를 2년간 매일 같은 역에서 순진무구하게 기다렸던 영국의 여인, 당시 '죽음의 유럽에서 방황하는 흰빛의 여인'으로 소문났던, 뒤라스가 이름을 지은 이 여인에 대해 끝없이 이야기한다. 얀 안드레아는 '테오도라 카츠' 그 이름만 들어도 벼락 맞은 느낌을 갖는다. 두 사람은 그녀에 대한 이야기를 나누면서 함께 눈물을 흘린다. 뒤라스에게 눈물은 한 인간으로서 '도덕상의 의무이며 불가결한 필수품'이었다. 자신의 인생 때문에 울지 않을 수 없으며, 그녀에게 글을 쓴다는 것은 우는 것과 같다고 말한다. 테오도라 카츠라는 이름은 뒤라스에게 작품으로 구현되지 않은 침묵의 지대, 무어라 명명할 수 없는 모호하기 이를 데 없는 불투명한 세계를 의미한다. 테오도라 카츠라는 인물에게 포착하기 힘들고 표현하기 힘든 자신의 내면을 투영한 것이다. 얀 안드레아는 계속해서 테오도라 카츠에 대해서 물어보았고 그녀에 대해 글을 쓰지 않느냐고 물었다. 이 물음에 대해 뒤라스는 "테오도라, 한 권의 책으로 나타내기에 그녀는 넘치게 큰 존재"라고 말한다.

『얀 안드레아 슈타이너Yann Andréa Steiner』에 나오는 열여덟 살의 젊은 여교사와 회색빛 눈동자를 지닌 6살의 어린아이에 대한 이야기 역시 이 두 사람의 또 다른 분신이라 할 수 있다. 이 작품에는 뒤라스의 작품에서 흔히 나타나는 죽음과 사랑의 테마, 그리고 배경이 되는 바다, 여름, 고독과 침묵, 회색빛 눈동자, 유태인, 어린아이 등의 많은 테마가 담겨 있다. 뒤라스는 얀 안드레아에게 슈타이너라는 성을 부여했는데, 그것은 그녀의 작품 〈오렐리아 슈타이너Aurélia Steiner〉의 유태인 소녀의 성과 같다. 뒤라스에게 아이와 유태인에 대한 사랑은 그녀의 글쓰기의 행위와 등가적 의미를 지닌다. 그래서 자신이 사랑하는 얀 안드레아에게 유태인의 성을 부과한 것이다. 유태인은 그녀의 삶과 작품을 회색빛으로 물들이는 가장 고통스러운 문제였다.

두 사람은 문학적인 면에서 거의 모든 것을 공유했다. 하지만 마흔 살 이상의 나이 차이가 나는 데다 정상적인 성관계를 벗어나 있는 젊은 얀 안드레아와의 관계가 순탄한 것만은 아니었다. 1986년에 출간된 소설 『푸른 눈 검은 머리Les yeux bleus cheveux noirs』에서는 얀 안드레아의 모습을 엿볼 수 있다. 그는 밤이면 트루빌 언덕 위에 있는 고급 호텔의 술집 웨이터들을 찾아다니는 호모였다. 알코올 중독으로 치료를 받고 있던 뒤라스는 얀 안드레아를 만나면서 다시 술에 빠져들기 시작한다. 얀 안드레아는 1982년 뒤라스가 알코올 중독으로 죽음 직전에 이르는 혼수상태에 빠졌을 때의 상황을 담은 작품을 『M. D.』라는 제목으로 1983년 출간한다. 그리고 얀 안드레아는 뒤라스가 죽은 지 3년이 지난 후에야 겨우 자신의 삶을 추스르고 그녀와 함께 산 16년 동안의 삶의 모습을 상세하게 그려내는 책, "이제 나는 말하고 싶다"로 시작되는 『이런 사랑Cet amour-là』을 출간한다. 얀 안드레아의 이 책에서는 수식어가 생략된 간결한 문장, 빠른 호흡, 형식에 구애되지 않는 서술 방식 등 뒤라스의 문체가 느껴진다. 이 책 안에는 평생을 글 쓰는 일에만 매달린 뒤라스의 모습, 그녀의 곁에서 그녀가 시키는 일이면 무엇이든지 하는 얀 안드레아의 모습이 그대로 서술되어 있다. 그는 그녀와 사랑을 나누었고, 요리를 했고, 그녀가 가자는 대로 차를 몰았고, 그녀와 가끔씩 춤을 추었다. 뒤라스는 춤추기를 좋아했고, 얀 안드레아는 춤이라면 완벽하게 출 수 있었다. 무엇보다 중요한 것은 뒤라스 자신도 알지 못한 채 그녀의 입에서 리듬을 타고 튀어나오는 단어를 하나도 빠뜨리지 않기 위해 빠른 속도로 타자를 치는 일이었다. 뒤라스의 매일의 생활은 오직 글을 쓰는 일에 집중되어 있었다. 두 사람에게 삶의 모험은 '오직 한 가지, 종이 위에서 펼쳐질 모험만이 존재할 뿐'이었다. 그들은 '섬과 같이 고립된 채' 종이 위의 단어와 문장의 항해를 계속했다. 언어 이전에, 언어의 뒤편에 존재하는 사랑이라는 감정에 몸을 실은 채.

격렬한 싸움과 몇 번의 이별 시도로 고통의 시간을 보내야 했지만 두 사람은 절대로 끝나지 않는 관계로 결박되어 있었다. 소유욕이 강했던 뒤라스는 얀 안드레아가 자기 아닌 다른 사람을 바라보는 것을 견디지 못했고, 그녀만을 바라보기를 원했다. 두 사람은 서로를 무한히 마음에 들어 했지만 트루빌 로슈누아르 호텔의 어두운 방에 서로를 가두어두는 생활은 힘겨웠다. 얀 안드레아는 그녀로부터 떠나려는 시도를 몇 차례 했지만 실패하고 만다. 몇 번이나 가방을 들고 역으로 나갔지만 결국 다시 그녀 곁으로 돌아오고 만다. 알 수 없는 그 무엇에 떠밀려 그는 죽을힘을 다해 글을 쓰는 그녀, 글을 쓰지 않을 때도 무엇인가를 늘 보고 있는 그녀, 매일매일 적합한 말을 찾기 위해 서성대는 그녀 곁에, 얀 안드레아는 그 자리에 있어야만 했다. 떠나고 싶은 욕망이 폭발할 때까지 그곳에 머물러 있을 수밖에 없었다. 그는 견딜 수 없었지만 다시 글쓰기에만 매달려 있는 그녀, 그를 끊임없이 바라보는 그녀 곁으로 언제나 돌아왔다. 그리하여 매순간 다시 이어지면서 새롭게 엮이는 관계 속으로, 결코 끝나지 않을 두 사람의 삶의 진실된 이야기를 엮어간다. 얀 안드레아는 말보다는 침묵을 사랑하는 사람이었다. 하지만 자신의 욕망과 고독감으로 인해 밤이면 소리를 질러대며 거리를 돌아다니는 그는 때로는 뒤라스와 자기 자신을 포함한 모든 것을 포기하고 싶은 유혹에 시달렸다. 그래서 그는 뒤라스를 향해 "하루 종일 글 나부랭이나 끄적거리는, 모두에게서 버림받은 늙은 미치광이, 노르망디의 창녀"라고 폭언을 퍼붓기도 한다.

동성애를 다룬 소설 『푸른 눈 검은 머리』에는 호모가 갖는 고독감이 잘 드러나 있다. 동성애 성향을 지닌 얀 안드레아를 곁에서 지켜본 뒤라스는 동성애를 죽음, 비애, 고독과 연결시킨다. 그것을 신으로부터 버림받은 자의 고통, "강제 수용소나 전쟁을 낳은 신"[2]으로부터 버림받은 자의 비애, 그 무엇으로도 정의할 수 없는 불가능성으로 간주한다. 저녁이면 바닷가에서 절규하는 얀 안드레아의 끊임없는 울부짖음, 얀 안드레아의 부드러운 목소리는 뒤라스에게 죽음을 환기시키고 그것을 그녀의 육체에 각인시킨다. 호모였던 얀 안드레아의 고독과 죽음이 뒤라스 자신의 것과 겹쳐지고 혼융된다. 두 사람은 마치 두 몸을 지닌 하나의 영혼처럼 서로를 바라보며 두 사람 안에 웅크리고 있는 죽음과 대면해 무언가 있음을 확인하기 위해서 서로의 몸을 맞대고 서로를 하염없이 쓰다듬으며 살 수밖에 없었다.

얀 안드레아는 뒤라스의 공개된 동반자로서 그녀가 가장 힘들었던 투병의 시간을 오롯이 지켜보고, 일생 동안 글쓰기의 동력을 제공한다. 임종 직전까지 뒤라스의 입에서 흘러나오는 말을 옮겨 적으며 그녀가 죽어가는 모습을 지켜본 마지막 연인이었다. 얀 안드레아는 뒤라스 곁에서 "말을 기다리며 보낸 오랜 침묵의 시간", "지혜로움에 대한 경외의 시간, 절대적인 침묵의 시간, 어떠한 비판도 허용하지 않던 끈기의 시간, 쓰인 글, 나의 눈앞에서 조금씩 완성되어 가던 책 앞에서 경탄을 금치 못하던 시간"을 보낸 이후 자신의 글을 쓰기 시작한다.

뒤라스는 죽음의 날이 가까이 다가옴을 느끼며 죽음에 대한 두려움 속에 일기 형식의 파편적인 글을 호흡이 끊어지기 직전까지 쓴다. 이 글은 1995년에 『이게 다예요C'est tout』라는 제목으로 출간된다. 이 책 안에는 뒤라스가 사랑한 연인 얀 안드레아에 대한 직설적이고 절대적인 사랑의 말들이 수사가 벗겨진 상태로 고스란히 담겨 있다. 뒤라스의 유서와도 같은 이 짧은 글은 형식적으로는 한 권의 일기 형식의 글이지만 내용상으로 볼 때 얀 안드레아에게 보내는 편지로 보아도 무리가 없다. 죽음의 고통과 싸우며 써나간 이 절박한 단문들은 대부분 얀 안드레아에게 말하는 방식, 혹은 편지 형식으로 이루어져 있다. 일생 동안 글쓰기에 매달렸지만 마지막 순간까지 누가 글을 쓰는지, 글을 쓰는 것이 도대체 무엇인지 모르겠다고 말했던 한 인간의 생명의 불씨가 서서히 사그라지는 모습을 곁에서 지킨 동반자, 얀 안드레아에 대한 사랑의 마지막 불꽃이 이 책의 페이지를 채운다.

뒤라스가 쓴 『이게 다예요』 중 몇 편의 글, 그리고 뒤라스가 죽고 난 후 얀 안드레아가 뒤라스에게 쓴 편지 한 편을 읽어보기로 한다.

***

얀에게

생브누아 거리rue Saint-Benoît, 1994년 11월 20일

우린 결코 알 수 없죠, 미리는.

우리가 무얼 쓰는지.

서둘러 날 생각해요.

내 밤의 연인 얀에게.

내 우러러 사모하는 이 연인의 정인,

마르그리트가 1994년 11월 20일 파리 생브누아 거리에서 적다.

***

얼마 뒤, 같은 날 오후

나는 당신에게 말하고 싶었어요.

당신을 사랑한다고.

그렇게 외치고 싶었어요.

그게 다예요.

***

생브누아 거리, 11월 27일 일요일

함께 있다는 것,

그것은 사랑이고, 죽음이고, 말이고, 잠자는 것이죠.

***

침묵, 그런 후

내게는 본보기가 있어본 적이 없어요.

나는 복종하면서 불복종했지요.

글을 쓸 때 나는 삶 속에서와 같은 광기에 휩싸여.

글을 쓸 때 나는 돌덩어리를 다시 만나요. 방파제의 돌들을.

***

생브누아 거리, 1월 3일

얀, 난 아직 여기 있어요.

난 떠나야 해요.

어디로 가야 할지 이젠 모르겠어요.

마치 당신에게 전화하듯 난 지금 당신에게 편지를 쓰지요.

날 보러 와줄 수 있겠죠 아마도.

난 알아요. 그게 아무 소용이 없으리란 걸.

***

1월 6일

얀, 오후가 끝날 때 즈음 당신을 보길 바래요.

내 온 마음으로.

내 온 마음으로.

***

2월 10일

저절로 가는 지성.

탈주자처럼.

사람들이 뒤라스에게 작가라는 말을 할 때,

그 말은 이중의 무게를 지닌다.

나는 원시적인 그리고 예기치 못하는 작가이다.

***

조금 뒤, 같은 날 오후

헛되고 헛되도다.

모든 것이 헛됨이요 바람을 뒤쫓음이라.

이 두 문장이 지상의 모든 문학을 낳는다.

헛되고 헛되도다, 그렇지.

이 두 문장만이 세계를 연다. 사물, 바람, 어린아이의 외침, 이 외침 동안에 죽는 태양.

세계가 멸망해버리길.

헛되고 헛되도다.

모든 것이 헛됨이요, 바람을 뒤쫓음이라.

***

3월 25일 토요일

수십 년이 이리도 빨리 흘러가는 것이 고통스럽다. 그렇지만 나는 아직 세상의 이편에 있다.

죽는다는 것은 정말 끔찍하다.

삶의 어떤 순간에, 사물들은 끝난다.

나는 그렇게 느낀다. 사물들이 끝난다고.

바로 그거다.

***

침묵, 그런 후

죽을 때까지 난 당신을 사랑할 거예요.

너무 일찍 죽지 않도록 힘써볼게요.

그게 내가 해야 할 모든 것이죠.

***

성 금요일le Vendredi Saint

당신의 눈물 속으로, 당신의 웃음 속으로, 당신의 흐느낌 속으로
날 데려가줘요.

***

다시 얼마 후

날 어루만져줘요.
나와 함께 내 얼굴 안으로 와요.
빨리 와요.

***

침묵, 그런 후

난 당신을 너무 사랑해요.
난 더 이상 글을 쓸 수가 없어요.
우리 사이의 너무도 거대한 사랑, 공포에 이를 만큼.

***

침묵, 그런 후

내가 어디로 가는지 알 수가 없어요.

두려워요.

함께 길을 떠나요.

빨리 오세요.

당신에게 편지들을 보낼게요.

그게 다예요.

글 쓰는 일이 두려워요.

날 두렵게 하는 그런 것들이 있어요.

***

침묵, 그런 후

난 모든 걸 다시 시작할 수 있어요.

내일부터.

언제라도.

난 책 한 권을 다시 시작하고 있어요.

나는 쓰고 있어요.

자, 봐요!

난, 언어를, 난 알고 있지요.

그 안에서 난 힘이 아주 세지요.

***

4월 13일

일생 동안 나는 썼지요.

얼간이처럼, 나는 그 짓을 했어요.

그렇게 되는 건 그리 나쁘진 않아요.

난 결코 거드름 부리지 않았어요.

일생 동안 쓰는 것, 그게 쓰는 것을 가르치죠. 그렇다고

아무것도 면해지지는 않아요.

***

침묵, 그런 후

난 하얀 나무토막이죠.

그리고 당신도 마찬가지에요.

다른 색깔의.

***

침묵, 그런 후

빨리 오세요.

빨리, 내게 당신의 힘을 조금만 주세요.

내 얼굴 안으로 와요.

***

6월 28일

사랑이라는 말은 존재해.

***

노플르샤토, 7월 3일 15시

당신에게 또 다른 야망이 있다는 걸 난 알아요. 당신이
슬프다는 걸 난 잘 알고 있지요. 하지만 그런 건 내게 상관없어요.
당신이 날 사랑한다는 것, 그게 가장 중요한 거죠.
나머지는 상관없어요. 내가 알게 뭐예요.

***

얼마 후, 같은 날 오후

난 존재하느라 으깨지는 것 같아요.
그게 내게 쓰고 싶은 욕망을 주지요.
당신이 떠났을 때, 난 당신에 대해 격렬하게 썼지요.
내가 사랑하는 남자에 대해.
당신은 내가 지금까지 본 중 가장 생생한 매력에 휩싸여 있어요.
당신은 모든 것의 작가이죠.
내가 했던 모든 것을 당신은 할 수 있었을 거예요.
이 문장을, 바로 이 문장을 당신이 포기했다고 말하는 것이 들려요.

***

침묵, 그런 후

당신 이 침묵을 듣고 있나요.

나, 나는 글을 쓰는 그녀를 대신해 당신이 말한

그 문장들을 듣고 있어요.

***

침묵, 그런 후

모든 걸 당신이 썼어요.

당신이 지닌 그 육체가.

나는 여기서 이 텍스트를 멈출 거예요. 당신의 다른 텍스트를,

당신을 위해 쓰인, 당신 대신 쓰인 텍스트를 붙잡기 위해.

***

노플르샤토, 7월 8일 토요일 14시

내 머릿속에는 이제 더 이상 아무것도 없어요.

텅 빈 사물 외에는.

***

노플르샤토, 7월 20일 오후

당신의 입맞춤, 나는 그걸 내 삶의 끝까지 믿어요.

안녕.

모든 사람이여, 안녕. 당신마저도.

모든 게 끝났어요.

아무것도 없어요.

페이지를 닫아야 해요.

지금 오세요.

거길 가야 해요.

***

7월 21일

어서 오세요

난 그 무엇도 사랑하지 않아요.

갈 수만 있다면 당신 곁에 가고 싶어요.

내 곁으로 와요.

이게 다예요.

난 그것에서 피해 있고 싶어요.

빨리 와서 날 어딘가에 놓아줘요.

***

침묵

당신처럼 될 수 없는 것, 그게 내가 아쉬워하는
그 무엇이죠.

***

7월 24일 월요일

와서 날 사랑해줘요.
오세요. 이 하얀 종이 안으로.
나와 함께.

난 당신에게 내 살을 주죠.
오세요.
빨리.

다시 볼 때까지 안녕이라고 말해줘요.
그게 다예요.
난 이제 당신에 대해 아무것도 알지 못해요.

난 해초를 들고 갈 거예요.

함께 가요.

***

거장 뒤라스에게[3]

사랑통르퐁Charenton-le-Pont, 2005년 8월 27일 토요일

1995년 2월 10일, 파리의 생브누아 거리입니다. 당신은 그대의 방, 창문으로 향한 책상에 앉아 있습니다. 당신은 창문을 등 뒤로 한 채 당신을 마주 보고 앉은 나에게 "나는 야생적이고 예기치 못하는 작가이다"라는 말을 받아쓰게 합니다. 나는 그 모든 낱말을 타이프로 칩니다. 1980년 트루빌의 어느 여름날 이후 뒤라스, 그녀가 발음한 모든 낱말을 기록합니다. 그런데 이 글을 읽어주고는 더 이상 아무 말이 없습니다. 침묵입니다. 방에는 당신과 나 외에는 아무것도 없어요. 당신이 어디에 있으며, 어느 곳으로 가려고 하는지, 어느 곳으로 가는 것을 꺼리는지 알 수 없습니다. 얼마간의 시간이 흐릅니다. 우리는 부엌으로 가려는 것이 아닌가요? 무언가를 먹으러가는 것이 아닌가요? 난 더 이상 아무것도 몰라요. 그랬지요. 늘 아무것도 모르지요. 말할 것도 없어요. 쓸 것도 없어요.

1995년 2월 10일 당시, 뒤라스 그녀가 본 것은 그녀에게 글을 쓸 수 있는 시간이 거의 남지 않았다는 것이었습니다. 당신은 날들을 정말 아껴야 한다는 것을 알고 있습니다. 우리에게 주어진 당신의 날들을. 여기 방에서 나와 함께 보내는 그 날들을. 그녀가 알지 못하는 것, 그것은 정확한 죽음의 날이죠. 죽음은 일 년 내에 닥칠 겁니

다. 아직 일 년은 온전히 살 거예요. 아직 몇 개의 낱말을 쓸 수 있는 일 년. 그게 다예요. 그러니까 당신의 죽음은 1996년 3월 3일 아침 8시, 생브누아 거리의 바로 그 방, 문 가까이 놓인 당신의 침대로 찾아올 것이었지요. 당신은 미동도 없이 누워 있어요. 감은 두 눈, 더 이상 숨결이 없는 입, 퇴색한 색색의 꽃들로 프린트된 순면 잠옷을 입은 채 누워 있어요.

우리는 거기에 있지 않아요. 우리는 여전히 그 마지막 날을 알지 못해요. 그래서 1995년 2월 바로 그날 오후에 당신은 당신의 방으로 되돌아가 책상 앞에 앉습니다. 언제나 그랬듯이, 당신은 만년필을 손에 쥡니다. 아무 말도 하지 않은 채, 나에게 아무것도 예고하지 않은 채, 펜을 손에 쥐고, 그녀는 단숨에, 단번에 휘갈겨 씁니다. 그런 후 글이 쓰인 종이를 내게 읽으라고 건넵니다. "헛되고 헛되도다 Vanités des Vanités".

그녀가 일어납니다. 응접실로 갑니다. 나, 나는 방에 남아 있습니다. 그리고 읽습니다. 나는 당신이 쓴, 당신의 손으로 쓴 낱말을 바라봅니다. 나는 살짝 변형된 글자들의 흔적을 봅니다. 나는 경탄합니다. 헛되고 헛되도다.

오늘 다시 그 페이지를 읽으면서 그것이 당신의 손으로 쓴, 최종적인 붕괴가 임박한 시점에 깨어 있는 당신의 정신으로, 아직은 살아 있는 그 숨결로 쓴 마지막 낱말이라는 사실을 분명히 깨닫습니다.

그렇지요.

뒤라스의 이 페이지는 모든 독자의 것입니다. 그것은 죽기 직전의 뒤라스, 죽는 순간의 뒤라스를 실제로 보게 합니다. 그녀는 늘 그래 왔듯이 글을 씁니다. 긴급한 심정으로, 진실로 진실하게.

그런데 성서 전도서의 이 대목이 있기 전 숲 속의 엘레노르Eléonore-de-la-Forêt에게 보낸 편지가 있습니다. 이 아이의 탄생은 또한 메콩강의 마르그리트의 탄생이었습니다. 그래서 예고된 당신의 죽음은 막 태어나는 이 아이에 의해 폐기되는 것 같네요.

그래요. 당신은 거짓말을 하지 않았어요.

그래요. 당신은 글을 썼어요.

그리고 실제로 당신은 야생적이고 예기치 못하는 작가입니다.

당신에게도, 우리에게도, 영원히 첫 번째인 독자들에게도.

우리는 너무나 거대하게 현전하는 뒤라스의 글을 읽고 또 읽습니다. 곧장 앞으로 나아가는 방식, 낱말을 사용하는 놀라운 방식, 반복되는 무미건조함, 문장의 낱말을 전진하도록 하는 이 실패. 이 글쓰기의 방식 때문에 나는 세상의 그 무엇보다도 당신을 사랑합니다. 그래요. 감히 그렇게 말합니다. 당신은 케케묵은 낱말들을 완전히 새롭게 변형시키죠. 그래요, 매 순간 세계에 속해 있는 이러한 방식, 낱말들을 막 내버려두려는 순간에 모든 것을, 세계와 세계 안의 사람들, 나를 밀어붙이는 그 방식, 그래요, 당연히 계속되는 이 글쓰기, 어디로부터 오는지 알 수 없는 이 글쓰기는 1996년 2월 29일, 그 날까지 계속되었지요. 그게 다예요. 당신의 방, 당신 침대에서의 그 날. 문 가까이 있는 침대에서, 축 늘어진 모습이 아니라, 곧은 자세로. 그리고 당신은 너무나 분명하게 이 말을 했지요. "당신을 사랑해요. 안녕."

누가 사랑한다고요?

무엇을 사랑한다고요?

당신이 무엇을 사랑한다구요? 당신을?

뒤라스, 그녀의 침상에서 마지막 말을 할 때까지 살아 있지요.
당신은 사랑합니다. 당신이 죽어가는 것을 지켜보면서 침대 끝, 거기에 앉아 있는 사람만 사랑한 것이 아니지요. 그렇고말고요. 당신이 쓴 낱말들을 읽게 될 독자를 이미 사랑하는 것이지요.
그럼요. 계속될 거예요. 당신의 글을 읽는 독서는 계속될 거예요.
그럼요. 그게 전부는 아니지요.
그럼요. 정말이지 결정적인 그날, 그 날짜는 아름답지만 사실 아무것도 아닙니다.
영원히 살아 있기를, 죽어가는 그 순간에도 영원히, 살지 않으려고 하는 그 순간에도, 침묵의 언저리에서도, 막 사랑을 나누려는 순간에도 영원히, 작은 소녀, 냉혹한 여자, 작가, 숭고한 여자, 파국을 불러오는 여자, 잘 웃는 여자, 자기 기만자, 정치가, 공산주의자, 경건한 여자, 신의 경쟁자, 파감자수프, 바닐라크림 등을 만드는 여자여, 영원히 살아 있기를. 센 강의 긴 강둑을 따라 자동차를 몰고서 오를리Orly를 향해 산책하기를, 블루문 노래를 부르고 또 부르기를, 정의를 부르짖기를, 그렇지요, 이 모든 것을 한꺼번에 하지요. 죽음까지도 실행하기를. 그것을 일생 시도하고 행하지요. 그러고 난 후, 정말로 완전히 죽는 거죠. 1996년 3월 3일 일요일 아침 8시.
또 다른 무엇을?
당신이 남겨놓은 책 꾸러미, 정말 고맙습니다. 당신은 그 책들을 한시바삐 사무실에서 옮기라고 하는군요.
물론이지요.

제15장

'영원한 방랑자' 유르스나르의 인생 여행

오정숙 | 경희대학교 프랑스어학과 교수

마르그리트 유르스나르Marguerite Yourcenar는 벨기에인 어머니와 프랑스인 아버지 사이에서 태어났다. 어머니가 분만 열흘 만에 산욕열로 숨지자 유르스나르는 여행과 모험을 좋아하던 부유한 아버지 밑에서 어린 시절부터 유럽 전역을 자유롭게 떠돌며 성장한다. 고대 그리스 고전에 대한 취향, 르네상스적 인본주의, 역사 속의 인간 존재에 대한 성찰의 글쓰기는 아카데미프랑세즈Académie Française 사상 최초의 여성이었던 대작가 유르스나르를 설명하는 대표적인 수식어이다. 시간의 경계와 공간의 한계를 자유로이 넘나드는 이 코스모폴리탄적 작가의 삶은 그녀의 분신과도 같은 두 주인공 하드리아누스Hadrien와 제농Zénon 만큼이나 세상 끝에서 다른 끝으로의 노마디즘nomadisme적 여행과 맞물려 있다.

아버지가 사망한 1929년부터 미국의 마운트데저트 섬Mount Desert Island에 정착한 1949년까지 그녀는 20년을 고정된 거주지 없이 이 호텔에서 저 호텔로, 유럽에서 아메리카로 지구 구석구석을 누비며 여행하듯이 인생을 살아간다. 생전 2,000여 편의 편지를 남겼지만 그중 300여 편이 최초의 서간집인 『친구들과 몇몇 다른 이들에게 보내는 편지들Lettres à ses amis et quelques autres』[1]에 수록, 출간되었다. 그녀는 『하드리아누스 황제의 회상록Mémoires d'Hadrien』으로 유명해지면서 자신의 모든 편지의 사본을 남기기 시작했고, 사망하기 7년 전에 이 편지들을 분류해 일부는 불에 태워버리고 일부는 하버드대학 도서관에 밀봉된 상태로 보내 사후 50년에 공개할 것을 유언으로 남기기도 했다. 이 서간집에 수록된 편지들은 까다로운 작가 자신의 검열과정을 거쳐 세상에 처음으로 출간된 것들이다.

▸ 유르스나르의 10대, 30대, 70대 모습이 담긴 책을 촬영한 사진

여기에 소개하는 7편의 편지는 유르스나르에게 삶과 여행이 어떻게 맞물려 있는지를 잘 보여준다. 특히 이 편지 속에는 여행이라는 일관된 주제 외에, 그녀가 평생 가장 뜨겁게 사랑했던 세 명의 사람이 등장해 더욱 더 흥미롭다.

첫 번째 편지[2]는 1933년 앙드레 프레뇨André Fraigneau에게 보내는 편지이다. 프레뇨는 그라세 출판사의 편집인이자 소설가로 작가 지망생이었던 유르스나르의 재능을 일찍이 알아보고 그녀의 초기 소설들을 출판해 준 남자이다. 그녀 스스로 완벽한 자유의 시기라고 불렀던 1929~1939년의

10년 동안 '신보다 더 사랑한 남자'로 기억될, 그녀의 이루어질 수 없는 첫사랑이었다. 그리스 조각 같은 외모의 소유자였던 프레뇨는 남자만을 사랑하는 동성애자였던 것이다. 전기傳記 작가 조지안 사비뇨Josyanne Savigneau에 의하면 프레뇨는 너무 맹목적으로 자신을 사랑하는 유르스나르를 떨쳐내기 위해 자신의 그리스인 친구 앙드레 앙비리코스André Embiricos를 소개시켜준다. 그리스 부호의 아들로 초현실주의 시인이자 정신분석가였던 앙브리코스는 이후 몇 년 동안 프레뇨에 대한 사랑의 상처로 괴로워하는 유르스나르를 위로해주는 치유자 역할을 한다. 첫 번째 편지는 유르스나르가 아테네Athènes에서 앙브리코스를 만나 시간을 보낸 후 그곳을 떠나기 전 프레뇨에게 보낸 편지이다. 이 편지에는 아직 사랑이 절망으로 바뀌기 전 프레뇨에 대한 그리움이 한껏 묻어나는 젊은 유르스나르의 풋풋함이 묻어난다. 또한 이제 막 데뷔한 젊은 작가로서 출판한 소설의 반응을 궁금해 하는 모습도 살짝 드러난다. 아테네는 이 시기 유르스나르에게는 사랑과 젊음의 도시였고, 미국에 정착한 후에는 인류 문명의 탄생지이자 요람으로서 그녀의 많은 작품에 공간적 배경으로 등장하는 원형적 도시이기도 하다.

두 번째 편지[3]는 1939년 작가 에마뉘엘 부도라모트Emmanuel Boudot-Lamotte에게 보내는 편지이다. 창작 제1기이자 불타는 사랑의 시기였던 질풍노도의 10년을 보낸 후 유르스나르는 막 발발한 제2차 세계대전의 포화를 피해 새로운 연인 그레이스 프릭Grace Frick이 기다리는 미국으로 막 떠나려는 참이었다. 하지만 편지에서 알 수 있듯이 고정된 거주지가 없어서 비자 발급을 받지 못하자 그녀는 갈리마르 출판사의 편집인이었던 부도라모트에게 그녀의 신분을 보장하는 증명서를 보내주기를 부탁한다. 우여곡절 끝에 유르스나르는 1939년 10월에 1년 체류 예정으로 미국을 향해 출항하지만 그녀가 다시 프랑스 땅을 밟게 된 때는 12년 뒤인 1951년이었다. 자신에게 어떤 운명이 기다리고 있을지 전혀 모르는, 방랑자 유르스나르의 모습이 잘 드러나는 편지이다.

세 번째 편지[4]는 1946년 미국에서 장 발라르Jean Ballard에게 보낸 편지이다. 발라르는 마르세유에서 1925년 문학잡지 ≪카이에 뒤 쉬드Cahiers du Sud≫를 창간해 1966년까지 발행했다. 폴 엘뤼아르Paul Eluard, 앙토냉 아르토Antonin Artaud, 미셸 레리스Michel Leiris 등의 글이 실렸고, 유르스나르의 글도 실린 적이 있다. 이 편지에는 미국에서 전쟁에 휩싸인 유럽의 소식을 접하며 느낀 안타까움과 그리움이 곳곳에 묻어난다. 특히 흥미로운 것은 본의 아니게 미국에 정착해버린 자신의 모습을 발 디딜 땅도 없이 침몰해버린 조난자처럼 묘사하고 있다는 점이다. 두 번째 편지에서 본 것처럼 그녀는 잠시 여행하듯이 미국을 다녀올 예정이었다. 미국에서는 그녀를 사랑하는 또 다른 여인, 프릭이 자신의 공부도 포기한 채 유르스나르를 위해 모성적 사랑을 던지고 있었다. 동성애에 기반한 프릭과의 동반자적인 삶은 그녀가 암으로 사망하는 1979년까지 이어졌고, 결국 방랑자 유르스나르는 난파선의 닻과도 같은 그녀 곁에서 안식을 구하며 1949년 미국 국적을 취득한다. 이 두 여인이 속세나 세상의 편견과 거의 단절한 채 보금자리를 구한 곳이 바로 미국 메인Maine 주에 속한 마운트데저트 섬이었다. 그토록 사랑했던 유럽의 반대편에 위치한 외로운 미국의 한 섬에서, 유르스나르는 인류 문명의 보편성을 새삼 깨닫는다. 고대 로마의 황제 하드리아누스와 르네상스의 지식인 제농이 조금씩 탄생할 준비를 하고 있던 것이다.

네 번째 편지[5]는 1977년 엘리 그레코프Elie Grekoff와 피에르 몽트레Pierre Monteret에게 보내는 편지이다. 그레코프는 화가이자 무대 장식가로 유르스나르의 희곡 〈엘렉트라 또는 가면들의 전락 Electre ou la chute de masques〉이 공연될 때 무대 장식을 맡았다. 몽트레는 그레코프의 친구이자 화가로서 1954년 유르스나르의 초상화를 그린 적이 있다. 세 번째 편지와 이 편지 사이에는 거의 30년의 세월이 놓여 있다. 이 사이 그녀는 소설 『하드리아누스 황제의 회상록』과 『흑의 단계 L'OEuvre au Noir』의 성공으로 프랑스뿐 아니라 세계적으로 대작가의 반열에 올라서며 작가로서의 명성을 누리고 있었다. 하지만 사생활에서는 프릭의 암투병으로 몇 년 동안 섬에서 꼼짝 못한 채 암흑의 시절을 보냈다. 편지에 묘사되어 있는 것처럼 중환자와 함께 떠난 3주에 걸친 알래스카 Alaska 여행은 그 자체로 모험이었다. 하지만 이 여행은 질식할 것 같았던 유르스나르의 숨통을 열어준 한 모금의 산소 같은 여행이었고, 또한 30여 년을 함께해온 자신의 동반자이자 영어 번역자였으며 때론 자신의 아내이자 엄마 역할을 했던 프릭과의 아름다운 마지막 여행이기도 했다. 프릭이 1979년 저세상으로 떠나자 유르스나르는 젊은 시절 아버지가 자신을 홀로 남겨두고 떠났을 때처럼 다시 한 번 미국의 외로운 섬에 홀로 남겨진다.

다섯 번째 편지[6]는 1981년 파리에 거주하던 미국인 도예가 팬스 프랭크 Fance Franck에게 보내는 편지이다. 프릭이 사망한 후 유르스나르는 곧바로 다시 여행 가방을 꾸린다. 이때는 33살의 젊은 미국인 사진작가 제리 윌슨 Jerry Wilson이 곁에 있었다. 이 남자는 1986년 에이즈로 사망하기 전까지 그녀의 남은 삶을 함께할 여행의 동반자이자 마지막 치열한 사랑의 대상이 된다. 하지만 얄궂은 운명처럼 이 남자 역시 프레뇨와 같은 동성애자였다. 어쨌든 유르스나르는 1980년부터, 즉 그녀 나이 일흔이 넘어 젊은 동반자와 함께 아프리카와 태국, 인도의 오지 등을 구석구석 누볐다. 이 편지에서는 여행을 다시 시작한 유랑자 유르스나르의 흥분이 느껴진다.

여섯 번째 편지[7]는 며칠 뒤에 쓰인 것으로, 윌슨과 함께 빵을 만들고 정원을 가꾸며 보내는 일상의 행복한 풍경이 그려져 있다. 다른 한편으로 문학을 멀리하게 된 이유도 기술되어 있다. 실제 유르스나르는 그를 만난 1980년부터 대부분의 집필을 그만둔 채 여행에 몰두하고 있었다. 이 시기에 여성으로는 최초로 아카데미프랑세즈 회원으로 선출되어 여론의 집중 조명을 받았지만, 그녀는 그 영광보다는 윌슨과 함께 보내는 시간이 더 소중했던 것이다.

일곱 번째 편지[8]는 1987년 그녀의 문학 발행인이었던 야닉 기유Yannick Guillou에게 보내는 편지이다. 일 년 전 그토록 사랑했던 윌슨을 먼저 떠나보내고, 자신에게 남아 있는 시간이 얼마 남지 않았음을 깨닫기라도 한 것처럼 유르스나르는 그동안 중단했던 자서전 3부작의 마지막 권 집필에 몰두한다. 글 쓰는 데 혼을 불사르면서도 그녀는 간호사를 동반한 채 여행 가방을 꾸린다. 같은 해 12월 17일에 세상을 뜨게 되니 이 편지에서 보듯이 사망 두 달 전에도 유럽에서의 강연과 여행 뒤 인도 봄베이Bombay로 떠날 계획을 잡고 있었다. 편지를 길게 쓰기에도 시간이 아까운 듯 편지는 툭툭 끊어져 있다. 실제 유르스나르는 인도 여행 가방을 꾸리다가 뇌출혈로 쓰러져 영영 일어나지 못하게 된다.

인생은 길고도 짧은 여행이고, 모든 존재는 이 여행길에 나선 영원한 나그네이다. 유르스나르의 마지막 작품의 제목이 『뭐? 영원이라고?Quoi? L'Eternité』인 것처럼 그녀는 그 누구보다도 치열하게 인생 여행을 떠났고, 다음에 소개할 7편의 편지들은 이 여행길에서 포착된 삶의 편린이라고 할 수 있다.

***

앙드레 프레뇨에게 보내는 편지

1933년, 아테네에서, 마르그리트 유르스나르

그리운 친구에게,

저는 이제 수많은 추억들을 뒤로 하고, 내년에 꼭 다시 오리라 기약하며 아테네를 떠납니다. 앙드레 앙비리코스가 준 그리스 음반들을 가져갑니다. 당신 친구 앙드레는 참 인간적입니다. 그 친구를 소개해주셔서 매우 감사드려요. 당신이 하는 일은 늘 그렇듯이 참으로 완벽합니다. 아테네를 떠나기 전 날, 우리는 아담한 카페가 모여 있는 아테네의 한 작은 카페 테라스에서 석양에 물든 아크로폴리스Acropole를 바라봤지요.

앙비리코스는 언젠가 당신과 함께했던 비슷한 저녁의 기억을 내게 이야기해주려 애썼습니다. 그때 참 행복했다고 당신께 꼭 전해달라고 하더군요. 제 책 소식 좀 알려주세요.

반응은 좀 어떤가요? 일종의 의무감 때문에 신경을 안 쓸 수 없네요.

저는 6월 12일에는 로잔Lausanne에 있을 겁니다. 당신도 곧 그리스에 가실 테니까 지금까지의 제 여행이 그랬듯이 멋진 여행이 되기를 소망합니다.

마치 아테네를 가보지 못했던 사람처럼, 그곳에 가게 될 당신이 그저 부러울 뿐입니다.

***

에마뉘엘 부도라모트에게

1939년 7월 17일, 로잔의 뫼리스 호텔hôtel Meurice에서, 유르스나르

보고 싶은 친구에게,

당신을 또 한 번 귀찮게 하려고 합니다. 문제가 좀 있어서요. 오늘 아침 제네바에 있는 미국 영사관까지 한달음에 달려갔는데 (예전에 제게 미국행 임시 비자를 발급해준 적이 있어요), 이번에는 제가 고정적인 거주지가 없기 때문에 증명서 몇 개가 필요하다고 하더군요. 파리가 제가 주로 거주하는 도시 중 하나이며, 문학 작업 때문에 그곳에 다시 돌아올 수밖에 없음을 증명하라는 것이지요. 결국 이 끔찍한 말은 미국이 일 년 후에는 저를 확실히 쫓아내고자 한다는 것을 의미합니다. 그래서 유르스나르 씨가 갈리마르 출판사에서 미국인 작가들의 번역을 위해 일할 것이고, 이 출판을 위해 1940년에는 파리에 돌아와야 한다는 것을 입증하는 증명서를 갈리마르 출판사로부터 받고 싶다는 겁니다.

친애하는 넬Nel, 지체 없이 이 증명서를 제게 보내주실 수 있을까요? 지금 제게는 조세피넘Josephinum[9]의 아름다운 조각상들보다도 이 증명서 한 장이 더 중요하네요. 미리 감사드리고, 당신을 늘 친구로 생각해서 미안합니다. …… 이 몇 줄의 글이 당신이 세상에서 가장 멋진 휴가를 떠나기 전에 도착하기를 바랄 뿐입니다. 펠로포네즈Péloponnèse에게 안부 전해주세요.

안녕히 계세요.

***

장 발라르에게

1946년 9월 4일, 코네티컷Connecticut에서, 유르스나르

친애하는 선생님,

선생님께서 보내주신 편지 두 통, 한 통은 에마뉘엘 부도라모트가 보낸 것이고, 다른 한 통은 오늘 제게 바로 도착한, 바로 그 두 통의 편지는 제게 아주 커다란 기쁨을 안겨주었습니다. 최근 6년 동안, 신문에서 마르세유의 폭격 소식과 계엄령 선포 소식 등을 접할 때마다 선생님과 ≪카이에 뒤 쉬드≫ 지를 자주 생각했습니다. 구도시 쪽으로 아주 전망이 좋았던 그곳의 아파트가 지금도 그립습니다. 그런데 그 문학잡지를 계속 발간한다는 사실만으로도, 몇몇 중요한 가치들은 그 어마어마한 파괴의 소용돌이 속에서도 지켜진다는 점을 잘 보여주는 것 같습니다. 멀리 떨어져 미국이라는 일종의 방주에서 보낸 이 여섯 해 동안, 가장 힘들었던 것은 바로 발 디딜 땅도 없이 사라져 침몰해버린 세계 한가운데서 떠다니는 느낌이었습니다. 이 느낌에서 잠시 벗어날 때도 있는데, 바로 선생님의 편지처럼, 최근 몇 달 동안 프랑스, 그리스, 이탈리아로부터 편지를 받을 때면 아주 잠시나마 진정한 기적을, 물로부터 구원된 세상의 메시지를 받는 것 같았습니다. …… .

선생님께서 편지에서 제기하신 '지중해적 정신'에 대해 답하는 것으로 이 편지를 맺을까 합니다. 그 주제 하나만으로도 긴 에세이의 소재가 될 수 있을 것입니다. 어떤 말을 해야 할까요? 저는 이 편지를

미국의 북동쪽에 위치한 마운트데저트 섬에서 쓰고 있습니다. 육년 전부터 한 해의 대부분을 이곳에서 보내고 있지요. 일종의 코르시카Corse나 달마티아Dalmatie와 비슷한 섬으로서 거의 극지방 날씨의 영향을 받는 곳이랍니다. 그리스인들에게는 북극 지방과 다름없었고, 중세인들에게는 성자 브렌단St.Brendan의 항해기 덕분에 안개와 빙하의 지역으로 알려졌던 곳이지요. 그런데 여기서 저는 그리스나 다른 곳에서 제가 가장 사랑했던 것들과의 그 어떤 본질적인 차이도, 그 어떤 단절도 보지 못합니다. 인디언들에게는 신성한 두려움과 신비로 가득해보였던 이곳의 숲은 도도네Dodone[10]나 에피루스L'Epire[11]의 숲과 별로 다르지 않습니다. '불모의 바다'에서 고된 노동을 하는 어부들, 문지방에 앉아 오랫동안 과거를 얘기하는 노인들. 나무로 만들어진 마을에 작은 프로테스탄트 교회들, 그리스의 가장 오래된 신전들과 비슷하지만 18세기 영국의 지배로부터 물려받은 건축적 전통인 도리아식 조각으로 장식된 이 교회들. 도서관과 시골 학교 담장 위에 새겨진 민주주의라는 말, 이 모든 것은 세상 어디에서나 볼 수 있는 평범한 것들이지만 또한 반드시 필요한 것들이라서 전파되었음을 보여주기도 합니다. 인류가 살아남으려면 어제의 문명이 그랬던 것처럼 내일의 문명도 인본주의와 고전주의의 위대한 전통 위에서 분명히 만들어질 것입니다. 그리스는 이 전통의 가장 중요한 부분을 담당해왔지요. 그런데 바로 이 전통이란 것은 그토록 다양하지만 배타적이지 않고 결국 모두에게 속하는 것입니다. 셰익스피어나 톨스토이가 이제 제게는 소포클레스와 다르지 않은 전통에 속해보입니다. 아인슈타인Albert Einstein은 유클리드Euclide와 다를 바 없고요. 굳이 말씀드리자면 지리적인 위치와 관계된 이 '지중해적'이라는 말이 그 개념 속에 내포된 주요한 덕목, 즉 보편성이라는 덕목을 제거하지나 않을까 염려되기도 합니다. 선생님께서 제게 물어보신 것은 요컨대 인류의 정신이란 것이 아직도 찬란한 미래를 가지고 있느냐의 문제였지요. 이 질문에 어떻게 대답할 수 있을까요? 아마도…….

친애하는 선생님, 사모님과 선생님께 제 깊은 마음을 전합니다.

***

엘리 그레코프와 피에르 몽트레에게

1977년 6월 26일, 메인 주 프티트플레장스Petite Plaisance에서,

유르스나르

보고 싶은 엘리, 보고 싶은 피에르,

축하해줘서 고맙습니다. 상을 받은 것은 물론 매우 기쁜 일이지만, 친구들의 애정 어린 축하도 그만큼 날 기쁘게 합니다. 무엇보다도 이 친구들이 축하 메시지를 보내줄 만큼 건강하다는 것을 의미하는 것일 테니까요. 엘리, 위와 척추는 좀 어떠세요?

수상 소식을 6월 20일 저녁에야 알았답니다. 브리티시컬럼비아Colombie britanique와 알래스카를 3주간 여행하고 돌아오는 길이었습니다. 4일 낮과 밤을 기차를 타고 캐나다를 횡단했지요. 가고 오는 길은 달랐지만 매번 로키 산맥Montagnes Rocheuses에서 하루를 묵었습니다. 알래스카 여행은 밴쿠버Vancouver에서 파케Paquet회사의 크루즈를 타는 것으로 시작되었지요. 8일 동안 오염되지 않은 텅 빈

열도와 빙하를 누비는 기쁨이라니(그런데 이 깨끗한 상태가 얼마나 지속될 수 있을까요?). 꼬박 10년을 꼼짝도 못하고 살다가 이 대단한 여행을 떠나게 된 이유는 아주 역설적인데, 이해해주실 수 있을 거라는 생각이 듭니다. 그레이스는 올 겨울과 초봄에 거의 절망적이리만큼 심하게 아팠습니다. 벌써 수년 동안 투병해온 병의 후유증 탓도 있었지만, 그레이스를 반쯤 죽여 놓은 위험한 약 때문이기도 했습니다. 병원 두 군데에 세 번 입원했다가 새로운 치료를 막 시작하려는 시점이었습니다. 새 치료법은 전반적인 건강에 미치는 영향이 현재로서는 훨씬 덜 고통스러울 것이라고 해서요('현재로서는'이라고 말할 수밖에 없네요. 의사의 말로는 이 영향이 축적될 수 있다고 하니까요). 이맘때 그레이스가 '치유 여행'을 떠나고 싶어 했습니다. 자기가 가본 로키 산맥의 일부를 내게 보여주고 싶어 했고, 알래스카 여행이 우리 둘 다의 마음에 들 거라고 생각했지요(맞는 생각이었어요). 고백하건대 전 몹시 불안해하며 여행을 떠났습니다. 낯선 곳에서 병이 재발하지나 않을까, 너무 힘들었던 몇 달을 보낸 후 피로가 축적되어 몸을 지탱하지 못할까 봐 두려웠습니다. 하지만 전 곧 용기를 되찾았고, 여행은 정말 멋지게 끝났습니다. 승부수를 던졌는데, 이겼던 거지요.

엘리, 알래스카가 러시아 것이었을 때의 그리 오래되지 않은 추억 몇 조각 때문에 전 무척 감동받았습니다. 우리가 탄 배는 아쉽게도 예전에 알래스카 주도主都였던 싯카Sitka 앞을 지나가지 않았습니다. 그곳에는 여전히 세인트마이클 성당Cathédrale de St.Michel이 있지요. 아마도 광대한 고독 속에 파묻혀 있을 브란겔랴 섬Wrangel의 작은 마을도 보지 못했답니다. 그러나 주노Juneau에는 최근 연초록

색으로 칠을 한 정통 세인트니콜라스 교회Eglise orthodoxe de St. Nicolas가 있습니다. 1910년경 지어진 볼품없는 미국식 집에는 예수님 성상이 하나 있는데, 소유주들은 15세기 것이라고 하지만 19세기 초반 것으로 보입니다. 아무튼 아름답기는 합니다. 아직도 적지 않은 인디언들이 그리스 의식을 따르고 있더군요. 프린스루퍼트Prince Rupert와 케치칸Ketchikan[12]에 있는 작은 두 개의 박물관에는 사모바르samovar[13], 다기, 러시아를 통해 중국에서 들어온 옻칠을 한 차통이 있고, 주술의식 때 입는 옷에는 러시아에서 만든 흑옥 단추가 달려 있더군요. 그런데 이제는 불행히도 어쩌면 의사만큼이나 병을 많이 고쳤을 주술사들은 더 이상 없습니다. 6월 8일, 내 생일날에는 선로가 아주 좁은 기차를 타고 유콘Yukon 주 경계까지 올라갔습니다. 2,000미터 정도 된다는 군요. 러시아의 지배를 보여주는 또 다른 표지는 우리 주변의 멋진 산맥과 빙하가 여전히 세인트일라이어스 산맥Chaîne des monts St.Elie으로 불리는 것을 보면, 이곳이 예전에 러시아 땅이었음을 다시 한 번 느끼게 됩니다.

유일하게 불편했던 점은 캐나다 기차가 너무 흔들려 허리 디스크를 압박해 다리가 말을 듣지 않는 순간이 있었다는 것입니다. 다행히도 가엾은 내 다리는 곧 좋아져 걷고자 하는 선의를 되찾긴 했습니다. 나이에 대해 말하고 싶지는 않지만 여기저기 소소하게 아픈 데를 고백할 수밖에 없는 나이가 되긴 한 것 같습니다.

…… .

두 분 모두 편안하시길, 정원도 그림도 잘 되길 빕니다. 두 분 소식도 전해주세요. 다시 강아지를 사시면 말씀해주세요. 메인 주의 한 거처에 남겨졌던 우리 집 강아지 조에Zoé는 집에 돌아와 기뻐 날뛰

네요. 우리도 그렇답니다. 조에는 순박한 심성을 가진 선한 시골 농부 같습니다.

안녕히 계세요.

***

팬스 프랭크에게 보내는 편지

1981년 5월 14일, 유르스나르

친애하는 팬스 프랭크 님,

모로코에서 황홀한 시간을 보낸 후 스페인과 포르투갈을 거쳐 파리에는 그저 잠시 들렀을 뿐입니다. 그래서 당신께 편지도 전화도 못 드리고, 아무튼 뵐 틈이 없었습니다. 제리 윌슨과 저는 곧 이어 네덜란드로 떠났고, 거기서 영국으로 갔다가, 지금은 여기 집에 돌아와 봄꽃을 기다리고 있지요.

이렇게 편지를 쓰는 것은 전화 드리지 못한 이유를 설명하기 위해서이기도 하지만 정말 멋진 도자기를 주심에 감사드리기 위해서 입니다. 우리를 맞아주었던 모리스 뒤메Maurice Dumay에게 그분 것은 남겨 놓고 왔습니다. 우리가 손에 그토록 가볍고 쉽게 쥐는 아름다운 물건 하나에 얼마나 예술가의 지혜롭고 완벽하며 의식적인 의도가 담겨 있는지 알게 된다는 것은 너무나 감동적인 일입니다.

당신의 일본 친구들을 꼭 만나보고 싶습니다. 그들의 이름과 주소를 혹시 알려주실 수 있으신지요? 그런데 일본 계획은 내년으로 미뤄야 할 것 같습니다. 사실, 그곳에 있는 제 가장 친한 친구이자 번역가인 이와자키 츠토무Iwasaki Tsutomu가 문화부의 업무 때문에 1982년 7월까지 일본에 없을 것이기 때문입니다. 다른 한편, 다가오는 겨울에 제리 윌슨이 연극 계획이 있어 파리에 갈 것 같고 그렇게 되면 저도 따라가게 되었어요. '장거리 여행'은 아마도 또다시 아프리카 쪽이 될 것 같습니다. 하지만 일본은 비록 시간은 조금 늦춰질지라도 여전히 제일 가고 싶은 곳입니다.

우정을 전하며.

***

앙드레 데자르댕André Desjardins 신부님께

1981년 5월 23일, 유르스나르

친애하는 신부님,

오늘 아침에 보내주신 소포 잘 받았습니다. …….

제가 점점 더 문학에서 멀어지는 것 같다고 말씀하신 게 어쩌면 맞는지도 모르겠습니다. 단지 어떤 의미에서는 그런 것도 같습니다. 『흐르는 물처럼Comme l'eau qui coule』을 막 완성했는데, 세 편의 중편을 모은 이 소설집은 아마도 내년에 출간될 것 같습니다……. 게다가 제게는 또 다른 계획이 있습니다. 올 겨울에는 모로코와 네덜란드의 농부들이, 지난 가을과 올봄에는 영국의 농부들이 글쓰기 문제 이상으로 제겐 중요했습니다. 여기서조차 제 시간의 대부분을 제리 윌슨과 함께 빵 반죽을 하는 데 보내거나 그와 함께 정원을 가꾸는 데 보내고 있습니다. 하지만 글쓰기에서 상대적으로 멀어진 것은 몇몇 행복한 순간 때문만은 아닙니다. 몇 해 전부터 '성공'이라는 것과 '파리에서의 영광'의 여파로 문학 교류나 사교적인 교류가 늘어났고, 어리석거나 정신없거나 무의미한 편지들이 해일처럼 내게 덮쳐왔습니다. 이 사람들에게 내가 무용한 사람이 아님을, 어떤 경우에는 그들에게 용기를 주고(적어도 그들은 그렇게 믿지요), 또 어떤 경우에는 그들이 자신을 받아들일 수 있게끔 돕기도 한다는 것을 저도 잘 알고 있습니다. 하지만 이 모든 것에는 얼마나 오해도 많고 쓸데없는 것도 많은 지요! 언론에 의해 한 여자가 — 자기 책 속에서 자신이 보는 대로 삶을 표현하려고 했던 여자 — 권태롭고 틀에 박힌 스타로 변모하는 과정은 얼마나 실망스러운지요. 한 일 년 전부터 ≪아르귀스 드 라 프레스Argus de la Presse≫의 정기구독을 그만두었습니다. 무의미한 기사의 홍수는 저를 지치게 했고 급기야 저의 한계를 넘어섰습니다. 문학에 대해 말하자면 저는 요즘 집필 중인 『은둔자Un homme obscur』라는 소설의 주인공과 같은 유익한 불신 같은 것을 느낍니다. 그런데 이러한 불신은 이미 하드리아누스에게 있던 것이지요. "나는 책이 없는 세상을 받아들이기가 몹시 힘들었다. 그러나 현실은 그렇지 않다. 왜냐하면 현실은 책이 없는 세상에 완전히 집착하지 않는다."

힘든 세월을 보내고, 요즈음 제 현실은 습관적인 기관지 알러지를 부추기는 혹한에도 아주 평안합니다. 신부님께서 보내주신 앨범을 뒤척이며 오후를 보냈습니다. 헌사에도 있듯이 이 앨범에는 대단한 재능, 고귀한 재능이 엿보입니다. 그 무엇보다도 이 밀 이삭들이 저를 감동시킵니다. 데메테르Déméter 여신의 상징이자 기독교적 상징이기도 한 이 밀 이삭들이요.

제 우정을 전하며, 일이 잘되기를 바랍니다.

***

야닉 기유에게 보내는 편지

1987년 10월 22일, 유르스나르

보고 싶은 친구에게,

11월 12일에는 유럽 암스테르담호텔hôtel Europe-Amsterdam에 도착할 것임을 알려 드립니다. 차로 벨기에로 가서(브뤼셀의 아미고호텔hôtel Amigo) 3일 동안 앙드레 델보André Delvaux가 강Gand 옆에 있는 낡은 성에서 작업하는 것을 보려고 합니다. 이후 다시 차로 암스테르담에 돌아와서 11월 26일 왕궁에서 만찬이나 리셉션을 할 예정인데, 프로그램은 아직 확정되지 않았습니다. 왕궁의 살롱은 매우 아름답지요. 예전에 한 번 그랬듯이 특급호텔에서 만찬을 한다면 그리 흥미롭지는 않을 것입니다. 어쨌든 대략 12월 3일까지는 암스테르담에 있을 것입니다. 코펜하겐Copenhague까지는 쾌적하게 차로 여행할 것이고, 거기서 12월 8일에 강연이 예정되어 있습니다. 이후 암스테르담을 경유해 12월 11일 파리에 도착해 19일까지 체류할 예정입니다. 12월 22일 취리히Zurich에서 봄베이로 출국할 것입니다. 선택의 여지가 있다면 당신께서 선택하도록 하세요. 그곳이 어디든 아주 기쁘게 당신을 만날 것입니다.

주

■ 제1장
연인이자 문학적 동반자였던 플로베르와 루이즈 콜레

1 나폴레옹 1세Napoléon I의 조카인 루이 나폴레옹Charles-Louis-Napoléon Bonaparte이 1851년 12월 2일에 일으킨 쿠데타를 말한다. 그는 이듬해 프랑스 역사상 두 번째 제정을 선포하고 황제로 즉위해 나폴레옹 3세Napoléon III가 된다.

2 콜레가 팔기 위해 영국 서점에 맡겨두었던 자필 문서를 말한다.

3 콜레는 자신의 비망록에도 쓴 것처럼 플로베르의 이집트 반지를 갖고 싶어 했다. 플로베르는 다음번 파리 여행에서 반지를 그녀에게 준다.

4 1845년 판본의 『감정교육』 말미에서 앙리와 쥘은 네 달 동안 이탈리아 여행을 하는데, 이 여행을 하는 동안 그들은 서로를 갈라놓는 심각한 상이함을 발견하고 같이 여행한 것을 후회한다.

5 부이예는 플로베르의 친구이고, 카니 시는 프랑스 노르망디Normandie 북부 지방의 지역명이다.

6 막심 뒤 캉Maxime Du Camp은 플로베르의 친구로, ≪라 르뷔 드 파리La Revue de Paris≫의 편집인이었는데, 콜레의 시 출판을 거절했다.

■ 제2장
낭만적 사랑의 정열과 광기, 뮈세와 상드의 편지

1 뮈세의 희곡 「마리안느의 변덕Les Caprices de Marianne」의 두 주인공으로 친구 사이다. 옥타브는 냉정하고 이성적인 고전주의적 인물을, 쾰리오는 타락한 세상에 적응하지 못하고 비극적 사랑에 고통 받는 낭만주의의 전형적 인물을 대표한다.

2 뮈세가 상드와 헤어지던 바로 그날 쓰인 편지이다.

3 원고에 친필로 붉은 밑줄이 그어진 문장, 즉 상드가 출판을 원하지 않았던 부분이다. 실제로 초판에서는 삭제되어 있다. 안토니오는 뮈세가 이탈리아에서 파

리로 데려간 가발 제조업자이다.

4 상드와 상드의 새로운 애인을 말한다.

■ 제3장
뜨거웠던 가을의 사랑, 에밀 졸라와 잔 로즈로

1 약자 편에 서서 진실과 정의를 위해 평생을 싸워온 저널리스트 졸라의 활약은 조성애, 「에밀 졸라와 저널리즘」, ≪유럽사회문화≫, 제10호(2013), 55~79쪽 참조.

2 졸라는 자신과 관련된 모든 서류, 편지, 소설 쓰기에 참조한 자료들을 꼼꼼히 보관해놓기로 유명하다. 잔 역시 졸라가 보낸 모든 편지, 표, 메모 등을 보관해놓고 있었다. 당대 유명 작가의 연애편지일 뿐 아니라 졸라와 잔 두 사람에게는 아주 소중한 편지들이라는 점에서 알렉상드린이 이런 것들을 탈취해 가지고 있는 것을 허락하는 만큼 그녀의 어떤 양보를 기대할 수 있다는 의미이기도 하다.

3 서간집 편집자에 의하면 이 문장은 여백에 쓰여 있었다.

4 É.mile Zola, Oeuvres complè.tes. Tome VI: *Le Docteur Pascal*, Paris: Cercle du Livre Précieux, 1966~1970, pp. 1332. cité dans *Lettres à Jeanne Rozerot*, p. 24.

5 무척이나 사랑하는 부인Chère femme adorée이나 매우 사랑하는 부인Chère femme bien aimée과 같은 호칭은 알렉상드린에게 편지를 쓸 때는 사용된 적이 없고, 오직 잔 로즈로에게 쓸 때만 사용된다. 이런 식으로 졸라는 자신이 진정으로 사랑한 부인이 잔임을 분명히 구별 짓는다.

6 졸라는 자신의 서재를 굴이라고 표현한다. 알렉상드린과 한 집에 살고 있는 이상 마음 놓고 잔과 아이들을 그리워할 수 있는 서재가 그의 유일한 안식처(굴)이다.

7 ma grande Jeanne: 졸라가 잔을 큰딸을 대하듯 애정을 가지고 부르는 호칭이다. 'ma grande'는 아이를 부르는 호칭으로 우리말로 하면 '얘야' 정도의 의미이다. 졸라는 편지에서 잔과 아이들을 가끔 '나의 세 아이'라고 표현하기도 하고, 잔을 맏딸처럼 표현하기도 한다.

8 어떤 상황인지 확실하게 알 수는 없지만, 편지가 알렉상드린에게 강탈당한 후 졸라는 잔과 아이들과 주고받은 편지들을 읽은 즉시 직접 또는 제 3자를 통해 아

주 비밀스럽게 다시 보내고 있었으며, 그 와중에 어떤 착오가 생긴듯하다.

9 편지 말미, 졸라는 아이들에게 전하는 안부를 덧붙인다. 불어에서는 아내, 자식 모두 'tu'라고 칭하면서 친밀한 관계를 표현하지만 한국어로 번역할 경우, 똑같은 'tu'라도 사랑하는 연인이자 아내인 잔에게 쓸 때는 무겁지 않은 경어적 어투, 자식에게는 다정한 아버지의 어투로 변화를 주었습니다.

10 알렉상드린에게 편지를 강탈당한 후 잔과 졸라는 우체국 유치우편으로 편지를 보낸다. 그러나 영국 망명 시, 영국에는 그런 시스템이 없을 뿐더러 경찰의 감시 때문에 중간 전달자들이 편지를 전달했고 페르낭 데물랭Fernand Desmoulin(친구 D)이 이 역할을 했다. 프레더릭 워햄Frederick Wareham은 비즈텔리와의 공조 속에서 자신의 런던 사무실에서 졸라에게 온 모든 편지를 받았으며 프랑스로 편지들을 보냈다. 잔에게 보내는 편지들은 트리울레르Triouleyre 부부에게 보내지고 이것은 다시 직접 잔에게 전달되었다.

11 Henri Troyat, *Zola*, p.287.

12 Jules et Edmond de Goncourt, Journal, R. Laffont, coll. "Bouquins", 1989, t. III, pp. 825~826, cité dans *Lettres à Jeanne Rozerot*, p. 41.

13 Émile Zola, Oeuvres complètes. Tome VI: *Le Docteur Pascal*, op.cit., p. 1386, cité dans *Lettres à Jeanne Rozerot*, p. 41.

14 1896년 툴루즈Toulouse 박사와의 심리 면담에서 졸라가 숫자 7에 집착한다는 것이 드러났다. 밤 사이 갑자기 죽지 않는다는 것을 스스로에게 다짐하기 위해 눈을 7번 감았다 뜨기도 했었다. 졸라와 잔이 서로에게 편지를 쓸 때 송수신자 명은 'Madame E. J. 70', 'M. E. J. 70' 또는 'Monsieur Z. R. 70'이었다. 'E. J.'는 에밀 잔Emile-Jeanne, 'Z. R.'은 졸라 로즈로Zola-Rozerot로 볼 수 있다. 그러나 숫자 70의 의미는 추측할 수밖에 없다. 잔이 1867년, 졸라가 1840년에 태어났고 끝 해를 합치면 70이 되기도 한다.

■ 제4장
'서글픈 몽상가' 제라르 드 네르발의 편지

* 이 장의 내용은 김순경, 「제라르 드 네르발과 편지」, ≪불어불문학연구≫, 제96

권(2013), 23~56쪽을 참조한 것이다.

■ 제5장
말라르메의 마리아 그리기

1 Pourtant elle était ma soeur et ma femme. 친구 「앙리 카잘리스Henri Cazalis에게 보낸 편지」: 1863년 3월 5일, 런던에서(『서한집』, p.131).

2 이 글 끝의 시들을 참고.

3 "시의 구덩이를 판다creuser le vers"라고 시인은 이미 시작詩作 초기에 실제로 말하고 있다.

매장의식에 대한 기시감은 시인에게 지울 수 없는, 극복하기 어려운 상처들로 남아있게 된다. "그녀의 구덩이를 팠다sa fosse est creusée", "그녀의 구덩이를 덮었다sa fosse est fermée"라는 유년기의 시 제목들은 이 매장의식을 그대로 상술하는 것이다. 따라서 이 이미지-상처의 흔적을 지우는 일, 그 구덩이를 덮는 일이야 말로 시인의 평생의 업으로 남게 된다. 그것이 현실에 있어서는 실제로 마리아 찾기로 이어진다.

심리적이기도 한 그의 오랜 애도행위들은 마리아 찾기로 끝나는 것이 아니라, 언어적 치유를 동시에 향하여, 일종의 의미치료logothéraphie의 과정들을 우리는 그의 글 도처에서 만나게 되는 것이다. 그리고 이 과정들을 이해하지 못하면, 그의 글들은 거의 해독이 불가능한 외양들로 남아있게 된다.

시인은 말년에 시간과 인생에 대한 통찰을 정리할 수 있었을 무렵에야 비로소, 이제 종이와 글들을 구덩이 묻겠다고, 함께 묻자고 평온하게 이야기할 수 있게 된다. 시인은 다음의 글을 1898년 봄에 쓰고 그해 9월 발벵Valvins에서 죽음을 맞는다.

"그렇습니다. 나는 정신과 가장 치열한 싸움을 벌였습니다. 승리 뒤에는 나 자신의 주검들을 파묻어야겠지요. 발벵으로 오십시오, 거기 우리는 들판 한가운데 큰 구덩이를 파는 겁니다. 그래 거기다 고통의 그 종이더미를 전부 파묻는 거요. 내 삶의 그토록 많은 부분을 담고 있는 그 종이의 무덤을 함께 만들지 않겠소!"

「앙리 드 레니에Henri de Régnier에게 보낸 편지」: 로버트 그리어 콘Robert Greer Cohn, 『말라르메의 작품 '주사위 던지기'L'Oeuve de Mallarmé 'Un Coup de Dés'』, Paris, Les lettres, 1951, p.485에서 재인용.

4 [...]en creusant le vers à ce point, j'ai rencontré deux abîmes [...]. L'un est le Néant [...]. L'autre vide que j'ai trouvé, est celui de ma poitrine.
(1866년 4월 28일, 〈앙리 카잘리스에게 보낸 편지〉: 『서한집』, pp.297~298).

5 말라르메에게 대한 정신분석적 비평은 몇몇 연구자들에 의해 훌륭한 결실을 보이고 있지만, 정신분석 자체의 측면에서의 연구는 대단히 희귀하다. 서구 문학 역사상 가장 난해하다는 평가를 받았으면서도, 가장 생산적인 언어체계를 구축하였다는 그의 언어 세계를 이해하려면, 이러한 연구는 절실하다.
여기서는 마리아에 대한 초기의 탐색과정을 지켜볼 수 있는 그의 편지들을 간단히 소개하고자 한다. 이 편지들은 아직까지 진지하고 충분한 연구의 대상들로 다루어지지 않았으며, 또한 우리나라에는 전혀 소개된 바 없다.

6 Jean-Luc Steinmetz, *Stéphane Mallarmé*, Paris, Fayard, 1998 참고.

7 말라르메의 편지는 네 가지 종류의 문헌들로 분류될 수 있다. 우리는 대중적으로 가장 접근하기 쉬운 마르샬Bertrand Marchal, 『서한집. 시에 대한 편지Correspondance. Lettres sur la poésie』, Gallimard, 1996을 우리의 텍스트로 삼았음을 밝힌다. 편지 제목 뒤의 숫자는 마르샬이 이 책에서 분류한 편지 번호이며, 편지 인용 뒤 괄호 속의 숫자는 마르샬 판 서한집의 페이지를 가리킴.

8 빛과의 비유 부분에서 우리는 시 「현현」에서 나타나는 마리아의 이미지를 읽을 수 있다. 시에 나타난 이미지에서 연구자들은 어머니와 누이동생의 이미지를 읽기도 하는데, 이 편지에서는 미래의 아내 마리아가 그려지고 있다. 여기서 우리는 세 여성의 이미지가 겹쳐지는 과정을 짐작해볼 수 있다. 이 빛은 또한 현실과 과거를 이어주는 것, 삶으로 이어지는 빛이다.

9 엠마뉘엘 데 제사르Emmanuel des Essarts(1839-1909). 프랑스 시인. 말라르메와 시와 예술을 통해 교류하였던 친구.
시인의 오류인 듯. 원문은 "si ce n'était pas pour ne pas laisser Emmanuel seul"임.

10 Ettie Yapp. 영국 신문기자의 딸.

11 Henri Regnault(1843~1871). 동양풍의 그림을 그렸던 프랑스 화가.

12 〈마리 말라르메와 쥬느비에브 말라르메에게 보낸 편지〉(1898년 9월 8일: 『서한집』, p. 642).

■ 제8장

생존 페르스의 '아시아에서 보낸 편지'

1 천진의 프랑스 조계지에 대한 중국인의 폭동을 일컫는다. 천진 소요사태라 불린다.

■ 제9장

신화의 숲길에서 유르스나르와 제르맹이 나눈 '고전'의 즐거움

1 Marguerite Yourcenar, *Lettres à ses amis et quelques autres*(Paris: Gallimard, 1997), pp.235~238.

2 같은 책, pp.340~343.

3 독일 시인.

4 Marguerite Yourcenar, *Théâtre I: Rendre à César: Le Dialogue dans le maré cage*(Paris: Gallimard, 1971), p.14.

5 하버드에 있는 유르스나르의 장서 번호는 'MS Storage 265'다.

6 편지에 적힌 'Esculape'는 로마 신화 이름이며, 그리스 신화의 아스클레피오스와 동등한 인물이다. 아폴론의 아들로 의학과 치료의 신이다.

7 리빙시어터Living Theater는 뉴욕에 있는 미국 극단으로, 줄리언 벡Julian Beck (1925~1985)과 주디스 말리나Judith Malina(1926~)가 1947년 창설했다. 이 극단이 발표하는 극 연출은 공동체적이며, 서구 기존 가치들을 비판하는 이데올로기적 기능을 확고히 하려는 목적을 갖는다.

8 바르톨로메 데 라스 카사스Bartolomé De Las Casas(1474~1566). 인도 역사를 집필했다.

9 노르웨이 극작가 입센의 작품 『민중의 적An Enemy of the People(En Folkefiende)』

(1882)에 나오는 주인공 의사의 이름이다. 마을의 온천이 오염된 것을 알게 된 스토크만Stockmann박사가 마을사람들을 위해 시장인 형에게 온천의 개조를 제안하지만 시장은 이를 은폐하려고 하고, 오히려 마을사람들을 선동해 동생을 궁지에 몰아넣는다. 민중의 적이 된 스토크만 박사는 끝까지 항거하다가 결국 마을에서 쫓겨나고 만다.

10 공자의 말.

11 유르스나르는 사전에 없는 단어surréalistiquement을 사용했고, 출판사는 이를 원문 그대로 실었다는 뜻의 '[sic]'를 썼다.

12 구루Guru는 특히 인도 종교에서 영적 지도자 '선생, 스승'을 뜻하는 산스크리트 용어이다.

13 여기서 유르스나르는 공자의 제자들이 모은 공자의 대담집을 아날렉트Analects라는 영어 제목으로 소개한다.

14 유르스나르가 번역한 그리스 시인 선집 『왕관과 리라La Couronne et la Lyre』(1979)를 의미한다.

15 이것은 「아그리젠토의 엠페도클레스Empédocle d'Agrigento」라는 제목으로 잡지 '≪르뷔 제네랄≫, 제106호 1권, 31~46쪽'에 실렸으며, 후일 『왕관과 리라』에 수록된다.

16 헤르만 딜스Herman Diels(1848~1922). 독일 그리스 문헌학자로 『소크라테스 이전의 철학자 단간집성Penseurs Grecs Avant Socrate: De Thalés De Milet À Prodicos』(1903)을 출간했다.

17 캐슬린 프리먼, 『소크라테스 이전 철학자들의 단편 선집, 딜스 단편 선집의 완역본Ancilla to the Presocratic Philosophers, a Complete Translation of the Fragments in Diels』(옥스퍼드 1952, 하버드 1957). 각주 16번 책의 영역본이다.

18 'Oppianus' 또는 'Oppian'. 유르스나르 편지에는 'Oppien'으로 나온다.

19 「어느 그리스 시인이 바라본 동물들Animaux vus par un poète grec」이라는 제목으로 ≪라 르뷔 드 파리≫(1970년 2월), 7~11쪽에 실렸다.

■ 제10장

'프로방스의 붙박이별' 장 지오노와 뤼시앵 자크

* 이 장에 수록된 편지들은 피에르 시트롱Pierre Citron이 편집하고 주석을 단 지오노와 자크의 서간문집 중에서 필자가 발췌한 것이다.

1 Jean Giono and Lucien Jacques. *Cahiers Giono 1, Correspondance Jean Giono - Lucien Jacques 1922~1929*, Édition établie et annotée par Pierre Citron(Paris: Gallimard, 1981); Jean Giono and Lucien Jacques. *Cahiers Giono 3, Correspondance Jean Giono - Lucien Jacques 1930~1961*, Édition établie et annotée par Pierre Citron(Paris: Gallimard, 1983).

2 지오노의 아내인 엘리즈 지오노Élise Giono다.

3 1928년 공쿠르상을 수상한 콩스탕탱베이예의 작품 『과거를 연구하는 남자』를 말한다(*Correspondance Jean Giono-Lucien Jacques 1922~1929*, p. 252, 각주 1).

4 자크는 『보뮈뉴에서 온 사람』의 원고를 받아보고 8쪽에 이르는 편지로 자세한 평을 써 보낸다. 그는 소설의 어색한 부분을 조목조목 지적하고 대안까지 제시하는데, 지오노는 그중 90%를 받아들여 원고를 수정한다. 그리고 이 소설을 '자크와 지리외의 우정'에 바친다[장 지오노, 『보뮈뉴에서 온 사람』, 송지연 옮김(서울: 이학사, 1998) 참고].

5 작가이자 비평가인 폴랑은 당시 갈리마르 출판사에서 발행되는 ≪신프랑스 평론≫ 지의 편집 주간을 맡고 있었다(1925~1940).

6 지오노가 계약 문제에 조금 앞서 가기는 했지만 자크의 작품들을 갈리마르에서 출판하기 위해서 폴랑을 통해 여러 차례 끈질기게 개입한 것은 분명한 사실이다(*Correspondance Jean Giono - Lucien Jacques 1922~1929*, p. 254, 각주 1).

7 실은 피에르가 아니라 루이 브랭Louis Brun으로 그라세 출판사의 문학 담당 부장이다. 그는 제1차 세계대전 참전 중 지오노를 만난 것 같고, 통신 업무에서 지오노의 교관이었던 듯하다(*Correspondance Jean Giono - Lucien Jacques 1922~1929*, p. 254, 각주 2).

8 그라세 출판사의 사장인 베르나르 그라세Bernard Grasset는 1926년부터 게노에게 에세이 중심인 '문자' 시리즈의 책임을, 1921년부터 알레비에게 문학 중심인 '푸른 노트' 시리즈의 책임을 맡긴다. 사실 지오노의 『언덕』을 그라세 출판사에

투고한 사람은 자크였고, 거기서 원고를 검토하고 그 가치를 알아본 사람은 게노라고 볼 수 있다. 게노는 『언덕』을 '문자' 시리즈에 넣으려고 애썼지만 이 작품은 결국 그라세 사장의 입김으로 1929년 1월 알레비의 '푸른 노트' 시리즈로 출간된다[Toby Garfitt and Daniel Halévy, *Henri Petit et les Cahiers verts*(Berne: Peter Lang, 2004)].

9 '지리외에게 보낸 3월 23일자 장문의 편지'가 파리 체류에 대해 여러 가지 자세한 일들을 알려준다. 지드와의 만남에 대해 "약속은 투앵 가 17번지에 있는 샹송의 집에서 밤 9시로 정해졌어요. 시간을 딱 맞추려고 애썼더니 정각에 도착했어요. 지드가 8시부터 와서 나를 기다리고 있었다고 샹송이 말해주더군요. 지드는 내가 쓰고 있던 모든 작품에 대해 금세 강한 호기심을 보였고, 그러다 보니 『보뮈뉴에서 온 사람』에 대해 언급하게 되었어요. 그는 이 작품에 매료된 것 같아요"라고 쓰고 있다. 지드와 여기서 처음 만난 지오노는 그 후 지드와 일생의 친구가 된다(*Correspondance Jean Giono - Lucien Jacques 1922~ 1929,* p. 254, 각주 3).

10 러시아인, 전직 인민위원[*Correspondance Jean Giono-Lucien Jacques 1922~1929*(Paris: Gallimard, 1981) p. 255].

11 샤를뤼스는 프루스트의 『잃어버린 시간을 찾아서』의 주요 인물로 동성애자인 명문 귀족이다. 지오노는 20여 년 후 한 인터뷰에서 지드의 목소리가 "폐부에서 우러나오는 저음의 목소리"였다고 회상한다[Jean Giono, *Entretiens avec Jean Amrouche et Taos Amrouche*(Paris: Gallimard, 1990), pp. 47].

12 ≪코메르스Commerce≫ 지에 『언덕』이 발표되자마자(1928년 7월호) 지드는 이 잡지를 팔에 끼고 파리를 여기저기 돌아다니면서 몇몇 구절을 낭송한 것 같더군요. 그는 친구란 친구의 집에는 다 갔고, 친구들은 지드의 낭송을 참고 들어주어야 했다는군요. (여기 식으로 말하자면) 대박이었던 거지요[*Correspondance Jean Giono - Lucien Jacques 1922~1929,* p. 255, 각주 1('지리외에게 보낸 3월 23일자 편지'에서)].

13 이 사람은 베카Béca 씨이다(*Correspondance Jean Giono - Lucien Jacques 1922~1929,* p. 255, 각주 2).

14 이 작품은 결국 그라세 출판사에서 나온다. 그라세 사장은 사실 『언덕』에 관해

다소 유보적인 태도를 보였다는데, 『보뮈뉴에서 온 사람』에는 완전히 반해서 이 작품을 자신의 개인 총서인 '나의 기쁨을 위해Pour mon plaisir' 시리즈로 출판한다.

15 "그 사람은 유쾌했고, 수염을 길렀는데, 어린애 같은 느낌도 있었어요. 품위 있는 태도와 멋진 미소로 날 맞이하더군요. 그 사람은 오후가 다 가도록 나를 붙잡아두었습니다. 우리는 마노스크에 대해 이야기를 나누었는데, 그 사람 말이 『언덕』에 나오는 경치 속에서 나와 걷기 위해 마노스크로 내려오고 싶었대요. 그는 하도 흥분해서 이제르Isère 지방에 있는 자기 아들에게 전화까지 해서 『언덕』의 작가인 호감 가는 사내와 같이 있다고 말했어요. 그리고 찰리 채플린Charles Chaplin이 화제에 올라 영화 이야기를 하면서 거의 두 시간이나 함께 웃었죠. 파리에서 보낸 제일 즐거웠던 한때였어요"('지리외에게 보낸 3월 23일자 편지'에서). 이 만남은 지오노에게 강렬한 인상을 주었다. "1938년 콩타두르Contadour에서 나는(이 서간문의 편집인인 피에르 시트롱Pierre Citron) 지오노가 디테일을 곁들여 이야기하는 것을 들었다. 위압적인 서재에서의 오찬, 기다란 식탁 양쪽 끝에 앉은 두 사람, 시종, 알레비가 다양한 정치적·역사적 화제와 문단의 현황에 대한 화제를 끌어들이려고 애썼지만 지루하게 늘어지기만 하던 대화. 두 사람 모두 존경해 마지않는 채플린의 이름이 나오자 드디어 마음이 통했다"라고 한다. 알레비는 페기Péguy의 친구로 역사가이자 수필가이며, 그의 가문은 작가와 예술가를 배출한 지적인 부르주아 명문이다(*Correspondance Jean Giono - Lucien Jacques 1922~ 1929*, p. 255, 각주 3).

16 '지리외에게 보낸 3월 23일 자 편지'에도 비슷한 묘사가 있다. "거기에는 지드와 풀라이, 아마도 피에르 막 오를랑을 빼면 그저 잘난 척하는 인간들밖에 없었어요. 적어도 내가 만난 사람들은 그랬습니다. 무슨 뜻인지 알죠. 상냥하지만 속으로 이렇게 생각하는 사람들 말입니다. '내가 집필을 멈추면 지구는 자전을 멈출 것이고, 별들은 파리 떼처럼 쏟아질 것이다.' 그런데 그 사람들은 속이 뻔히 들여다보인다는 것도 모르더군요"(*Correspondance Jean Giono - Lucien Jacques 1922~ 1929*, p. 256, 각주 1).

17 자크의 형은 보석세공사인 앙리 자크Henri Jacques이다. 그는 음악, 특히 모차르트의 열광적인 팬이었다. 역시 모차르트의 팬인 지오노와 잘 통했다(*Correspondance Jean Giono - Lucien Jacques 1922~ 1929*, p. 256, 각주 2).

■ 제11장

영원한 지적 동반자, 사르트르와 보부아르의 편지

1 항상 공부에만 열중하는 보부아르를 보고 친구인 마외Maheu가 "항상 안달하면서 일만 하는 비버Beaver같다"라며 영어 단어 '비버'에 해당하는 불어 단어인 '카스토르Castor'를 별명으로 붙여주었고 이것이 평생 보부아르의 애칭으로 불렸다.

2 보스트는 사르트르의 제자로 보부아르와 올가가 동시에 사랑했던 사람이다. 사르트르와 달리 전방에 배치된 보스트는 전쟁 기간 내내 보부아르의 근심을 자아냈으며 『초대받은 여자』에서 제르베르Gerbert로 형상화된다.

3 군인, 공무원, 회사원 등 평범한 사람들의 일상을 관찰해 코믹하게 그려낸 19세기 말의 프랑스 작가.

4 사르트르가 당시 사랑에 빠졌던 완다를 지칭한다. 사르트르와 보부아르는 주변 사람들의 이름을 그들만 아는 별칭으로 표기했다.

5 올가를 말한다.

6 사르트르는 1940년 6월부터 포로수용소에 갇힌다.

■ 제12장

출판인 바니에에게 보낸 멜랑콜리의 시인 베를렌의 편지

1 조리스 카를 위스망스Joris Karl Hyusmans(1848~1907): 프랑스의 소설가·미술 평론가.

2 조르주 이장바르Georges Isambard: 랭보의 중학교 시절 문학 선생님으로 랭보의 자필시들과 편지들을 가지고 베를렌을 찾아왔다.

3 강물을 건너고 나서 타고 온 배를 불사른다는 말로 결연한 의지로 최후의 일전을 치른다는 의미다.

4 돈을 일컫는다.

5 시인이자 소설가로 베를렌의 친구다. 1886년 자신에 대해 악평한 평론가와 결투를 하다가 가슴에 깊은 상처를 입어 사망했다.

6 랭보와 헤어지고 가족들에게 돌아가지도 못한 베를렌이 프랑스의 지방 도시에서 교사로 있을 때 만난 학생이다. 베를렌은 이 소년의 순수함에 이끌려 양자로

삼고 영국에 두 달간 체류하면서 랭보와 있었던 경험을 다시금 맛보고 싶어 했다. 그러나 뤼시앵은 장티푸스에 걸려 사망한다. 베를렌은 자신과 뤼시앵의 사랑과 우정의 관계를 『일리아스Ilias』의 아킬레우스와 파트로클로스의 관계로 승화시키고 싶었던 듯하다. 시집 『사랑』의 '뤼시앵 레티누아' 편에 25편의 시가 실려 있다.

7 Albert Savine. 베를렌과 여러 통의 편지를 주고받으며 출판 교섭을 한 출판인이었으나 베를렌의 작품을 출판하지는 못했다.

8 베를렌과 베를렌의 두 여인이 잘 알고 지내던 보헤미안 집시로 편지 배달과 심부름을 하던 남자이다.

9 두 여인이 베를렌을 사이에 두고 서로 애정 경쟁과 금전 경쟁을 하고 있었음을 의미한다.

■ 제13장
소설가와 출판인으로 교류한 프루스트와 지드

* 이 장의 내용은 '유예진, 『프루스트가 사랑한 작가들』(서울: 현암사, 2012)' 중에서 지드 편을 참조한 것이다.

1 Marcel Proust, *Lettres 1879~1922*, Édition de Françoise Leriche(Paris: Plon, 2004), pp. 663~664.

2 Marcel Proust, *Correspondance*, Tome 13, Édition de Philip Kolb(Paris: Plon, 1991), pp.56~58.

3 Marcel Proust, *Lettres 1879~1922*, pp. 689~691.

4 프루스트는 1913년 『잃어버린 시간을 찾아서』의 제1권을 출간했을 때 그의 소설을 총 3부작으로 구상했었다. 「되찾은 시간」은 당시 제3권을 차지할 계획이었으나 그 이후 양이 방대해지며 최종에는 마지막 권인 제7권을 구성하고 있다.

5 Marcel Proust, *Lettres 1879~1922*, pp.691~692.

■ 제14장
뒤라스와 얀 안드레아의 '불가능한 사랑의 항해'

1 Marguerite Duras, *Yann Andréa Steienr*(Paris: folio, 2001), p.8.

2 Marguerite Duras, *Les Yeux bleus, cheveux noirs*(Paris: Les Éditions de Minuit, 1986), p.177.

3 2005년 얀 안드레아가 뒤라스에게 보내는 편지 형식으로 쓴 글[*L'herne Duras*, par Bernard Alazet et Christiane Blot-Labarrère(Editions de l'herne, 2005), pp. 89~90].

■ 제15장
'영원한 방랑자' 유르스나르의 인생 여행

1 Marguerite Yourcenar, *Lettre à ses amis et quelques autres*(Paris: Gallimard, 1995)

2 같은 책, p.42.

3 같은 책, p.63.

4 같은 책, pp.74~77.

5 같은 책, pp.545~547.

6 같은 책, pp.643~644.

7 같은 책, pp.644~645.

8 같은 책, p.687.

9 오스트리아 비엔나의 군사아카데미 건물로 조셉 2세Joseph II 황제 치하인 1783~1785년에 건축되었다. 이 건물에는 해부학 연구에 쓰일 용도로 제작된 수많은 밀랍 조각상들이 소장되어 있다.

10 고대 그리스의 제우스 신전이 있던 곳.

11 고대 그리스의 제우스 신전이 있던 곳.

12 이 편지의 원서에는 'Katchikan'으로 표기되어 있는데, 아마도 유르스나르가 철자를 착각한 것으로 보인다.

13 러시아어로 '자기 스스로 끓는 용기'라는 뜻인 꽃병 모양의 탁상용 주전자.

참고문헌

제1장 연인이자 문학적 동반자였던 플로베르와 루이즈 콜레

Flaubert, Gustave. 1980. *Correspondance II*, Bibliothèque de la Pléiade, pp. 29~33, p. 883. Paris, Gallimard.

제2장 낭만적 사랑의 정열과 광기, 뮈세와 상드의 편지

Musset, Alfred de. Correspondance d'Alfred de Musset, Tome 1: 1826~1839, p. 70~71, p. 71~72, p. 81-82, p. 83-85, p. 118~120. Paris: PUF.

제3장 뜨거웠던 가을의 사랑, 에밀 졸라와 잔 로즈로

Bloch-Dano, Evelyne. 1997. *Madame Zola*. Paris: Grasset.

Delamotte, Isabelle. 2009. *Le Roman de Jeanne: à l'ombre de Zola*. Paris: Belfond.

Le Belond-Zola, Denise. 1931. *Émile Zola raconté par sa fille*. Paris: Fasquelle.

Mitterand, Henri. 1999. *Zola Sous le regard d'Olympia, Tome 1*. Paris: Fayard.

_____. 2001. *Zola l'Homme de Germinal 1871~1893, Tome 2*. Paris: Fayard.

Troyat, *Henri*. 1992. *Zola*. Paris: Flammarion.

Zola, Emile. 2004. *Lettres à Jeanne Rozerot 1892~1902*. édition établie, présentée et annotée par Emile-Zola, Brigitte et Pages, Alain. Paris: Gallimard.

_____. 2012. *Zola Correspondance*. choix de textes et présentation par Pages, Alain. Paris: GF Flammarion.

제4장 '서글픈 몽상가' 제라르 드 네르발의 편지

Bénichou, Paul. 1992. "Gérard de Nerval", in L'École du désenchantement. Paris:

Gallimard.

Bomboir, Christine. 1978. *Les lettres d'amour de Nerval : mythe ou réalité.* Namur, Presses Universitaires.

Gérard de Nerval. 1974. *Oeuvres* I. coll. "Bibliothèque de la Pléiade". Paris: Gallimard.

Jensen, Eric Frederick. 1989. "Gérard de Nerval et Jenny Colon" in *Nerval. Une poétique du rêve.* pp.21~31. Paris: Librairie Honoré Champion.

Kim, Soon-Kyung. 2000. 「Une étude sur *Octavie* de Gérard de Nerval」. 『불어불문학연구』. 제42집(여름), 347~365쪽.

Malandain, Gabrielle. 1986. *Nerval ou l'incendie du théâtre.* Paris: José Corti.

Pichois, Claude et Brix, Michel. 1995. *Gérard de Nerval.* Paris: Librairie Arthème Fayard.

제5장 말라르메의 마리아 그리기

김경란. 2005. 『프랑스 상징주의』. 서울: 연세대학교 출판부.**

Mallarmé, Stéphane. 1996. *Correspondance. Lettres sur la poésie.* Édition de Bertrand Marchal. Paris: Gallimard.

_____. 1998. *Oeuvres Complètes.* Bibliothèque de la Pléiade. Paris: Gallimard.

Steinmetz, Jean-Luc. 1998. *Stéphane Mallarmé*, Paris: Fayard.

Mauron, Charles. 1977. *Mallarmé.* Paris: Seuil.

제7장 파리코뮌 후 상드의 편지 "프랑스인이여, 서로 사랑합시다"

Sand, George. 1987. *Correspondance, Tome XXII.* pp. 545~555. Edition de George Lubin, Classiques Garnier.

Flaubert, Gustave and George Sand. 1981. *Correspondance Flaubert. Sand*, pp. 346~348. Paris:Flammarion.

제9장 신화의 숲길에서 유르스나르와 제르맹이 나눈 '고전'의 즐거움

Yourcenar, Marguerite. 1995. *Lettres à ses amis et quelques autres*, pp.235~238. Paris, NRF, Gallimard(소개 글 일부 출처); pp. 340~343(편지 원문 출처).

제10장 '프로방스의 붙박이별' 장 지오노와 뤼시앵 자크

송지연. 2003. 『장 지오노와 서술이론』. 서울: 동문선.

Giono, Jean and Lucien Jacques. 1981. *Cahiers Giono 1. Correspondance Jean Giono - Lucien Jacques 1922~1929*. Édition établie et annotée par Pierre Citron. Paris: Gallimard.

_____. 1983. *Cahiers Giono 3. Correspondance Jean Giono - Lucien Jacques 1930~1961*. Édition établie et annotée par Pierre Citron. Paris: Gallimard.

제11장 영원한 지적 동반자, 사르트르와 보부아르의 편지

Beauvoir, Simone de. 1990. *Lettres à Sartre, Vol. 2*. Paris: Gallimard.

Sartre, Jean-Paul. 1983. *Lettres au Castor et à quelques autres, Vol. 2*. Paris: Gallimard.

제12장 출판인 바니에에게 보낸 멜랑콜리의 시인 베를렌의 편지

Verlaine, Paul. 1923. *Correspondance de Paul Verlaine, Tome 2*. Paris: Albert Messein.

_____. 2005. *Correspondance générale de Verlaine, Volume 1: 1857~1885*. Paris: Fayard.

제13장 소설가와 출판인으로 교류한 프루스트와 지드

유예진. 2012. 『프루스트가 사랑한 작가들』. 서울: 현암사.

Proust, Marcel. 1991. *Correspondance, Tome 13.* Édition de Philip Kolb. Paris: Plon.

_____. 2004. *Lettres: 1879~1922.* Édition de Françoise Leriche, pp. 689~693. Paris: Plon.

제14장 뒤라스와 얀 안드레아의 '불가능한 사랑의 항해'

Duras, Maguerite. 1992. *Yann Andréa Steiner.* Paris: P.O.L.

_____. 1999. *C'est tout*, propos recueilli par Yann Andréa. P.O.L.

L'Herne Duras. 2006. par Bernard Alazet et Christiane Blot-Labarrère. Éditions de l'Herne.

제15장 '영원한 방랑자' 유르스나르의 인생 여행

오정숙. 2007. 『마르그리뜨 유르스나르. 영원한 방랑자』. 서울: 중심.

Savigneau, Josyane. 1993. *Marguerite Yourcenar: L'invention d'une vie.* Paris, Gallimard.

Yourcenar, Marguerite. 1995. *Lettres à ses amis et quelques autres*, Paris, Gallimard. p.42, p.63, pp. 74~77, pp. 545-547, pp. 643~644, pp. 644~645, p. 687.

이 책에 수록된 프랑스작가 편지 원문은 '프랑스문학 연구회(http://cafe.daum.net/etudefemme)'의 '작가편지' 게시판에서 볼 수 있습니다.

지은이(가나다순)

김경란

연세대학교 불어불문학과 졸업

홍익대학교 문학박사

프랑스 파리 XII대학교 문학 박사

전) 연세대학교, 연세대 대학원, 홍익대학교, 홍익대 대학원, 숙명여자대학교, 목원대학교, 동덕여자대학교 강사

현) 연세대학교 인문학연구원 전임연구원

저서 및 역서: 『프랑스 상징주의』(문광부 추천 우수학술도서), 『주사위 던지기』, 『바리에테』, 『수사학』, 『뒤마의 볼가강』, 『춘향』, 『나는 아직 살아있어』(근간) 등

김미성

연세대학교 불어불문학과 졸업

연세대학교 불어불문학과 대학원 석사

프랑스 파리 제8대학교 불문학 박사

현) 연세대학교 인문학연구원 HK연구교수

저서 및 역서: 『유럽의 문화통합』(공저), 『연극연출이론 변용을 통한 축제이론 정립』(공저), 『오월의 밤』 등

김순경

연세대학교 불어불문학과 졸업

프랑스 파리 제7대학 불문학 박사

전) 프랑스 학회 회장

현) 중앙대학교 불어불문학과 교수

저서 및 역서: 『프랑스 문학의 풍경』, 『동서양 문학에 나타난 자연관』, 『프랑스를 아십니까』, 『프랑스 문학에서 만난 여성들』 등

박금순

연세대학교 불어불문학과 졸업

연세대학교 불어불문학과 대학원 석사

연세대학교 불어불문학과 대학원 박사과정 수료

전) 연세대학교 불어불문학과 강사

현) 연세대학교 번역문학연구소 전임연구원

저서 및 역서: 『프랑스 문학에서 만난 여성들』(공저)

박선아

연세대학교 불어불문학과 졸업

연세대학교 불어불문학과 대학원 석사

프랑스 파리 제4대학교(소르본) 불문학박사

현) 연세대학교 불어불문학과 강사, 경희대학교 후마니타스 칼리지 강사

저서 및 역서: *La fonction du lecteur dans Le Labyrinthe du Monde de Marguerite Yourcenar*(Paris: Harmattan, 2003)

박혜숙

연세대학교 불어불문학과 졸업

연세대학교 불어불문학과 대학원 석사

미국 오하이오대학 불문학 석사

프랑스 파리 소르본대학 불문학 박사

현) 연세대학교 불어불문학과 강사, 연세대학교 인문학연구원 전임연구원

저서 및 역서: *Types féminins dans les romans de George Sand*, 『소설의 등장인물』, 『프랑스 문학입문』, 『프랑스 문화와 예술』, 『그녀들은 자유로운 영혼을 사랑했네』, 『영화배우』, 『채털리』, 『지난 여름 파티에서 만난 사람』 등

박혜정

연세대학교 불어불문과 졸업

연세대학교 불어불문학과 대학원 석사 및 박사

현) 연세대학교 불어불문학과 강사, 숙명여자대학교 강사

저서 및 역서: 『낭만주의』

송지연

연세대학교 불어불문학과 졸업

연세대학교 불어불문학과 대학원 석사

프랑스 파리 제3대학교(소르본 누벨) 불문학 박사

전) 광운대학교 연구교수

현) 연세대학교 불어불문학과 강사

저서 및 역서: 『장 지오노와 서술이론』, 『지붕 위의 기병』, 『보뮈뉴에서 온 사

람』, 『권태로운 왕』, 『영화서술학』, 『영화와 문학의 서술학』 등

오정민

연세대학교 불어불문학과 졸업

서울대학교 불어불문학과 대학원 석사

프랑스 피카르디 쥘베른 대학교 영상예술학 박사

현) 덕성여자대학교 교양학부 강사

저서 및 역서: 『프랑수아 트뤼포의 400번의 구타』(공저), 『이마주』, 『아동정신 분석학의 역사』 등

오정숙

연세대학교 불어불문학과 졸업

연세대학교 불어불문학과 대학원 석사

프랑스 파리 10대학교 불문학 박사

전) 고려대학교 연구교수, 한국프랑스어문교육학회 및 프랑스문화예술학회 총무

현) 경희대학교 프랑스어학과 교수

저서 및 역서: 『마르그리뜨 유르스나르. 영원한 방랑자』, 『한국문학의 해외 수용과 연구 현황』, 『유럽의 축제문화』, 『아프리카인이 들려주는 아프리카 이야기』

유예진

연세대학교 불어불문학과 졸업

한국외국어대학교 통번역대학원 한불과 석사

미국 보스턴 칼리지 문학박사

현) 숭실대학교 불어불문학과 연구중점교수
저서 및 역서: 『프루스트의 화가들』, 『프루스트가 사랑한 작가들』, 『반 고흐, 마지막 70일』, 『독서에 관하여』 등

윤정임

연세대학교 불어불문학과 졸업
연세대학교 불어불문학과 대학원 석사
프랑스 파리 제10대학교 불문학 박사
현) 연세대학교 불어불문학과 강사, 경희대학교 후마니타스 칼리지 강사
저서 및 역서: 『실존과 참여』(공저), 『사르트르의 상상계』, 『시대의 초상』

이혜영

연세대학교 불어불문학과 졸업
한국 외국어 대학교 통번역 대학원 석사
프랑스 파리 3대학 통번역 대학원 영불과 수료
프랑스 파리 3대학 언어와 문화 교육학 박사
현) 연세대학교 불어불문학과 강사
저서 및 역서: *Le cadeau de l'oiseau, Les boîtes de ma femme*(『새의 선물』, 『아내의 상자』를 불역하여 프랑스에서 출간)

조성애

연세대학교 불어불문학과 졸업
미국 뉴욕 주립대(버팔로 소재) 불문학 석사
프랑스 파리 제 3대학교(소르본 누벨) 불문학 박사

전) 연세대학교 불어불문학과 강사
현) 연세대학교 인문학연구원 전임연구원, 유로파 언어교육원장
저서 및 역서: 『목로주점: 불안의 시대, 파리를 살아간 인간군상의 기록』, 『자연주의 미학과 시학』, 『사회비평과 이데올로기 분석』, 『축제문화의 제현상』 (공저), 『축제문화의 본질』 (공저), 『쟁탈전』, 『중세미술』, 『소설분석 : 현대적 방법론과 기법』, 『유토피아』, 『상투어 : 언어, 담론, 사회』, 『사실주의 문학의 이해: 비평, 역사, 시학에 대하여』, 『로마에서 중국까지』, 『잘못된 길 : 1990년대 이후의 급진적 여성운동에 대한 비판적 성찰』(공역)

진인혜

연세대학교 불어불문학과 졸업
연세대학교 불어불문학과 대학원 석사 및 박사
파리 4대학 DEA 취득
전) 연세대학교 강사, 충남대학교 강사, 배재대학교 강사, 배재대학교 학술연구교수
현) 목원대학교 국제문화학과 조교수(비정년계열)
저서 및 역서: 『프랑스 리얼리즘』, 『유럽의 영화와 문학』(공저), 『유럽의 문화통합』(공저), 『부바르와 페퀴셰』, 『통상관념사전』, 『감정교육』, 『루소, 장 자크를 심판하다』, 『고독한 산책자의 몽상, 말제르브에게 보내는 편지 외』, 『잉카』 외 다수

한울아카데미 1685

프랑스 작가, 그리고 그들의 편지

기획 • 프랑스문학연구회
지은이 • 김순경 외
펴낸이 • 김종수
펴낸곳 • 도서출판 한울

초판 1쇄 인쇄 • 2014년 5월 15일
초판 1쇄 발행 • 2014년 5월 30일

주소 • 413-756 경기도 파주시 광인사길 153 한울시소빌딩 3층
전화 • 031-955-0655
팩스 • 031-955-0656
홈페이지 • www.hanulbooks.co.kr
등록번호 • 제406-2003-000051호

Printed in Korea.
ISBN 978-89-460-5685-5 93860(양장)
978-89-460-4872-0 93860(반양장)

* 책값은 겉표지에 표시되어 있습니다.
* 이 도서는 강의를 위한 학생판 교재를 따로 준비했습니다. 강의 교재로 사용하실 때에는 본사로 연락해주십시오.